ज्ञान गरिमा के
70 वर्ष

भारतीय ज्ञानपीठ

णाणं
पयासयं
वीर नि.सं.
2470
भारतीय ज्ञा

लोकलीला

(उपन्यास)

उन सभी के लिए
जो चाहे–अनचाहे
'लोकलीला' में
भूमिकारत हैं...

लोकोदय ग्रन्थमाला : ग्रन्थांक 1301

ISBN 978-93-263-5553-7

लोकलीला

(उपन्यास)

राजेन्द्र लहरिया

प्रथम संस्करण : 2017

मूल्य : 280 रुपये

प्रकाशक : **भारतीय ज्ञानपीठ**
18, इन्स्टीट्यूशनल एरिया, लोदी रोड, नयी दिल्ली–110 003

मुद्रक : विकास कम्प्यूटर्स ऐंड प्रिन्टर्स, दिल्ली–32

आवरण–चित्र : राजेन्द्र लहरिया

आवरण : महेश्वर

LOKLEELA
(Hindi Novel)
by Rajendra Lahariya

Published by
Bharatiya Jnanpith
18, Institutional Area, Lodi Road, New Delhi-110 003
Ph. : 011-24698417, 24626467; 23241619 (Daryaganj)
Mob. : 9350536020; e-mail : bjnanpith@gmail.com
sales@jnanpith.net; website : www.jnanpith.net

First Edition : 2017
Price : Rs. 280

लोकलीला

राजेन्द्र लहरिया

भारतीय ज्ञानपीठ

गाँव-सिपौली : आज

दिनांक-26 जनवरी सन् 2014 ई०

सिपौली दिन में दिखाई देता है और रात में गुम हो जाता है; क्योंकि उजाला उसे दृश्य में ले आता है और अँधेरा अपने नीचे दबोचकर अदृश्य कर देता है! सिपौली गाँव!...कहा-सुना-पढ़ा जाता रहा है कि भारत देश गाँवों में बसता है; तो इस सिपौली गाँव में भी जरूर बसता होगा जो राष्ट्रीय सीमा के भीतर मध्यवर्ती सूबे के उत्तरी छोर पर फैले जिले के बीचोबीच तथा निकटवर्ती शहर की ओर गयी सड़क पर बीसवें किलोमीटर के पास, किसी बूढ़े और बीमार जानवर की तरह पस्त और अस्तव्यस्त पसरा हुआ है!

सिपौली की आबादी तकरीबन ढाई हजार और मतदाताओं की संख्या सोलह सौ के आसपास है; अलबत्ता गाँव में रह रहे लोग पाँच सौ से ज्यादा नहीं है क्योंकि अन्य लोगों में से कुछ जो आसूदा हैं वे सुविधाओं के मद्देनजर शहर में मकान लेकर रहने लगे हैं और बाकी मेहनत-मजूरी की तलाश में दूरदराज जगहों पर चले गये हैं। बेशक उनके मकान-झोंपड़े गाँव में हैं। इसी आधार पर वे गाँव में है; इसी आधार पर वे गाँव के रहवासी माने जाते हैं और गाँव की मतदाता सूची में अपनी जगह बनाए हुए हैं।

गाँव की बसाहट या पसराहट को अगर देखा जाए तो वह निहायत पारम्परिक है। शहरवाली सड़क से जो रास्ता गाँव में पहुँचता है और जिसे 'सिपौली पहुँच मार्ग' कहा जाता है, वह गाँव किनारे निर्मित उस L आकार की बनावट तक पहुँचकर खत्म हो जाता है जिस पर 'शासकीय माध्यमिक विद्यालय...' लिखा एक जर्जर और जंगखाया बोर्ड टँगा है। उसके बाद, गाँव की एक बगली लम्बाई में बसाहट है, जिसे 'छोटा चमरियाना' कहा जाता है। 'छोटा चमरियाना' जहाँ खत्म होता है वहाँ से कुछ घर कुम्हारों, लुहारों, कोरियों, चुरहेलों, और बाढ़इयों के हैं जो ज्यादातर कच्चे और अधपक्के हैं। इन घरों के समानान्तर बहुत-सारी जगह छूटी हुई है, जो रास्ते की तरह काम आती है। इस 'रास्ते' के दूसरी और ठाकुरों के पक्के घर

और गोंडा बने हुए हैं जिसे 'ठकुराना' कहा जाता है। ठाकुरों के घरों से जुड़ते हुए गाँव के बीचोबीच उन ब्राह्मणों के घर हैं, जो यों तो खेतीवाले हैं पर मन्दिर पर पूजा-पाठ और गाँव में पंडिताई-पुरोहिताई का काम भी करते हैं। ब्राह्मणों की इस बसाहट को 'पुजरियाना' कहा जाता है। उसके आगे के हिस्से में बनियों, काछियों, भोइयों, तेलियों, गड़रियों आदि के घर हैं, जो इधर-उधर जहाँ-तहाँ बने छोटी-छोटी गलियाँ बनाते हैं। इनके एक और बराहरों, धोबियों, नाइयों की बसाहट है। इसके बाद गाँव की परली बगली पर फिर चमारों की रिहायश है, जो गाँव की बगल-बगल लम्बाई में चली गयी है, जिसे लोग 'बड़ा चमरियाना' कहते हैं। 'बड़ा चमरियाना' से लगे हुए खेत हैं, जिनमें से एक में बस्ती से सटी हुई ही राधिकारमण चौधरी की हवेली है। हवेली से कुछ दूरी पर खेत में तीन-चार कच्ची मँड़इयाँ बनी हैं। बड़ा चमरियाना जहाँ खत्म होता है, वहाँ ढुंडा मेहतर का कच्चा घर और मिट्टी की चहारदीवारी वाला अहाता है, जिसमें उसके सूअरों के लिए दुमदुनेनुमा एक सूअरबाड़ा बना है, जिसके आसपास पहुँचते ही नाक में एक अजीब तरह की दुर्गन्ध का भभका समा उठता है...

तो यह है सिपौली की मोटे तौर पर नजरी बसाहट!

इसी बसाहट के बीच तीन कुएँ बने हैं और एक बावड़ी के भग्नावशेष! एक जमाने में गाँव के इन तीनों कुओं में लबालब पानी भरा रहता था, पर अब वे सूखे पड़े हैं और लोगों के द्वारा कूड़ा-कचरा डालने के लिए काम आते हैं। पीने का पानी अब गाँव में लगे चार हैंडपम्पों से लिया जाता है। बावड़ी गाँव के बीच में मौजूद एक ऊँचे टीले पर है, जो अपने टूटे-फूटे रूप में अपनी सँकराई और गहराई के कारण, झाँकने पर भय पैदा करती है, क्योंकि उसकी तली में झलमल पानी की जगह अब घुप्प अँधेरा दिखाई देता है।

गाँव की प्रायः हर गली में बिजली के खम्भे गड़े हैं, पर उन पर तार नहीं हैं। कुछ साल पहले इन सभी खम्भों पर तार कसे हुए थे, जिनमें बिजली की धारा भी बहती थी और गाँव भर में बल्ब भी जलते थे; पर अब तार और बिजली गायब हो चुके हैं, खम्भे भर शेष हैं। उन दिनों जब इन खम्भों से जुड़े तारों में बिजली बहती थी, तब गाँव में कुछ टीवी सैट भी आए थे, और कुछ घरों में टेलीफोन भी लगाए गये थे; पर अब गाँव में एक भी टेलीफोन चालू नहीं है; क्योंकि बिजली के न रहने से गाँव में लगा टेलीफोन-एक्सचेंज हटा लिया गया है। अलबत्ता अब गाँव के तकरीबन हर बीसवें आदमी की जेब में मोबाईल फोन आ गया है और गाँव के गिर्द अलग-अलग सेलफोन-कम्पनियों के तीन टावर आसमान की ओर मुँह उठाए खड़े नजर आते हैं जो मोबाईल-फोन-धारकों को नेटवर्क मुहैया कराने का काम करते हैं...

गाँव की इस 'उपस्थिति' में मानवीय मौजूदगी-गैरमौजूदगी का जाइजा कुछ-कुछ धक्का पहुँचाने वाला है : एक समय सरपंची का चुनाव लड़ चुका रामभरोसे अब गाँव में नहीं रहता है। वह अब अपने बीवी-बच्चों सहित शहर में रहता हुआ मेहनत-मजूरी करता है। 'बड़े चमरियाने' में उसका घर अब खाली, खुला और फूटा पड़ा हुआ है। रघुवीरा, जगरमा, मुन्शिया अलबत्ता गाँव में ही रहते हैं। गोबिन्द, भोला और ख्याली भी अभी गाँव में ही हैं। ईसुरी गुज़र चुका है; और उसका परिवार गाँव छोड़कर किसी दीगर गाँव में रहने चला गया है। ग्यासी, परसादी, बिहारी, झींगुरी और उसका बेटा रामदास गाँव छोड़कर चले गये हैं, और उनके घर मिट्टी के ढेरों में तब्दील हो चुके हैं; फिर भी उनके नाम गाँव की मतदाता-सूची में अभी भी चल रहे हैं और 'ग्रामीण क्षेत्र में गरीबी की रेखा के नीचे जीवन यापन करनेवाले परिवारों की सूची' में भी।

इस सबके उलट, गाँव का एक परिवार ऐसा है जिसका मुखिया अरसे तक बाहर रहने के बाद गाँव लौटा है, और अपनी नयी हवेली बनवाकर गाँव में रहने लगा है—यह राधिकारमण चौधरी उर्फ विधायक जी का परिवार है!

माधौ पांडे अरसा पहले गुजर चुके हैं और उनके बेटों में से गौटू को छोड़कर बाकी पाँचों बेटे शहर जाकर रहने लगे हैं। लालाराम अब बीमार और जर्जर होकर खाट पकड़े हुए गाँव में ही हैं। बाजबहादुर रहते अभी भी गाँव में अपने 'ठकुराने' के घर में ही हैं, पर बुढ़ापे ने उनकी कुगत कर रखी है और वे अब ठीक-से चलने-फिरने को भी तरसते हैं। नारायण प्रसाद तिवारी उर्फ नारायणदा अब उम्रदराज हो गये हैं और गाँव में रहते हुए प्राय: अपनी बैठकी के भीतर किताबों में कुछ तलाशते रहते हैं...

आज की तारीख में इस तरह की भौगोलिक और मानविक स्थिति में मौजूद, इसी गाँव सिपौली और इसके बाशिन्दों की कहानी आगे कही गयी है...

सिपौली : सन् 1989 ईसवी

कुछ भी फर्क न था... वह अगहन का एक वैसा ही सामान्य सवेरा था जैसे बरसों से हुआ करते थे...पूरब में अभी सूरज की लाल-लाल किरनें फूट ही रही थीं और नारायणदा दिशा-फरागत से लौटकर द्वार पर कुल्ला कर रहे थे कि सामने गली में चिड़िया की चोंच-सा मुँह उठाए, मोटी फ्रेम की ऐनक लगाए, धोती का छोर हाथ में थामे हमेशा की तरह रौब से झूमते चलते बाजबहादुर आते दिखाई दिए। देखकर नारायणदा ने मन ही मन कहा-आज सबेरे-सबेरे सिर खाने कैसे आया यह!—और कुल्ला करते रहे। बाजबहादुर ने दूर से ही अपनी स्वाभाविक खरज आवाज में चहकते हुए कहा, "गुड मौरनीं गुरू!"

"नमस्ते जी!" लोटा एक तरफ रखते हुए नारायणदा ने कहा, "आओ...आज इतने सबेरे कैसे कष्ट किया नेताजी?"

"अरे गुरू, खबर ही ऐसी है कि रात भर नींद न आई, "कहते हुए नारायणदा की बगल में बैठ गये बाजबहादुर," आपको बिना सुनाए कैसे कल पड़ती!"

"अरे, ऐसी कौन-सी खबर है?" नारायणदा ने जिज्ञासा से बाजबहादुर की तरफ देखा।

"कल फैनल हो गया!"

"काहे का फायनल?" समझे नहीं नारायणदा।

"हरिजन सीट हो गयी गुरू!" बाजबहादुर ने नारायणदा की उत्कट प्रतिक्रिया की उम्मीद से एकदम धमाके की तरह राजफाश कर दिया।

"कब हुआ फैसला?...कैसे पता लगा?" नारायणदा ने अन्दरूनी खुशी को भीतर ही भीतर दबाते हुए बाजबहादुर की तरफ देखा। फिर भी भीतर की खुशी उनकी आँखों में चमक गयी बाजबहादुर को।

"कल अखबार में पढ़के आया हूँ ... हरिजन हो गयी पंचायतों की लिस्ट छपी थी।...गरू, अब बनाओ योजना किस तरह क्या करना है?" बाजबहादुर ने चहकते हुए ही कहा।

"चाय बनवाऊँ तुम्हारे लिये।" नारायणदा के मुँह से यक-ब-यक निकला और वे भीतर को उठ लिये। जानते थे कि बाजबहादुर चाय के परम शौकीन हैं। शौकीन क्या, उनके किसी के यहाँ पहुँचने का शुल्क होती है चाय! इसीलिए आमतौर पर लोग उनके सशुल्क आगमन से कतराते हैं। किन्तु उस वक्त नारायणदा को खुशी के अतिरेक में शुल्क-भुगतान भी पुरस्कार देने जैसा लगा।

चाय की चुस्कियों में वह मिठास कहाँ, जो उस समय बातों में था। अनगिन कोणों से बातें होती रहीं। और जैसे ही चाय खत्म हुई, प्याला रखते हुए बाजबहादुर ने कहा, "गुरू, अभी तो चलता हूँ...फिर बैठेंगे...अबकी बार आप जिस तरह कहेंगे, उसी तरह होगा काम!" और अगले ही पल बाजबहादुर धोती का छोर पकड़े गली में जा रहे थे।

नारायणदा के पैर अब धरती पर न लगते थे। उन्हें लग रहा था कि अचानक दुनिया बदल गयी है! बरसों से उनके भीतर यह बात काँटे की तरह कसकती रही है कि कुछ नहीं बदला! क्या होता है सिर्फ चेहरे बदल जाने से? चल तो रहा है वही 'राज'! संसद से लेकर गाँव की पंचायत तक वही!...आजादी के बाद के बीस-पच्चीस सालों तक शिवरतन सिंह का एकछत्र राज बना रहा पंचायत पर। चार चुनाव जीते उन्होंने लगातार-माधौ पांडे के खिलाफ। बेरूआ सिपौली पंचायत में था तब-मील भर के फासले पर मौजूद दोनों गाँवों की एक ही पंचायत थी। पर जब बेरूआ की अलग पंचायत बन गयी, तो वे मजबूर हो गये। हालांकि बेरूआ पंचायत का सरपंच भी उन्हें ही बनना था, सो बने भी। यही नहीं, तिकड़म बिठाते रहे और गोटी बैठ गयी, तो रूतबा और बुलन्द हो गया-आज वे जनपद-अध्यक्ष बने बैठे हैं-पूरे जनपद पर काबिज, पूरे जनपद की राजनीति में दखल! रही सिपौली पंचायत की सरपंची, तो वह आ गयी माधौ पांडे की मुट्ठी में और तब से आज तक उन्हीं की मुट्ठी में बन्द है!...चलो, अब तो टूटेगा यह खानदानी राज!...अब तो किसी न किसी हरिजन को ही बनना है सरपंच! हरिजन यानी गरीब-कमजोर लोगों में से ही कोई, जो कम से कम अपने जैसों की तरफ तो देखेगा!...सोचते हुए वे अधर में उड़ते हुए-से बैठकी में पहुँचे और अलमारी से किताब उठाकर खाट पर बैठ गये और 'ग्राम-समाज पर गांधी जी के विचार' पढ़ने लगे।

2

एकदम से मूड बिगड़ गया माधौ पांडे का। अभी नौ बजे थे और नहा-धो, पूजा-पाठ से निबटकर, उघारी देह टीवी के सामने खड़े, सुलगती-महकती अगरबत्ती को वृत्ताकार घुमाते हुए 'ओम जय जगदीश हरे, स्वामी जय जगदीश हरे; भक्त जननि

के संकट छिन में दूरि करे!...' आरती गाए जा रहे थे। हर इतवार टीवी-पूजा का उनका नियम 'रामायण' काल से ही चला आ रहा है-उस समय बिना रोली-अगरबत्ती के पूजा किए 'रामायण' नहीं देखी-अब 'महाभारत' नहीं देखते!...वे 'तुम पूरन परमात्मा तुम सबके स्वामी...' पर पहुँचे थे कि गौटू आया और उनके कान के पास मुँह करके फुसफुसाया, "नेताजी बुलाइ रहे हैं...कहि रहे हैं जरूरी काम है!"

यह सुनकर उन्होंने जल्दी-जल्दी आरती समाप्त की, और अगरबत्ती को टीवी के नीचे खोंसकर द्वार को चल दिए।

लोग टीवी खुलने और 'महाभारत' आने के इन्तजार में पहले से ही जमा बैठे थे। माधौ पांडे बाहर चले गये तो गौटू ने स्विच ऐंठ दिया और इसके साथ ही रौशनी का जादू झिलमिला उठा-सबके सामने : 'इस कार्यक्रम के प्रायोजक हैं गोदरेज और...!' लोग दत्तचित हो उठे।

माधौ पांडे ने बाहर निकलकर देखा-बाजबहादुर बाँये हाथ से धोती का छोर थामे द्वार पर चहलकदमी कर रहे थे और उनका चेहरा ऐसा हो रहा था जैसे किसी दुर्घटना का समाचार लेकर आएँ हों—वे आशंका भरी दृष्टि से देखते हुए बाजबहादुर से बोले, "कहो, नेताजी...?"

"जय सियाराम गुरू!" बाजबहादुर का चेहरा मुरझाया-सा ही बना रहा।

"जय सियाराम!...क्यों नेताजी?" माधौ पांडे के स्वर में आशंका, लारपरवाही और जिज्ञासा—तीनों थीं; और इनसे ऊपर थी 'महाभारत' की चिन्ता; उन्होंने आगे कहा, "आ जाउ महाभारत देखि लेउ भीतर..."

"अरे महाराज, वह तो नकली महाभारत है," बाजबहादुर के मुँह से फूटा, "असली महाभारत तो अब होगा शुरू!...बैठ लो यहाँ!" कहकर वे चबूतरे पर बैठ गये।

माधौ पांडे सशंक हो उठे सुनकर; और बाजबहादुर की बगल में बैठते हुए बोले, "क्या हो गया...?" और उनके मुँह की ओर देखने लगे।

जवाब में बाजबहादुर ने जो कहा उसे सुनकर उनका चेहरा फ़क़ पड़ गया, और उनके मुँह से निकला, "क्या!...जे कैसे हो गया नेताजी?"

"यही तो बात है महाराज!" बाजबहादुर ने उनकी चिन्ता में अपनी चिन्ता शामिल की।

"तो अब?...अब क्या होना चाहिए?" माधौ पांडे के माथे पर सिलवटें पड़ गयीं।

जवाब में बाजबहादुर की जीभ, आँखें, भौंहें और मूँछें बहुत कुछ कहती रहीं; और माधौ पांडे लगातार सुनते हुए निस्तेज होते रहे। और इससे पहले कि 'महाभारत'

खत्म हो और लोग भीतर से निकलें, बाजबहादुर ने खड़े होते हुए कहा, "अच्छा महाराज, जल्दी कर लो अब!...मैं तो अब चलूँगा...जय सियाराम!" और वे उलटकर चल दिए। खरामा-खरामा।

माधौ पांडे अवाक् रह गये। वे सोच में डूबे हुए, बाजबहादुर को गली में जाते हुए देखते रहे...बाजबहादुर कब आँखों से ओझल हो गये, यह भी उन्हें पता नहीं चला...वे लगभग पगला उठे भीतर ही भीतर—वैसे ही जैसे किसी भूखे के सामने से परोसी हुई थाली खींच ली गयी हो अचानक!...रामखिलावन को सरपंच देखना चाहते थे वे इस बार। सोचते थे : उन्होंने तो बहुत कर ली; अब बेटा लाइक हो गया है, सो उसे सोंप दें। नौजवान आदमी जरूरत पड़े पर दौड़-धूप भी कर सकता है—लोगों से मिलना-जुलना भी तो जरूरी होता है! और फिर बिना घुसे राजनीति कैसे समझ में आवेगी! ऊपर तो वे हैं ही! यही सब सोचकर उन्होंने पूरी तैयारी कर रखी थी अगले चुनाव के लिए : मौहरे जहाँ की तहाँ फिट किए जा चुके थे और रामखिलावन का सरपंच होना निश्चित ही था!...पर बीच में ही यह गाज कहाँ से गिर पड़ी! उन्हें लग रहा था कि यह अन्याय किया है शासन ने उनके साथ जान-बूझकर, खास उनके ही साथ! आसपास के और भी तो गाँव थे—बेरुआ बच गया, बिलारी बच गया! उनकी ही पंचायत कैसे हो गयी 'रिजरव'?...पर अब क्या होना चाहिए? अब तो एक ही रास्ता है, जो बाजबहादुर ने बताया है! यकायक उनकी इच्छा हुई कि वे उड़कर ब्लॉक-ऑफिस पहुँच जाएँ—अभी—एकदम—इसी समय! और सबकुछ सँभाल लें—जैसे भी हो!

सोचकर वे उठे, और मरी चाल से भीतर की तरफ़ चल दिए। भीतर पहुँचे तो टीवी का स्वर सुनाई दिया : 'सीख हम बीते युगों से नये युग का करें स्वागत...' दर्शक अपनी-अपनी जगह पर खड़े हो रहे थे और उनके चेहरे तने हुए थे। माधौ पांडे की किसी से बात करने की इच्छा न हुई; हालाँकि उत्सुकता थी कि 'आज क्या आया था महाभारत में!' पर उस वक़्त उनके भीतर का महाभारत अनिश्चित मोड़ पर था। उन्होंने गोटू से अपना कुरता मंगवाकर पहना, बैग लिया और बाहर को निकल गये। चलते-चलते रामखिलावन को बताते गये, "मैं जरूरी में शहर जा रहा हूँ..."

बस ब्लॉक-ऑफिस के सामने से ही गुज़रती थी। माधौ पांडे ने वहीं रुकवा ली, और वे उतर पड़े। ऑफिस की तरफ़ देखा, तो ताला बन्द दिखा। सोचते हुए कि क्या अभी टाइम नहीं हुआ खुलने का; कलाई मोड़कर 'रोमर' के काँटों को देखा—साढ़े ग्यारह बजा रहे थे।...फिर? यह ऑफिस क्यों नहीं खुला अभी तक? खुलने का टाइम तो साढ़े दस का है! ठीक है! सरकारी दफ़्तर हैं...आते ही होंगे अब! सोचते हुए वे दूर तक ऑफिस के सामने ही खड़े-बैठे रहे। फिर भी न खुला दफ़्तर! तो पूछताछ के लिए आसपास निगाह दौड़ाने लगे—कोई दिखे तो उसी से पूछें, क्या

बात है? बग़ल की कोठी के सामने एक आदमी मेंहदी सींच रहा था—लेजम से। वे उसके पास पहुँचे और पूछने लगे, "क्यों भैया, ये दफ़्तर कब खुलेगा?" कहते हुए उन्होंने ब्लॉक—ऑफिस की तरफ उँगली से इशारा किया।

माली ने उनकी उँगली से इंगित ब्लॉक-ऑफिस की तरफ़ देखते हुए कहा, "आज नहीं खुलेगा दादा...छुट्टी है आज—इतवार है!"

सुनकर उन्हें अपने भीतर एक धक्का-सा लगा और वे स्वयं के प्रति खिजलाहट से भर उठे यकायक : ऐसे सिड़ी हो गये कि इतना भी ख्याल न किया कि आज इतवार है!...क्षोभ और खीझ से उनका चेहरा तमतमा उठा था। पर इसमें किसी का क्या दोष था!

3

रात के दस बज गये और इन्तजार करते-करते नारायणदा अब सोने के लिए बत्ती बुझाने ही वाले थे कि रामभरोसे किसी अचम्भे की तरह बैठकी में घुसकर आ खड़ा हुआ। वे एकबारगी देखते रह गये उसे। पहचाना ही न जा रहा था उसका चेहरा आज! वही पहनावा, वही शरीर; पर चेहरा बहुत भारी-सा लगता था, आँखें—गोया दो जलते हुए अंगारे हों! सौ वाट के बल्ब की रौशनी में देर तक देखते रह गये नारायणदा उसकी तरफ़...

तीन दिन पहले गया था रामभरोसे मंडी को। ग्यासी और भोला भाड़ा ले जा रहे थे गोकल बनियाँ का—अपनी बैलगाड़ियों से। ग्यासी बोला, "चलौ, भरोसे, बाजार चल रहे हैं?...गाड़ी लै जाइ रहे हैं...गोकल की सरसों है...काल लौटि आवेंगे...भोला हू की गाड़ी है!" रामभरोसे ने सोचा था कि बाज़ार से कुछ सौदा-सुलफ ले आएगा और फिर संग-साथ है...कल तो लौट ही आएँगे! और चला गया था वह ग्यासी और भोला के संग।

पर दूसरे दिन तो क्या, आज तीसरे दिन तक न लौटे थे रामभरोसे, भोला और ग्यासी। यों ऐसी कोई बड़ी भारी चिन्ता की बात न थी यह; पर सवेरे बाजबहादुर जो ख़बर सुना गये थे, उसमें रामभरोसे को शामिल करने की बेक़रारी थी नारायणदा को। दोपहर तक इन्तजार करते रहे, बाद में 'चमराने' ही जा पहुँचे थे पता करने। कोई लौटा तो न था, पर टोले में एक अफ़वाह ज़रूर फैली हुई थी—सुनते हैं मंडी में झगड़ा हो गया है किसी से! किससे? यह पता नहीं! क्षणभर को नारायणदा को हल्की-सी चिन्ता ने आ घेरा था। साथ ही यह भी साचते रहे थे वे कि अफ़वाहों का क्या है, उड़ा ही करती हैं! फिर भी ग्यासी, भोला और रामभरोसे के तीसरे दिन तक

भी न लौटने का कारण अभी उनकी समझ में न आता था। वे घर लौट आए और अभी तक इन्तज़ार ही कर रहे थे...

रामभरोसे की सूरत देखकर कुछ क्षणों तक न कुछ समझ और न ही कुछ कह पाए नारायणदा। वह आकर खाट की बग़ल में रखी कुर्सी पर बैठ गया था—चुपचाप, जिस पर कि वह हमेशा बैठता था। उसकी तरफ़ देखते हुए नारायणदा यकायक बोल उठे, ''कल नहीं लौट पाए थे?'' और उसके मुँह की तरफ़ ताकने लगे।

जवाब में रामभरोसे का सूजा हुआ चेहरा एक पल को नारायणदा की ओर उठा, उसके बाद उस पर जड़े दोनों लाल अंगारे ज़मीन को ताकने लगे।

यह देखकर आशंकित हो उठे नारायणदा, ''क्या बात है रामभरोसे?'' उन्होंने पूछा।

एक बार फिर रामभरोसे की पनियाई हुई लाल-लाल आँखें ऊपर को उठीं और काँपती-भर्राई आवाज में उसके मुँह से निकला, ''सब झूठ है... झूठ है वह सब जो तुम कहते थे।...'' कहते हुए उसकी आँखों से एक तेज लपट-सी उठी, ''यह दुनियाँ गरीबों के लिए नहीं है...हम जैसे लोग नहीं जी सकते इस दुनियाँ में!'' और यह कहते-कहते उसकी जलती हुई आँखों की कोरों पर पानी सिमट उठा।

देखकर नारायणदा सिहर उठे क्षणांश को। क्या बात हुई है! वे समझ न पा रहे थे। इस वक्त जो आदमी उनके सामने था, वह कोई नासमझ बच्चा नहीं, बल्कि थोड़ा-बहुत पढ़ा-लिखा, समझदार और अक्खड़ मिजाज पैंतीस-साला कड़ियल जवान था! रामभरोसे! उनका जाना-पहचाना रामभरोसे! वे तत्क्षण खाट से उठकर खड़े हुए और उन्होंने रामभरोसे को दोनों बाँहों से पकड़ लिया कुर्सी पर ही, ''क्या बात है रामभरोसे?...मुझे बताओ तो क्या हुआ है...क्या किसी से झगड़ा हो गया था?''

''झगड़ा काहे को होता किसी से...?''

''तो फिर...? फिर क्या बात है?''

जवाब में एक तरफ से पूरा किस्सा कह सुनाया रामभरोसे ने, जो गुजरा था मंडी में उनके साथ!

सुनकर नारायणदा की त्यौरी फटी रह गयी और उनका चेहरा तमतमा उठा। एकबारगी तिलमिला उठे वे भीतर ही भीतर: ...क्या कहा जाए इस घटना को?...अत्याचार?...नहीं, बहुत छोटा है 'अत्याचार' शब्द-ऐसी क्रूर और नाइन्साफ घटनाओं के लिए!...नहीं बना है अभी ऐसी दुर्घटनाओं के लिए कोई शब्द इस देश में!...निःशब्द और बिना किसी प्रतिक्रिया के गुजर जाती हैं—ऐसी घटनाएँ यहाँ—इसीलिये!...अब रामभरोसे के चेहरे की ओर देखते हुए उनके भीतर से हूक-सी

उठती थी कि वे इस समय चिल्ला-चिल्लाकर कहें : वाह रे लोकतन्त्र गरीबों के हिमायती लोकतन्त्र!... क्या ऐसा ही होता है लोकतन्त्र कि जिसमें हक माँगने पर गरीबों के साथ ऐसा बर्ताव किया जाता हो!...नहीं, यह ढोंग है! लोकतन्त्र का ढोंग!...

सबेरे से जिस सुन्दर सपने में खोए हुए थे वे, वह अब खौफ़नाक और बदसूरत हो उठा था।...एक सकते में पड़े रह गये थे वे। और गुजर गये धीरे-धीरे कई पल-उनके ओर रामभरोसे के बीच चीखते सन्नाटे में।

...देर बाद रामभरोसे की रक्त भरी आँखें नारायणदा की ओर उठीं और वह बोला, ''ठीक है दादा, अब चलूँ!...ग्यासी के यहाँ जाऊँगा-बुखार आ गया है उसे-तभी से-जर्रकबर्री मारता रहता है...''

''ठीक है।'' नारायणदा ने मरी-सी आवाज में कहा।

रामभरोसे कुर्सी से उठा और सँभल-सँभलकर कदम रखता हुआ बैठकी से बाहर निकल गया।

नारायणदा उसके पीछे ही बाहर तक आए, और खड़े होकर उसे गली के अँधेरे में समाता हुआ देखते रहे।...उसके बाद लौटकर उन्होंने पानी पिया, और बल्ब बन्दकर खाट पर लेट गये।

...उन्हें बड़ा गहरा अफसोस था कि कैसा रंग में भंग हो गया कि रामभरोसे को पंचायत वाली खबर सुनाने का न मौका रहा, न ही औचित्य!...खैर, कल बता देंगे। या तब तक पता लग ही जाएगा उसे!...इसके साथ ही उनकी आँखों में रामभरोसे का सूजा हुआ, क्षुब्ध और पीड़ित चेहरा आ जाता था बार-बार; और कानों में गूँजते थे उसके वाक्यों के टुकड़े: ''...हम मजूर हैं ना।... और किसी मजूर की औकात ही क्या होती है!...सोचा, गाड़ी-बैल भी देखे रहेंगे और काम भी करते रहेंगे! पर आधा ट्रक खाली हो गया तो सेठ बोला, बैठो ट्रक में, आधा माल दालबाजार में खाली होगा!...सुनकर अचम्भे में पड़ गये हम-दालबाजार में! दालबाजार तो लश्कर में है! हमारे गाड़ी-बैलों को कौन देखेगा यहाँ! ...सेठ ने कहा, तो क्या फोकट के हैं पचास-पचास रुपये! ...नहीं जाते तो जाओ अपना काम देखो!...मैंने सेठ का हाथ पकड़ लिया, जितना काम किया है उसकी मजूरी तो दे के जाओ सेठजी!...भोला ग्यासी ने भी कहा!...और मजूरी मिली हमें थाने में।...हम डकैत थे ना!...चोरी करने गये थे सेठ के मकान के भीतर!...खरीद लिया था सेठ ने उस कमीन दरोगा को...'' और उनकी कल्पना में घटते रहे रामभरोसे द्वारा बयान की गयी सब घटनाओं के दृश्य-बार-बार!...

इससे उबरने के लिए सोचते रहे वे कि थोड़ी देर के लिए आँख लग जाए और कुछ राहत मिले, पर नींद थी कि रातभर आसपास भी न फटकी...

4

पगडंडी पर पैर न लगते थे मुन्शिया के। जितने जल्दी-जल्दी उसके पाँव उठ रहे थे उससे भी ज़्यादा तेज़ थी उसकी भीतरी चाल।...उसे लग रहा था कि एक मुकुट बँधा है उसके सिर पर! और काहे के लिए बुलाया है चौधरी ने! उसके अलावा और है ही कौन इस काबिल... ?...उसकी निगाह गाहे-ब-गाहे पच्छिम के क्षितिज पर बड़ी गेंद के समान गोल और लाल सूरज की तरफ चली जाती थी, जो कुछ ही देर में मुँदने जा रहा था। वह जैसे-जैसे आगे बढ़ता जाता था, उसकी परछाई और-और लम्बी होती जाती थी। और देर-देर बार उसके कानों से आ टकराती थी उन थके-हारे कौवों की मरियल काँव-काँव, जो चुगने के बाद उड़ते हुए लौटे जा रहे थे अपने-अपने ठिकानों की ओर...

बेरुआ के भीतर घुसते-घुसते उसने एक बार फिर पच्छिम की तरफ देखा, जहाँ अब एक लाल-पीली कालिमा भर शेष थी।...पेड़ों पर चिड़ियाँ चूँह-चूँह मचाए थीं और गाँव के शुरुआती घर की गोठ में भेड़ों-बकरियों को दुह रहा था एक गड़रिया।

"आओ नेताजी," शिवरतन सिंह ने मुन्शिया को देखकर दूर से ही कहा, "मैं बाट ही देख रहा था तुम्हारी...आओ!" कहकर खाट से उठ खड़े हुए और आगे बढ़ गये वे—उसकी अगवानी में; और चौपाल पर चढ़ते हुए उसके कन्धे पर दायाँ हाथ रखकर ले चले उसे खाट की तरफ, "बैठो!" उन्होंने खाट की ओर इशारा करते हुए उससे कहा।

सुनकर मुन्शिया पल भर को अचकचाया, फिर बोला, "तुम तो बैठो चौधरी कक्का!...मैं झाँ बैठेंगो!" और वह जमीन पर बैठने लगा।

शिवरतन सिंह ने बीच में ही पकड़ लिया उसका हाथ, "अरे, ये इतनी खाटें काहे के लिए पड़ी हैं?...बैठो खाट के ऊपर...बैठो-बैठो!" कहते हुए उन्होंने लगभग जबरदस्ती उसे खाट पर बिठा दिया और खुद भी उसके ठीक सामनेवाली खाट पर बैठ गये।

चौपाल पर चार-पाँच खाटें और पड़ी थीं, जिनमें से एक पर एक बुज़ुर्ग बैठे थे-चुपचाप-अपने में लीन! शरीर और चेहरे के सबूत से उमर सत्तर के आसपास। पर काठी दुरुस्त। सफेद भौहें और बड़ी-बड़ी मूँछें! सिर पर बादामी रंग का पुराना साफा! धोती-कुरता! गले में झक्क सफ़ेद साफी! उन्होंने गर्दन घुमाकर मुन्शिया की तरफ देखा; गोया जाँच रहे हों-कौन है यह आदमी! मुन्शिया ने उनका देखना महसूस किया-जैसे उसके शरीर पर सैकड़ों सुइयाँ चुभी हों एकबारगी!...चौपाल पर ही—एक कोने की तरफ चार-पाँच व्यक्ति और बैठे थे—ज़मीन पर—मैले-कुचैले, फटेहाल! मुन्शिया ने उनकी तरफ देखा—उनमें से एक-दो को वह पहचानता था—बेरुआ के ही चमार थे वे। उन्हें देखकर खाट पर बैठे हुए उसे थोड़े-से गौरव की

अनुभूति हुई। उसने कनखी से एक बार अपने कपड़ों को जाँचा। ठीक तो थे! साबुन से घुले हुए-साफ़! हालाँकि खादी के न थे। शिवरतन सिंह के कपड़े खादी के थे—कुरता, धोती और हरी किनारीवाली साफी—उसने गौर से देखे।

यकायक शिवरतन सिंह खाट से उठे और चौपाल के कोने की तरफ बैठे आदमियों के पास जाकर उनसे कुछ कहकर लौट आए...खाट पर ही। वे लोग उठकर वहाँ से चले गये-एक के पीछे एक। शिवरतन सिंह खाट के ऊपर पालथी मारकर बैठते हुए मुन्शिया की ओर मुखातिब हुए, "और सुनाओ मुन्शीलाल...कैसा क्या चल रहा है?"

"ठीक-ठाक ऐ!" मुन्शिया ने जवाब दिया और शिवरतन सिंह के चेहरे की तरफ देखा-क्या कहना चाहते हैं चौधरी?

शिवरतन सिंह ने चेहरे पर निरपेक्षता का भाव लाते हुए उदासीनता के स्वर में कहा, "देखो मुन्शीलाल, अब यह तो साफ बात है कि सवर्णों में से तो कोई सरपंच बनेगा नहीं, बनेगा तो कोई हरिजन ही!...और हरिजनों में से भी तुम्हारी जाति का ही, क्योंकि सबसे ज्यादा वोट तुम्हारी जाति के ही हैं!"

मुन्शिया की आवाज़ की बुलन्दी जिन्दा हो उठी एकबारगी—इसी बुलन्दी से बात करता है वह थानेदार से लेकर कलैक्टर तक, जब भी मौका पड़ा है—बोल उठा, "देखौ कक्का, अब सरपंच तौ कोऊ न कोऊ चमार ही बनेगौ...और रही बात जे कि को बनैगौ?...तौ इतनों तौ सिब जान्तएँ कि बनैगौ बुही जाहि तुम बनाउगे!"

मुन्शिया के कहने का अन्दाज़ कुछ ऐसा था कि थोड़ी देर को शिवरतन सिंह भी चक्कर में पड़ गये कि ढेड़ ऐंठ तो नहीं रहा है! फिर बोल उठे, "अरे नेताजी, छोड़ो वे बातें; जमाना बदल गया!...अब कौन पूछता है हमें!"

"अरे कक्का!" मुन्शिया चहक उठा, "बो कहाबत का झूँठी है कि हाथी कैसौ हू बुढ़ियाइ जाइ, तौ हू बिटौरा सौ!...और तुम्हारे हाथ में तौ पूरी राजनीति है!"

सुनकर हँसते रहे शिवरतन सिंह-कुछ देर तक-बड़ी सौम्य और शालीन हँसी, फिर बोल उठे, "पूरी राजनीति?...अरे भाई, मेरा क्या है; तुम सबकी मेहरबानी है नेताजी...अब तुम ही बताओ कि सरपंच के लिए कौन आदमी ठीक रहेगा?" और मुन्शिया के चेहरे की तरफ देखते हुए उनका चेहरा सपाट हो गया।

अब मुन्शिया खुद के लिए कैसे कहे कि सरपंची की तो वही सोचे बैठा है, न जाने कब से!...और उससे बढ़िया आदमी दूसरा है ही कौन चमारों में-घूमा-फिरा, बोलनेवाला! बोला, "कक्का, सरपंची कों आदमी कौ नाम तौ तुम ही धरौगे!...तुम तौ खुद जान्तऔ कि चमारनि में को आदमी कैसौ है?..."

"कक्का राम-राम!" चौपाल की सीढ़ियों की तरफ से आवाज आई।

"राम-राम कक्का!" पहली आवाज़ के बाद ही दूसरी आवाज़ थी।

शिवरतन सिंह का मुँह चौपाल की सीढ़ियों की तरफ ही था। किन्तु मुन्शिया की तो पीठ थी उधर। उसने मुड़कर देखा–रघुवीरा और जगरमा थे।

''आओ भई...आओ!' शिवरतन सिंह ने चौपाल के ऊपर आ गये रघुवीरा और जगरमा से मुन्शिया वाली खाट की तरफ इशारा करते हुए कहा, ''बैठ जाव!''

वे दोनों खाट की बगल में बैठ गये–ज़मीन पर।

''अरे, खाट पर बैठ जाव रघुवीर!...जगराम!'' शिवरतन सिंह ने आग्रह से देखा दोनों की तरफ।

''इईं ठीक हैं कक्का।'' रघुवीरा ने जवाब दिया और वे दोनों सँभलकर बैठ गये वहीं।

शिवरतन सिंह खाट से उठ खड़े हुए और मुन्शिया की तरफ देखते हुए बोले, ''मुन्शी, चलो ऊपर बैठते हैं...चलो रघुवीर...वहीं बैठेंगे!'' उन्होंने रघुवीरा और जगरमा की तरफ देखकर कहा।

सुनकर मुन्शिया, रघुवीरा और जगरमा–तीनों उठ खड़े हुए और उनके पीछे-पीछे चल दिए। जाते हुए मुन्शिया ने देखा–अब वहाँ की सभी खाटें सूनी थीं। बुजुर्ग न जाने कब के उठ गये थे। और इस वक्त चौपाल पर धुमैले कपड़े पहने अँधेरा टहल रहा था।

वे सब जीना चढ़ गये। बैठक में पहुँचकर शिवरतन सिंह ने ट्यूब जला दी और तीनों से कुर्सियों की ओर इशारा करते हुए बैठने को कहा। सकुचते-सिकुड़ते हुए तीनों ने अपने शरीरों को कुर्सियों पर रख दिया। शिवरतन सिंह ने कोने में रखी छोटी-सी डाइनिंग-टेबिल उनके सामने सरका दी और अलमारी की तरफ बढ़ गये और उसमें से निकालकर दो बोतलें ले आए। टेबिल पर रखते हुए बोले, ''खोलो भई मुन्शीलाल!'' और फिर अलमारी की तरफ चले गये।

बोतलें देखकर तीनों हतवाक् और लगभग चमत्कृत थे। ठर्रा और कभी-कभी 'दुबारा' तो मिल जाती है, लेकिन यह तो 'इंगलिस' है! बोतलों की बनक तो देखो!

शिवरतन सिंह ने लाकर तीन गिलास रख दिए टेबिल पर। मुन्शिया ने देखा और बोल उठा, ''एक और ल्याऊ कक्का!''

शिवरतन सिंह ने उसकी तरफ देखते हुए कहा, ''यह तो तुम्हारे ही लिये है!''

''नहीं कक्का, जे नहीं होइगौ!'' मुन्शिया ऐसे बोला, जैसे वह शिवरतन सिंह का बरसों का हमप्याला हो, ''तुम्हें हू लेनों परैगी आज तौ!''

''नहीं नेता जी,'' शिवरतन सिंह लगभग चिरौरी-सी करते बोले, ''मैं कौन लेता हूँ...यह तो तुम लोगों के लिए ही मँगाई थी!''

''तो हमहूँ नहीं पिएँगे कक्का!'' मुन्शिया ने आग्रह जारी रखा।

''ठीक है, मेरा ईमान बिगड़वा के ही मानोगे तुम लोग,'' कहते हुए शिवरतन सिंह एक और गिलास उठा लाए और बोले, ''लो, लेकिन मैं सौगन्ध के लिए एक पैग लूँगा, पहले कहे देता हूँ...तुम्हारे लिये ईमान भी खराब कर लूँगा...खोलो...मैं और सामान मँगाऊँ!'' और वे बैठके से बाहर निकल, छत पर खड़े हो टेरने लगे, ''घंसा!...ओ घंसा!''

''ज ओं दद्दा!'' उधर से आवाज़ आई।

''ऊपर आ!''

और एक अधेड़नुमा युवक जल्दी-जल्दी जीना चढ़ता हुआ ऊपर आया और ऑर्डर सुनने लगा। थोड़ी देर में वह प्याज, नींबू और आम का अचार और कुछ नमकीन प्लेटों में रखकर दे गया। उसके बाद एक जग में पानी। शिवरतन सिंह ने उससे मद्धिम आवाज़ में कुछ और भी कहा, जिसे सुनकर वह नीचे उतर गया।

एक बोतल चुक गयी, तो मुन्शिया ने दूसरी को हाथ में उठा लिया और उसके लेबिल पर नज़र गड़ाकर बोला, ''कक्का, कौन-सी है जे?'' बड़ी बढ़िया चीज है!''

''माल के मालपुआ बन्त एँ! जगरमा ने मुन्शिया के हाथ की बोतल की ओर देखते हुए कहा, ''कौन-सी हू होइ, है असली माल!''

''बरंडी लगतै!'' रघुवीरा बोला।

सामने की कुर्सी पर चुपचाप बैठे शिवरतन सिंह देख रहे थे तीनों को, ठंडी और भेदक नजरों से। बोल उठे, ''ब्रांडी नहीं, व्हिस्की है। पर है विदेशी!...बाहर की बनी हुई है...यहाँ ऐसी चीज कहाँ रखी है!''

''तब ई!'' मुन्शिया ने सिर हिलाते हुए रघुवीरा और जगरमा की तरफ मुँहकर लिया, ''देसी तौ टेंटुआ में लकीर कर देतै यार!''

रघुवीरा और जगरमा की जबानें भारी हो रही थीं और वे नशे से फैली आँखों से सिर्फ देख रहे थे-भूत की तरह!

दोनों बोतलें टेबिल के नीचे पहुँचीं और इसके साथ ही घंसा थालियाँ लेकर आ पहुँचा।

''खाना खाओ भई रघुवीर अब...जगराम खाना लेउ अपना...मुन्शीलाल पकड़ो थाली!'' शिवरतन सिंह ने तीनों से कहा।

घंसा ने थालियाँ टेबिल पर रख दीं और तीनों बिना कुछ कहे जुट गये थालियों की रवा-पूड़ी उड़ाने में! सब्जियाँ दो थीं-एक सूखी, एक रसादार! पता नहीं पेट थे कि कोठार कि इतनी पीने के बाद भी कई-कई पूड़ियाँ खींच गये तीनों। गरम-गरम पूड़ियाँ! और रवा तो पोला माल है, बिना मेहनत के जाता था भीतर को!

खाने के बाद बैठे रहने की गुंजाइश न थी। मुन्शिया बोला, ''अब तौ सोवैंगे

कक्का!''

''हाँ, कपड़े मँगाए देता हूँ...आराम करो!'' शिवरतन सिंह ने कहा, ''अब बातचीत तो कल ही करेंगे!''

''बातचीत?...काहे की बातचीत?'' रघुवीरा बुदबुदाया।

''वही...सरपंची के बारे में।''

''सरपंची!...'' जगरमा बुड़बुड़ाया, ''ऐसी-तैसी सरपंची की।'' और वह अनायास ही फटी-फटी आँखों से रघुवीरा की तरफ देखने लगा।

''सरपंची-फरपंची की बातें...फिर करेंगे कक्का!'' मुन्शिया ने कहा ओर उसकी आँखें झप गयीं।

घंसा ने एक तरफ गद्दे बिछाकर बिस्तर लगा दिए ओर शिवरतन सिंह के इशारे पर, कुर्सियों पर आसन लगाए मुन्शिया, रघुवीरा और जगरमा को उधर ले चला-एक-एक करके-बाँहों से पकड़कर। और बिस्तरों पर पहुँचते ही वे तीनों इस तरह गिरकर सो गये जैसे मुर्दे हों!

शिवरतन सिंह ने एक बार फिर उन्हें देखा और उनकी तराशी हुई मूँछों के नीचे होंठों की बायीं कोर पर मुस्कान के छींटे उभर आए। वे उठे और बाहर निकलकर अँधेरे में धीरे-धीरे जीना उतरे और हवेली के भीतर चले गये।

5

बाजबहादुर की सूझ के काइल हो गये माधौ पांडे...

इतवार को शहर में ही रुक गये थे वे। अब तो अधिकारी से मिलकर ही लौटेंगे कल! घर जाकर करेंगे भी क्या?...और सोमवार को फिर पहुँचे थे ब्लॉक-ऑफिस। चप्पा-चप्पा जाना-पहचाना था वहाँ उनका। पहले तो इधर-उधर बतियाते रहे-बाबुओं से, ग्राम सहायकों से; फिर पहुँचे अधिकारी के पास। अधिकारी का जवाब था, ''ब्लॉक में तीन पंचायतें महिला और अठारह हरिजन कर दी गयी हैं—उन्हीं में आपकी पंचायत है!''

सुनकर वे लगभग गिड़गिड़ाते हुए बोले थे, ''महिला हो जाती तो भी ठीक थी, पर यह हरिजन कैसे हो गयी?''

''यह निर्णय हमने नहीं लिया है पांडे जी। सब कुछ ऊपर से हुआ है। परसेंटेज़ के हिसाब से हुआ है। जिन पंचायतों में हरिजनों का परसेंटेज़ ज्यादा है, उन्हीं को रिज़र्व किया गया है।'' बताया गया।

सुनकर उनके सामने निराशा का अन्धकार छा गया था यकायक। फिर भी अपने भीतर की बात उन्होंने कह ही दी थी, ''क्या अब कुछ भी नहीं हो सकता

सा'ब?...हो सके तो खर्चा-पानी जितना भी होगा...''

''नहीं पांडे जी, अब तो कुछ भी सम्भव ही नहीं है!...अब तो इसमें कलैक्टर साहब भी कुछ नहीं कर सकते!...ऊपर से ही सख्ती है। हमारी भी मजबूरी है पांडे जी!'' कहकर अधिकारी ने अपनी मजबूरी झलकाती आँखों से उनकी तरफ देखा था जैसे कहना चाह रहा हो कि वाकई उसे उनके साथ सहानुभूति है—इस विषय में; लेकिन ऊपर के सख्त आदेश के आगे वह मजबूर है!

और उनकी सारी प्रत्याशाओं पर पानी फिर गया था। यहाँ से आगे उनकी पहुँच भी न थी कहीं। सरपंची में ब्लॉक-ऑफिस से ही वास्ता पड़ता रहा था हमेशा। लेकिन अब?... वे कुछ देर सोचते रहे थे और फिर चुपचाप लौट आए थे...

उसके बाद एक ही दाँव उन्हें सूझा था, सो वे मन-ही-मन वार्डवाइज मैम्बरों के नामों का जोड़-तोड़ बिठाने में लग गये थे। आख़िर मैम्बरों से ही तो चलती है पंचायत! सरपंच तो मैम्बरों की मुट्ठी में रहता है! चाहे जब अविश्वास-प्रस्ताव!...कौन किस वार्ड में ठीक रहेगा?...

पर आज चौथे दिन तक सभी वार्डों के लिए अपने विश्वस्त आदमी तय नहीं कर पाए थे वे। कुछ नाम सूझते भी, पर उन पर पूरा विश्वास न बैठता था और डिग जाते थे वे।

वे इसी चिन्ता में डूबे थे कि बाजबहादुर आ पहुँचे अचानक। बैठे रहे। इधर-उधर से लौट-फिरकर बात आ गयी वहीं-चुनाव पर। माधौ पांडे ने अपनी समस्या उगल दी-यक-ब-यक। बाजबहादुर बोले, ''सात वार्डों के लिए तो तै कर लिये हैं आपने अपने आदमी...एँ?'' माधौ पांडे के मुँह की तरफ देखते हुए उनके माथे की काफ़ी पुरानी शिकनें और गहरी हो गयीं।

''हाँ, सात तो हैं।'' माधौ पांडे ने कहा।

''अब रहे चार!...तो ऐसा कीजिए ना,'' यकायक चहक उठे बाजबहादुर, ''तीन में अपने तीनों लड़कों को खड़ा कीजिए ना! बात खतम!...अरे रामखिलावन को तो लड़ना ही है अब चुनाव...सरपंची न सही, मैम्बरी सही!...दिनेश और गौटू को भी खड़ाकर दीजिए!...बोटर-लिस्ट में नाम हैं ना उनके?''

''नाम तो आ गये हैं!'' माधौ पांडे ने उत्साह से कहा और इसके साथ ही उनका चेहरा खिल उठा।

''तो बस, वे तो बने-बनाए ही रखे हैं मैम्बर।'' बाजबहादुर ने तपाक से कहा, ''आप तो अपनी चुखरिया भी खड़ी कर दें तो उसे भी हटाने की हिम्मत नहीं है किसी में; ये तो लड़के हैं।...रहा खाली एक वॉर्ड, तो उसमें आप कहेंगे तो मुझे खुद खड़ा होना पड़ेगा।''

सुनकर मिश्री-सी घुल उठी माधौ पांडे के भीतर। वाह! तीनों लड़के मैम्बर हो

जाएँ तो सरपंची कहाँ लगती है फिर! हुलास में भरे बोले, ''वाह नेता जी, मान गये तुम्हारी हिकमत!...मेरे तो दिमाग में ही नहीं आई यह बात! सब समस्या खतम हो गयी!''

''अरे महाराज, क्या बताऊँ आपको,'' बाजबहादुर लगभग पछतावे के स्वर में बोले, ''गुरू, दिमाग में तो ऐसी-ऐसी योजनाएँ आती हैं, ऐसी-ऐसी योजनाएँ आती हैं कि नक्सा पलट जाए एकदम से! सही कहता हूँ गुरु, मैं जो चाल बता दूँ उसका काट और किसी के पास तो क्या, प्राइम मिनस्टर के पास भी नहीं हो सकता! समझ ही नहीं सकते उसे वे! ...लेकिन क्या करूँ...आप तो जानते हैं कि जहाँ दाँत होते हैं वहाँ चना नहीं और जहाँ चना होते हैं वहाँ दाँत नहीं!...अपना तो साफ खेल है गुरू!''

''अरे नहीं नेताजी, तुम्हारा ऊँचा खेल है!'' माधौ पांडे ने लगभग शाबाशी के स्वर में कहा, ''चलो, ब्यालू कर लें अब।''

ब्यालू की बात पर हाथ जोड़कर दाँत चियार दिए बाजबहादुर ने, ''कृपा चाहिए आपकी बस...आप तो हमें औडर करते चलो और बैठे-बैठे देखो बस...अब चलता हूँ मैं...आप ब्यारू कीजिए!'' कहकर खाट से उठ खड़े हुए बाजबहादुर। माधौ पांडे भी खड़े हो गये, ''तो तै रहा नेता जी!''

''बिल्कुल पक्का!'' कहते हुए बाजबहादुर ने बैठके से बाहर मुँह निकाला तो गली का अँधेरा उनके चश्मे में भर उठा। बोले, ''अरे, बहुत अँधेरा है बाहर तो!...जयराम जी की गुरू!'' और धोती का छोर पकड़कर चोर क़दमों से गली में बढ़ गये।

माधौ पांडे अभी ब्यालू से लौटकर बिस्तर पर लेटे ही थे कि द्वार पर किसी गाड़ी की घरघराहट के रुक जाने से वे चौकन्ने हो उठे और खाट पर बैठने हो गये कि इसके साथ ही घुसकर भीतर आ गये तीन आदमियों को वे एकबारगी पहचान ही न पाए।

''पांडे जी राम-राम!''

आवाज़ पहचानते तनिक भी देर न लगी माधौ पांडे को, ''राम-राम...अरे भइया, आओ!'' उमंग के साथ कहा और चारपाई से खड़े होकर बाँह से थाम लिया उन्होंने शिवरतन सिंह को, ''बैठ जाव!''

शिवरतन सिंह और उनके दोनों संगियों को खाट पर बिठाते हुए माधौ पांडे थोड़ी देर के लिए भूल गये कि यह वही शिवरतन सिंह हैं जो बीस-पच्चीस साल तक उनके प्रतिद्वन्द्वी रहे हैं। साथ के दोनों आदमियों, जिनमें से एक के पास राइफल भी थी, को नज़र अन्दाज़ करते हुए वे सीधे शिवरतन सिंह से मुखातिब हुए, ''आज कौन-सी दिसा से सूरज उदै हुआ है भाई?''

जवाब में शिवरतन सिंह ने एक हल्का-सा ठहाका लगा दिया, फिर बोले, ''पांडे जी महाराज, सूरज तो हमेशा पूरब दिशा से ही उदय होता है और पश्चिम में ही मुन्दता है—यही नियम है...पर अब लगता है कि नियम बदल रहा है!''

गूढ़-सी बात का मतलब समझने के लिए क्षणांश में चौतरफा घूम गया माधौ पांडे का दिमाग़ : कोई न कोई जरूरी बात तो है कि शिवरतन सिंह खुद उनके पास आए हैं और फिर जिन्दगी में पहली बार! सो भी रात गये। और दो आदमियों के संग, जिनमें से एक के पास बन्दूक है। क्षणभर तक चुप बने रहे वे, फिर बोले, ''देखो भइया, तुम पढ़े-लिखे आदमी हो और मैं तो...जानते हो अपढ़ हूँ...मुझे तो साफ-साफ बताओ पूरी बात!''

''अरे महाराज, सारा गाँव क्या इलाका जानता है कि तुम कितने अपढ़ हो, इसीलिये तो हम आए हैं तुम्हारे पास...'' हँसते और कहते शिवरतन सिंह यकायक गम्भीर हो गये, ''बात यह है पांडे जी कि अब तक हम-तुमने हुकूमत की लोगों पै और अब चमार-चूरा हम तुम पै हुकूमत करेंगे!...''

''अरे भइया,'' अधपर ही ले ली माधौ पांडे ने शिवरतन सिंह की बात, ''इस चिन्ता में तो आँख नहीं लगती मेरी!'' स्वार्थों का एका हुआ तो बीस-पच्चीस-साला दुश्मनी पल भर में पानी की लकीर की तरह मिट गयी। जानते-समझते हुए भी माधौ पांडे शिवरतन सिंह से यह तक न पूछ सके कि भइया शिवरतन सिंह, तुम हो बेरुआ के सरपंच और जनपद के अध्यक्ष, फिर तुम्हें इससे क्या लेना-देना कि सिपौली पंचायत में किसकी हुकूमत है? अरे तुम्हारी गैल दूसरी, हमारी दूसरी! उल्टे बोले, ''मैं लेटा-लेटा यही सोच रहा था अभी कि गाड़ी की आवाज़ सुनाई दी...तुम ठीक टैम पै आए भइया!...हाँ, पहले चाय-फाय पी लो कुछ...'' कहकर उन्होंने आवाज को फुल वाल्यूम पर पहुँचाकर टेर लगाई, ''गोटूऽऽऽऊ!...ओ गौटूऽऽऽऊ!!''

शिवरतन सिंह ने टोका, ''अरे नहीं पंडिज्जी, चाय पीने का टैम नहीं है ये...काहे को हैरान करते हो किसी को...''

हैरान कोई हुआ भी नहीं! माधौ पांडे की लाउड-स्पीकरीय आवाज किसी तक पहुँची भी न होगी-उस लम्बे-चौड़े मकान के भीतर। गौटू तक भी नहीं। गौटू तो अपनी बहू के संग होगा अपने कमरे में। जानते थे माधो पांडे-अच्छी तरह। फिर भी कहने लगे, ''हैरान काहे के...हाल बन जाएगी!''

''नहीं पांडे जी, हम चाय पीने थोड़े ही आए हैं इस टैम!'' शिवरतन सिंह ने कहा, ''हम तो इसलिये आए हैं तुम्हारे पास कि तुम अपनी राय तो बताओ कि सरपंच कौन आदमी ठीक रहेगा?...तुम्हारी निगाह में है ऐसा कोई आदमी कि जो हरिजन तो हो पर सरपंच बनने पर हमारा-तुम्हारा अदब तो करता रहे?''

''ऐसा आदमी तो कोई नहीं दिखता भइया...वैसे भी भाव बढ़े हुए थे इन लोगों के, अब हरिजन सीट हो गयी!...कोई भी बन जाइ सरपंच, कोसिस वह हमारे-तुम्हारे मूँड़ पै ही बैठने की करेगा!'' माधौ पांडे ने अपना मत व्यक्त किया।

''फिर भी अपना कोई तो आदमी खड़ा करने का विचार कर रहे होंगे?''

माधौ पांडे ने लापरवाही दिखाई, ''छोड़े गाँव से नाता क्या!...सरकार ने हरिजन सीटकर दी, तो कोई भी बन जाइ सरपंच...हमें क्या?...पर बागडोर हम अपने हाथ में ही रखेंगे!...''

''कैसे?'' शिवरतन सिंह ने सशंक दृष्टि से माधौ पांडे के मुँह की ओर देखा।

''देखो भइया,'' माधौ पांडे ने कुशल खिलाड़ी की तरह अपना पासा फेंका, ''अब तुम्हारा-हमारा काम एक ही है, इसलिये सब बताए देता हूँ, पर सर्त यह है कि तुम भी कुछ छिपाओगे नहीं!''

''अरे पांडे जी, छिपाने का तो सवाल ही नहीं है...और फिर अब भी हम एक-दूसरे से छिपाव रखेंगे तो बिगड़ेगा किसका? हमारा ही...''

''तो सुनो,'' माधौ पांडे बोले, ''सरपंची चलती है मैम्बरों के ऊपर...और सभी वार्डों में मेरे आदमी खड़े होंगे!''

''कौन-कौन हैं?''

''अब पहले तुम यह बताओ कि तुम्हारी योजना क्या है?'' माधौ पांडे ने अगला दाँव लगाया।

''योजना कुछ नहीं है पंडिज्जी,'' माधौ पांडे के घुटने पर उँगलियों के पोर छुआते हुए शिवरतन सिंह ने कहा, ''मैंने सरपंच के लिए जो आदमी चुनकर रखा है पहले उसका नाम सुन लो, फिर बताओ कि ठीक है या नहीं?''

''कौन... ?''

''कान में बताऊँगा!'' शिवरतन सिंह बोले।

''यहाँ और कौन है?...बोल दो...'' माधौ पांडे ने कहा।

''अरे नहीं महाराज, दीवारों के कान होते हैं और हवा के आँखें!...कान करो इधर!'' और उसके साथ ही माधौ पांडे ने अपना कान आगे बढ़ा दिया और शिवरतन सिंह ने अपना मुँह। और पलांश में फुसफुसाकर उन्होंने अपना मुँह जहाँ का तहाँ कर लिया, उन्होंने अपना कान।

माधौ पांडे बोले, ''गऊ आदमी है भइया...बिल्कुल बढ़िया रहेगा!...पर जीत जाएगा ये?'' उनकी आँखों में शंका उतर आई, ''मिल जाएँगे इसे बोट?...मुन्शिया या रघुवीरा में से कोई खड़ा हुआ तो...''

''उनकी फिकिर मत करो!'' बीच में ही बोल उठे शिवरतन सिंह।

''...और लालाराम?...रामभरोसा?...ये भी तो ठाड़े हो सकते हैं?''

"हो सकते नहीं, होंगे; जरूर होंगे!...पर लालाराम को तो बहुत कम वोट मिलेंगे...मूँड़ तो वह तब से ही पटक रहा है सरपंची के लिए...समझता है कि पैसे वाला है तो सरपंची के लाइक भी है।...भले आदमियों की तरह पक्का मकान बनवा लिया है तो नेतागिरी के लाइक भी हो गया है।...अरे, नेतागीरी के लिए दिमाग चाहिए पंडिज्जी!...और व्यवहार चाहिए! पर कमीनजू में इतना दिमाग कहाँ से आए?...पैसा क्या बढ़ गया, समझता है जगजीवन राम हो गया...सीधे मुँह राम-राम भी नहीं करेगा किसी से!...नौकरों; और तो और अपनी जाति-बिरादरी के लोगों से ही ऐसे बात करेगा जैसे खुद चमार नहीं, कोई पुराना जागीरदार है।...उसके तो खुद चमार भी खिलाफ हैं...रहा रामभरोसा, तो उस पर थोड़ा विश्वास है लोगों का-मुकाबला उसी से होगा!...उसके लिए भी कोई उपाय सोचेंगे!"

"तो ठीक है," माधौ पांडे सतर्क हो उठे, "पर यह तुम्हारे ऊपर है कि अपना आदमी हर हालत में जीतना ही चाहिए!...हारे नहीं!...रामभरोसा बोलनेवाला है और व्यौहार-कुसल तो है ही; इसलिये जनता उसकी तरफ झुक सकती है!...वैसे सच कहा जाए तो चमारों में सरपंची के योग्य वही है पर उसका दिमाग बिगाड़ रखा है नारायण मास्टर ने!...यह नारायण मास्टर भी अजब आदमी है भइया: ब्राह्मन होते हुए भी ब्राह्मन-ठाकुरों की ही खोटें निकालता रहेगा और खुद चमारों-बराहरों के हाथ का पानी पिएगा, रोटी खाएगा!..."

"कम्युनिस्ट है!" शिवरतन सिंह ने टिप्पणी की।

"कमनिस्ट!" माधौ पांडे ने ऐंठते हुए कहा, "इसका मतलब मालूम है, क्या है?...मतलब है-कमीन इस्ट! यानी जिसका इस्ट कमीन हो, वह कमनिस्ट!...कमनिस्ट क्या, काऊ कमीन की औलाद कहो!...जब देखो तब चमरों-चूरों को ही मूँड पै धरे रहता है...रोज बैठक जमती है उसके कोठा पै।...इतना ध्यान रखना, बहुत लोग हैं उसके साथ!" माधौ पांडे ने सावधान करते हुए, शिवरतन सिंह के चेहरे की तरफ देखा, "और समझ लो-जो नारायण मास्टर है सो ही रामभरोसा! रामभरोसा से अपने आदमी की टक्कर के लिए तुमने क्या सोचा है—यह भी तो बताओ मुझे।"

शिवरतन सिंह ने बगल को गर्दन घुमाकर अपने पीछे ही खाट पर बैठे व्यक्ति की तरफ इशारा करते हुए माधौ पांडे की ओर देखा, "इन्हें पहचानते हो?"

"नहीं, मैं नहीं पहचानता!" माधौ पांडे ने सिर हिलाते हुए कहा।

"ये नाहरसिंह हैं।"

"नाहरसिंह?...यानी..." माधौ पांडे ने उस आदमी के चेहरे की तरफ देखते हुए कहा। उनके कान खड़े हो गये थे।

"हाँ, पांडे जी महाराज, नाहरसिंह यानी नाहरसिंह!" शिवरतन सिंह ने कहा, "देखो महाराज, डाकू का तो नाम ही बहुत होता है...आत्म-समर्पित हैं तो क्या? हैं

तो नाहरसिंह ही!''

माधौ पांडे कुछ पलों तक कनखियों से नाहरसिंह के खादी के धोती-कुरता को देखते रहे, फिर शिवरतन सिंह की ओर देखते हुए बोले, ''ठीक है...जो तुम ठीक समझो, पर अपना आदमी जीतना चाहिए!''

''पंडिज्जी, बस तुम्हारी मेहरबानी चाहिए!'' शिवरतन सिंह ने कहा, ''अब तुम बता दो, कौन-कौन मैम्बर हैं तुम्हारे?''

''एक तरफ से सुन लो, तुम'' माधौ पांडे बोले, ''एक नम्बर वॉर्ड में रामेसुर पंडित, दो में सुमेरा, तीन में रहीम खाँ, चार में लीलाबाई-दिबिया के घर से, पाँच छै सात में अपने तीनों रामखिलावन, दिनेश और गौटू, आठ में गम्भीरा, नौ में बाजबहादुर, दस में गनपतिया और ग्यारा में गोपी महाते...एक महिला का नौमीनेसन होगा, उसके लिए ग्यासोबाई-रमजिया के घर से!...ठीक है?''

मैम्बरों में तीन-तीन लड़कों का नाम सुनकर शिवरतन सिंह के भीतर साँप-सा लोटने लगा : घर के ही तीन-तीन मैम्बर!...लेकिन बोले, ''वाह पांडे जी, तुमने तो सरपंची पर कंट्रोल ही कर लिया इस तरह!...हाँ, एक-दो आदमी बदल दो तो पक्का काम हो जाएगा...एक-दो ही ठीक नहीं हैं!...''

''कौन-कौन...?''

''एक तो गम्भीरा बदमाश है...भरोसेमन्द नहीं है, उसकी जगह भूपा ठीक रहेगा। दूसरी महिला के लिए ग्यासोबाई नहीं, रामदेई ठीक रहेगी...वही मौ बारी!...ऐसे कामों के लिए बेवा औरत ठीक रहती है!''

माधौ पांडे तत्काल समझ गये शिवरतन सिंह का मतलब। बोले, ''सही सोचा है तुमने...ऐसा ही करेंगे!...और तो ठीक हैं...?''

''हाँ, और सब ठीक हैं।...अब मैम्बर तुम्हारे, सरपंच हमारा!'' शिवरतन सिंह ने मुस्कराते हुए कहा, ''अब और कोई बात तो नहीं है?...ठीक है ना?''

''बिल्कुल ठीक!'' माधौ पांडे ने कहा।

''तो अब चलें पंडिज्जी,'' कहकर शिवरतन सिंह खाट से उठ खड़े हुए, उनके पीछे ही नाहरसिंह और राइफल वाला आदमी था। यह देखकर माधौ पांडे भी उठकर खड़े हो गये।

और थोड़ी देर में जीप की घरघराहट गली के अँधेरे को चीरती हुई, लौटकर बेरुआ की तरफ दौड़ चली।

6

फॉर्म भरे जाने के दिन मेले में जाने जैसा उत्साह था-उन सभी में जो कमोबेस 'राजनीति' में दिलचस्पी रखते थे। और जिनको सरपंची या मैम्बरी के फॉर्म भरने

थे, उनका तो कहना ही क्या! पर रामभरोसे में वैसा उत्साह न था। मंडी की घटना के बाद से रोष और क्षोभ उसके चेहरे पर स्थाई भाव की तरह चिपके हुए थे, जो गाहे-ब-गाहे उसकी जीभ पर भी उतर आते। पंचायत के हरिजन रिज़र्व हो जाने की सूचना से उसे जरा भी खुशी न हुई। उल्टे, वह बोला था, "क्या होगा इससे? सरकारी ढोंग है सब!"

अपनी उम्मीद के विपरीत रामभरोसे के मुँह से यह सुनकर नारायणदा ने उससे पूछा था, "क्यों...क्या नहीं होगा इससे?"

"कुछ नहीं होगा!"

"क्यों... ?"

"इसलिये कि असली चीज पैसा है...हरिजन-सवर्ण से क्या होता है!" रामभरोसे की आवाज़ में तुर्शी थी।

"होता कैसे नहीं है?...बिल्कुल होता है, और होगा!" नारायणदा ने जवाब दिया था, आदमी को अपने स्तर पर काम करना चाहिए, यही उसकी लड़ाई है, यही संघर्ष है!...और संघर्ष का कोई माफिक परिणाम न हो, यह तो मैं मान ही नहीं सकता!...देखो रामभरोसे, अब मौका आ गया है कि तुम्हें एक्टिव हो जाना चाहिए! मैं खासकर तुमसे इसलिये कह रहा हूँ कि तुम्हारे पास वह है, जिसकी हमें जरूरत है!" कहकर उन्होंने सभी की तरफ देखा था, "और हम सब तुम्हारे संग हैं; हम ही क्या पूरा गाँव होगा तुम्हारे साथ... ।"

सुनकर वहाँ मौजूद ख्याली, गोबिन्द, ईसुरी और भोला वगैरह ने सहमति से सिर हिला दिए थे।

"क्या तुम्हें पूरे गाँव की इच्छा के साथ नहीं होना चाहिए?...क्या तुम्हें पूरे गाँव के लिए कुछ भी नहीं करना चाहिए?...तुम खुद ही सोचो... " नारायणदा ने आगे कहा था।

रामभरोसे अपने आप में डूब गया था—सुनकर।

नारायणदा लगातार बोले जा रहे थे, "आम लोगों के काम की दो ही चीजें हैं-शिक्षा और राजनीति!...शिक्षा राजनीति की कुंजी है!...यदि कोई यह कहे कि राजनीति से उन लोगों को क्या लेना-देना जो अपना पेट भी आसानी से नहीं भर पाते? तो उससे मैं यही कहूँगा कि उन लोगों को राजनीति समझना उतना ही ज़रूरी है जितना रोटी कमाना! क्योंकि यह राजनीति ही है, जो यह तय करती है कि एक गरीब मजदूर दिन भर मजूरी करने के बाद भी भरपेट खाना खाए या अधपेट! वही तय करती है कि मेहनत में हाड़-माँस गलानेवालों के लड़के-बच्चे जैसे-तैसे कपड़े पहनें या अधनंगे रहें! वही तय करती है कि गरीब-गुरबों की इज्जत-आबरू बची रहे या दिन-दहाड़े लूट ली जाए!...हमारा जीना-मरना—सब कुछ राजनीति ही

निर्धारित करती है तो उससे परहेज कैसे किया जा सकता है?'' कहते हुए नारायणदा का चेहरा तमतमा आया था। यकायक वे अकेले रामभरोसे की तरफ मुखातिब हो गये थे, ''तुम्हें हर हालत में सिपौली हरिजन पंचायत की सरपंची करनी है रामभरोसे!...मैंने अब तक तुम्हारे लिये जो भी किया, उसके बदले तुमसे कभी कुछ नहीं माँगा। पर आज...आज मेरी यह माँग है और संग ही आज्ञा भी!'' नारायणदा विचलित दीख रहे थे।

रामभरोसे हिल उठा था एकबारगी। अपने जीवन भर के किए-धरे का प्रतिकार माँग रहे हैं नारायणदा आज! वे ही नारायणदा जो उसके गुरू हैं; उसके सुख-दुख के साथी हैं; उसके दोस्त हैं और साथ ही उसके पिता भी हैं!...उसका एक पिता वह आदमी था, जो उसकी यादपर्यन्त सोबरनसिंह का बँधुआ रहा था और जिसका नाम था खचेरा-खचेरा चमार!-जिसने उसे पैदा किया था और जो नौकरी बजाते हुए सोबरनसिंह के घर पर ही मर गया था-खून थूककर।...और दूसरे पिता हैं-मास्टर नारायण प्रसाद तिवारी, जिन्होंने उसकी मटैली जिन्दगी को अपने जीवन-रस से धो-धोकर साफ-सुथरा किया है, और जिन्हें सारा गाँव 'नारायणदा' या 'नारायण मास्टर' कहता है और वह कहता है 'दादा'।

सोचते हुए रामभरोसे की आँखें झलमला उठीं। उसने वहाँ उपस्थित सबकी ओर देखते हुए कहा, ''तुममें से किसी की इच्छा तो नहीं है सरपंची के लिए?''

जवाब ईसुरी ने दिया था, ''हम में ते को है सरपंची के योग्य ताइ पूछि रहे हौ?...रामभरोसे, हम सिब तुम्हारे और नारायणदा के संग हैं—मरे मारे तक... निसफिकिर रहौ!''

''हाँ'', ''सही बात है!'' अनेक मुँहों से निकला था-समर्थन में।

यह सुनकर रामभरोसे ने नारायणदा के मुँह की तरफ देखते हुए कहा था, ''ठीक है दादा, मैं भरूँगा सरपंची का फार्म!''

सुनकर नारायणदा ने कहा तो कुछ नहीं, लेकिन उनके चेहरे पर उजाला-सा फैल उठा था और क्षणभर को वे भीतर ही भीतर सोचने लगे थे कि उनकी परख गलत नहीं थी।

फॉर्म भरनेवालों में से कोई न लौटा था अभी; पर उड़ती-उड़ती यह बात हर कान तक जा पहुँची कि इस बार न मुन्शिया ने फॉर्म भरा है, न ही रघुवीरा ने; बल्कि रामभरोसे के खिलाफ खड़ा हुआ है बिहारिया-बिहारिया भोंदा! और लालाराम को तो खड़ा होना ही था—उसने तो आज तक एक भी चुनाव छोड़ा ही नहीं है, फिर इसे ही क्यों छोड़ता!...लेकिन यह बिहारिया! इसे क्या सूझी है? बिहारिया का नाम सुनकर तो अचम्भे में पड़ जाते थे लोग और तरह-तरह की बातें करते :

-मेंढ़की कहती है कि मेरे भी नाल बाँध दो!

– बिहारिया क्या सरपंची जीतेगा?

– यह बिहारिया तो किसी की तीन-तेरह में भी नहीं था!...झूठी खबर है!

– वाह रे बिहारिया, घर में नानें दाने और अम्माँ चली भुँजाने!

– अब सरपंच तो रामभरोसे ही बनेगा!

– अरे भैया, कोई ऊँची राजनीति लगती है मुझे तो।

– राजनीति?...इसमें क्या राजनीति होगी?...

कुछ समझ में न आता था किसी के।

जब नारायणदा तक यह खबर पहुँची, तो उन्होंने इसे एक अफवाह ही समझा। बिहारिया क्यों खड़ा होगा भला?...

लेकिन जब रामभरोसे और उसके साथी लौटकर आए और उन्होंने इस खबर की पुष्टि की तो एकबारगी नारायणदा की भी समझ में कुछ न बैठा और उनकी आँखों में आशंका के चिह्न दिखाई देने लगे।

7

छपरे के नीचे नंगी खाट पर सिगरेट के कश लेते हुए मुन्शिया ने नारायणदा को आया देखकर कहा, "राम-राम मास्साब!...आऊ..." और खाट पर एक तरफ को सरक गया। नारायणदा बैठ गये और उन्होंने निगाह उठाकर चबूतरे पर बैठे अन्य लोगों को देखा: सब भोले, खुरदुरे और मासूम चेहरोंवाले मजूर किसान थे—मैले-कुचैले बंडी-पंचा पहने।

और उन्होंने गौर किया-मुन्शिया असली खादी में था-झकाझक कुरता-धोती में!...और उसकी तर्जनी और मध्यमा के बीच फँसी सिगरेट की आग अब उँगलियों को छू रही थी।...थोड़ी देर तक मौन पसरा रहा वहाँ। फिर उन्होंने बिना किसी भूमिका के मुन्शिया से कहा, "भई मुन्शीलाल, तुम क्यों नहीं खड़े हुए?"

मुन्शिया ने सिगरेट का टोंटा धरती में घिसते हुए लापरवाही से कहा, "बिहारी भऔ कि हम, एक ही बात है।"

"बात तो एक ही है, पर तुमको अनुभव भी है, बोलना-चालना भी जानते हो...मेरा मतलब है कि सरपंच कोई ऐसा आदमी हो जो उसके योग्य भी हो!" नारायणदा ने कहा।

मुन्शिया क्षण भर चुप रहा, फिर बोला, "हम ते पूछिबे के बाद ही ठाड़ौ करौ है बो.....हमसे हू कही चौधरी कक्का नें, पर हमनें खुद नाहीं कर दई।"

सुनकर एक झटका-सा लगा नारायणदा को भीतर ही भीतर : चौधरी कक्का!

बोल उठे, "चौधरी कक्का?... चौधरी शिवरतन सिंह... ?"

मुन्शिया ने गर्दन हिलाकर हामी भरी, "हूं!"

"पर शिवरतन सिंह कौन होते हैं इस गाँव के लिए सरपंच तय करने वाले?...सरपंच तो गाँववाले बनाएँगे..."

"तुमने ठाड़ौ कर तौ दऔ है रामभरोसे!" मुन्शिया ने बीच में ही कह दिया।

"रामभरोसे मैंने ही खड़ा नहीं किया है, बल्कि पूरा गाँव चाहता है कि वही सरपंच बने।" नारायणदा ने कहा, "और तुम खुद भी अपने दिल पर हाथ रखकर कहो कि तुम लोगों में से और कोई है क्या उससे ज्यादा योग्य?"

यह सुनकर, अब तक जो लोग चबूतरे पर चित्र लिखे-से बैठे-बैठे बारी-बारी से नारायणदा और मुन्शिया के मुँहों को ताक रहे थे, उनके भी सिर हिलने लगे और उनकी आँखों में रौशनी-सी चमकने लगी—गोया वे सब नारायणदा की बात से सहमति जता रहे हों—चुपचाप-रामभरोसे के पक्ष में!

मुन्शिया ने जवाब दिया, "योग्य है तो बनौ रहै...पर हम का मूरख हैं?...वो तो बात हू ना कत्तु हमते...कब्भी!...फिर हमारी का अटकी डरी है कि..."

नारायणदा बीच में ही बोल उठे, "तुम गलत समझे मुन्शीलाल, उसकी लड़ाई तुमसे नहीं है...उसकी लड़ाई तो उन लोगों से है, जो तुम सबका खून चूस-चूसकर लाल हो रहे हैं, तुम सबकी मैली-चिकटी देह की मेहनत से उजले और चिकने हो रहे हैं! और फिर भी तुम उन्हीं के संग हो! रामभरोसे को इसी बात से बुराई है...नहीं तो सच कहता हूँ वह तुम सबको चाहता है...वह तो यही चाहता है कि सब उसके संग होकर या उसे संग लेकर अपनी लड़ाई लड़ो!...मुन्शीलाल, तुमको गलतफहमी हुई है!"

सुनकर अपने स्वभाव के मुताबिक यकायक उखड़ उठा मुन्शिया, "मास्साब, हम तौ चमार हैं! आदमी नहीं चमार! जा गाँव में ऐसौ कोऊ ठाकुर-ब्राह्मन है जो हमें आदमी समझै?...काहू के द्वार पै जाँय तो बराबर खाट पै नहीं बैठ सकत हम! पानी पीबे कों लोटा नहीं मिलैगो, ओक ते पियौ। हमारे छुएँ ते बासन खराब है जाइगौ! ठाकुर-ब्राह्मननि के संग में पानी नहीं भरि सकत हम!...फिर? फिर हम कौन के ढिंगा जाएँगें?...भईं जाएँगे ना झाँ हमारी इज्जत-आबरू रहैगी।...चौधरी कक्का की होड़ को करैगो झाँ? बिनके द्वार पै हमें खाट मिलतै बैठिबे कों-बराबरी में! और रोटी-पानी काऊ बात में खोंच नहीं दिखी हमें बिनके झाँ-कभी!...फिर हम कौन के संग रहें?..."

"देखो मुन्शीलाल," नारायणदा ने खँखारकर अपनी आवाज़ साफ़ की, "तुम्हारी बात सही भी है और नहीं भी! थोड़े-से ठंडे दिमाग से सोचो तो तुम्हें खुद समझ में आएगा कि इस विषय में दोष किसी जाति-विशेष का न होकर उस व्यवस्था का है

जिसके चलते हम सबमें ऐसे गलत संस्कार पड़ गये कि हमने एक-दूसरे को बड़ा-छोटा, छूत-अछूत, सवर्ण-हरिजन मान लिया! अब इस चीज का खतम होना भी सरल नहीं है!...इस विषय में हम-तुमको सोचना यह चाहिए कि ये पुराने हो गये संस्कार कैसे बदलें?...संस्कार कोई ऐसी चीज भी नहीं है कि किसी कल-पुर्जे की तरह एक की जगह दूसरा फिट कर दिया जाए! एक और बात समझ लो मुन्शीलाल, कि मनुष्य के भीतर पैदा होनेवाले किसी भी अच्छे या बुरे संस्कार की जड़ कहीं न कहीं उस शासन व्यवस्था से जुड़ी होती है, जिसके कानून-कायदे उस पर लागू हो रहे होते हैं!...तो देखना यह है कि दोष किसका है?...व्यवस्था आज भी बदली नहीं है! देश की संसद आज भी हरिजन-सवर्ण का राग अलाप रही है। फिर कैसे होगा कुछ?...और फिर इसे क्या कहें कि एक मूर्ख से मूर्ख ब्राह्मण स्वयं को पूजनीय आसन पर बैठने का हकदार मानता है, तो हरिजन कहा जानेवाला आदमी भी उस ब्राह्मण को हटाकर, उसी आसन पर बैठना चाहता है!'' कहकर नारायणदा ने मुन्शिया के चेहरे पर देखा और बोले, ''सवाल तो यह है कि वह तोड़ क्यों नहीं डालता उस आसन को जो टंटे की जड़ है!...हमारी खामी तो यहीं पर है कि हम अपने लिये अपना आसन खुद तैयार नहीं करते!...तुमने देखा होगा कि एक पढ़े-लिखे मेंहतर-चमार अफसर के सामने पोथी-पत्रा और जनेऊ-तिलकधारी पंडितजी भी गिलहरी की तरह हाथ जोड़े खड़े मिलते हैं!...इसलिये भैया, इस चीज को और गहराई से समझो...उसकी जड़ें काटनी पड़ेंगीं पहले!''

इस बीच मुन्शिया ने एक और सिगरेट सुलगा ली थी और वह उसके सुट्टे मारे जा रहा था। और इसी दरमियान दो आदमी चबूतरे से उठ गये और तीन नये आ बैठे थे।

नारायणदा ने बात का रुख बदलने की गरज से फिर मुन्शिया की तरफ देखते हुए कहा, ''बात चल पड़ती है, तो बातें हो ही जाती हैं...वैसे मैं तुम्हारे पास आया इसीलिये था कि मौका मिला है तो सब मिलकर कोई ऐसा सरपंच बनाओ, जिससे सबका हित हो।''

''हमनें तौ बनाइ दऔ बिहारीलाल!'' मुन्शिया ने वही बात फिर दोहरा दी।

सुनकर नारायणदा की आवाज़ सख्त हो उठी यकायक, ''बना तो दिया, पर तुमने कभी यह भी सोचा है कि वह अंगूठाटेक क्या सरपंची करेगा!...''

''बिहारी तौ नाम कों सरपंच रहैगौ...काम तो हम ही करेंगे!'' मुन्शिया ने जवाब दिया, ''हम तौ नानें अंगूठाटेक!''

''और सोच-समझ लेना सब बातें...'' नारायणदा ने कहा, ''फिर जैसी तुम्हारी मर्जी!''

''सब बातें सोच-समझ लई हैं!'' मुन्शिया ने बेरुखी से दो टूक जवाब दिया।

“तब ठीक है...” कहकर नारायणदा चले आए वहाँ से। और लौटकर सारे समय उलझे रहे—उसी जटिलता में।

रात गुज़र जाने के बाद भी नारायणदा के माथे की सलवटें जस की तस थीं। सवेरे ही ईसुरी, गोबिन्द और रामभरोसे आ पहुँचे। रामभरोसे का चेहरा तना हुआ था। वह बोला, “तुम्हें मालूम है दादा, बिहारी किसलिये लड़ रहा है सरपंची का चुनाव?”

“हाँ,” नारायणदा ने रामभरोसे के मुँह की ओर देखा, “मालूम है!”

“क्या मालूम है?”

“यही कि उसे शिवरतन सिंह ने खड़ा किया है।”

“शिवरतन सिंह ने तो किया ही है!” रामभरोसे ने तल्खी से कहा, “लेकिन यह मालूम है क्या, कि उसे ही क्यों किया है, और किसी को क्यों नहीं?”

“इसलिये कि वह गरीब आदमी है...दाब-धोंस में बना रहेगा!” नारायणदा ने अन्दाज़ से ही कहा।

“बात तो करीब-करीब यही है, पर तुम्हें पूरी बात का पता नहीं है!”

“कौन-सी बात?” नारायणदा ने रामभरोसे की ओर देखा।

“बात यह है इस साल मोंड़ी के ब्याह के लिए चार हजार रुपये बिहारी ने शिवरतन सिंह से ही लिये थे।” कहते हुए रामभरोसे ने नारायणदा की आँखों में आँखें डाल दीं, “और दादा, वही बिहारी सरपंची का चुनाव लड़ रहा है!...मतलब चुनाव वह नहीं लड़ रहा है, चुनाव तो खुद शिवरतन सिंह लड़ रहे हैं!”

हालांकि मुन्शिया से बातें करते वक्त ही यह समझ गये थे नारायणदा; लेकिन रामभरोसे के मुँह से पूरा किस्सा सुनकर वे सचमुच चिन्तित हो उठे।

रामभरोसे, ईसुरी और गोबिन्द उनके फिक्रमन्द हो आए चेहरे को देखते रहे—कुछ पलों तक।...यकायक नारायणदा बोल उठे, “जहाँ तक यह बात है कि बिहारी को शिवरतन सिंह ने पैसा देकर बन्धक बना लिया है, तो यह कोई बड़ी भारी सोच की बात नहीं है। पर सोच की बात तो यह है कि बिहारी बन्धक के साथ-साथ गरीब भी है! तुम कहोगे कि गरीब है, इसीलिये तो बन्धक हुआ-इसमें क्या खास बात है? पर वह बात नहीं है! सही बात तो यह है कि बन्धक या गुलाम चाहे तो अपने बन्धन तोड़कर मुक्त भी हो सकता है, लेकिन गरीब नहीं! यही फर्क है गुलाम और गरीब में! गुलाम वह नहीं है, जिसे पैसे और ताकत के बल पर किसी ने अपनी मर्जी मुताबिक जीने के लिए मजबूर कर दिया है; बल्कि गुलाम वह है जिसकी आत्मा ने गरीबी स्वीकार कर ली है! और बिहारी यही है!...वही हम सबके लिए खतरनाक बात है!”

उसके बाद कुछ पलों तक सन्नाटा पसरा रहा बैठकी में, जो टूटा गोबिन्द के

बोलने पर, ''अब जाकौ का उपाय है दादा?''

नारायणदा ने जवाब दिया, ''उपाय क्या?...इसी चीज के खिलाफ तो हमारी लड़ाई है! हम पूरी ताकत के साथ लड़ेंगे अपनी लड़ाई-यही उपाय है!...यह लड़ाई पंचायत चुनाव की थोड़े ही है, अमीरी और गरीबी की है...और हम लड़ेंगे यह लड़ाई।'' अब नारायणदा के कथन में ही नहीं, चेहरे पर भी दृढ़ता थी।

सुनकर सबके चेहरे क्षणांश को रौशन हुए—सबने एक-दूसरे की तरफ देखा और आँखों की ही भाषा में किया गया संकल्प सबके चेहरों पर दमक उठा।

8

बिहारी जीवित कार्टून लगता था : एक तो मेहनत-मजूरी की खाई काली-कलूटी देह, उस पर ढीले-ढाले झक्क सफ़ेद धोती-कुरता, सो भी असली खादी के! फॉर्म भरे जाने के दूसरे दिन ही शिवरतन सिंह लाए थे-चार धोतियाँ, चार कुरते-सिले-सिलाए। उनमें से एक धोती-कुरता बिहारी को देते हुए बोले थे, ''बिहारी, अब ये कपड़े पहनो ओर इन्हें उतारकर रख दो!'' उन्होंने उसके पहने हुए मैले-कुचैले पुराने पंचा-कुरता की तरफ हाथ से इशारा किया था, ''ये अच्छे नहीं लगते...अब तो तुम सरपंच बन रहे हो भाई!'' कहते हुए एक शरीर मुस्कान के साथ उनके दाँत चमक उठे थे, ''अब गाँव में घूमना पड़ेगा तुम्हें...प्रचार नहीं करोगे अपना?''

बिहारी ने धोती-कुरता हाथ में लेते हुए कहा था, ''पिरचार तौ तुमहीं करौगे मालिक...मेरी का...''

''हम तौ करेंगे ही,'' शिवरतन सिंह बोल उठे थे, ''पर तुम भी तो संग में रहोगे ना?''

बिहारी ने कोई जवाब नहीं दिया था और चुपचाप अपने पुराने कपड़े उतारकर नयी पोशाक़ पहन ली थी।

उस दिन से वही पोशाक पहने बिहारी गाँव में घूमता था-सबके संग-संग। आगे-आगे शिवरतन सिंह, उनकी दायीं तरफ मुन्शिया, बायीं बगल बाजबहादुर, पीछे रघुवीरा, जगरमा और सबके पीछे बिहारी! बिहारी को देखकर लोग मुँह ही मुँह में फिक्क करके हँसते। यों मुन्शिया, रघुवीरा और जगरमा के धोती-कुरते भी बिल्कुल वैसे ही थे, जैसे बिहारी के-झक्क खादी के-यूनीफॉर्म की तरह एक से! लेकिन बिहारी को ही देखकर न जाने क्यों लोग हँसने लगते थे। शायद उन्हें कुछ विसंगति दीखती थी-बिहारी और उसके धोती-कुरते में।

चार-पाँच दिनों से गाँव भर में घूम-घूमकर प्रचार कर रहे थे-ईसुरी, गोबिन्द, भोला, ग्यासी और रामभरोसे। सवेरे ही थोड़ा-बहुत खा-पीकर निकलते और दिन भर गाँव में घर-घर जाकर लोगों से मिलते, बतियाते और उन्हें अपनी बात बताते। ज़्यादातर लोग उनके साथ अपना समर्थन प्रकट करते। यह देखकर उनके हौसले बुलन्द हो जाते और हिम्मत चौगुनी! शाम को लौटकर सभी नारायणदा की बैठकी पर पहुँचते और वहाँ कुछ देर बैठ-बतियाकर अपने-अपने घर चले जाते।

लेकिन उस दिन मुँहअँधेरे सुबह ही जा पहुँचा था रामभरोसे बैठकी पर। नारायणदा जागे हुए मिले थे। पहुँचते ही वह उनसे मुखातिब हो गया था, "दादा, कैसा प्रचार?...कैसी लड़ाई?...कैसा चुनाव?..." पहेली-सी बुझाते हुए वह बैठ गया था कुर्सी पर।

"क्या बात है?" नारायणदा ने उसके मुँह की ओर देखा था—हैरत से, "क्या हुआ?"

"यह पूछो दादा, क्या नहीं हुआ?" रामभरोसे बोला, "सब कुछ हो रहा है!... पर ऊँट की चोरी न्हौरें...न्हौरें थोड़े ही होती है। पता तो लग ही जाता है!"

"क्या बात हुई है?" नारायणदा जिज्ञासु हो उठे!

"आज रात को देवी और परसादी के यहाँ पहुँचे...मुन्शिया, जगरमा, बाजबहादुर...सौ-सौ रुपये देकर आए हैं—दोनों को। कहते थे नाज-पानी के लिए हैं...बिहारी के चिह्न पर लगाना सील!"

"बाजबहादुर भी...?" नारायणदा की आँखों में अचम्भा भरा था।

"तीनों को मैंने खुद देखा था निकलते हुए...परसादी के घर से...और अभी जाकर परसादी से पूछा तो उसने सब बता दिया—सीधा आदमी है!" रामभरोसे ने कहा।

नारायणदा देर तक कुछ नहीं बोले। खाट पर बैठे-बैठे बैठकी के द्वार से बाहर की तरफ ताकते रहे लगातार।...यकायक उनके मुँह से निकला, "ठीक है!" और वे रामभरोसे की ओर देखते हुए बोले, "देखो, यह जो हो रहा है उसकी चिन्ता मत करो।...फैसला जनता करेगी, और जनता को कोई खरीद नहीं सकता।...एक-दो को खरीद सकता है।...तुम साथियों सहित अपने काम में लगे रहो...मैं भी निकलूँगा आज से गाँव में।"

क्षण भर तक रामभरोसे नारायणदा के चेहरे को देखता रहा, जिस पर इस वक्त एक संकल्प की मजबूती पसरी हुई थी।

अभी पूरब में सूरज का गोला निकला ही था कि मुन्शिया के कच्चे घर के सामने

शिवरतन सिंह की जीप आकर रुकी और कुछ देर तक जोर-जोर से भूँ-भूँ करने के बाद बन्द हो गयी। शिवरतन सिंह ड्राइवर की बगल वाली सीट से उतरकर गली में खड़े हो गये और जीप की पिछाड़ी से उतरकर आ खड़ा हुआ बिहारी-उनके पास ही।

यों तो रोज ही चलता रहा था प्रचार-कार्य; लेकिन वह आख़िरी दिन था, प्रचार के लिए। आख़िरी यानी मतदान से पहले का दिन। कल वोट गिरेंगे और हो जाएगा फ़ैसला कल ही!

सबेरे की ठंड खुनक दिखाने लगी थी अब तक! हालाँकि इन दिनों रात में ज़्यादा ठंड नहीं पड़ती थी; पर सबेरे तो शरीर पर कुछ ओढ़ लेने या अलाव पर हाथ सेंक लेने को हर किसी का जी चाहता था। किन्तु चुनाव की सरगर्मी के कारण मुन्शिया, रघुवीरा, जगरमा वगैरह के तईं यह ठंड लगभग बेअसर थी। वे दिन निकलते-न-निकलते दिशा-फरागत से निबट, हाथ-पाँव धो, तेल चुपड़, कलेऊ कर टंच हो जाते थे।

मुन्शिया अभी रोटी पर मिर्च रखे कलेऊ कर रहा था कि उसने द्वार पर जीप की आवाज सुनी तो मुँह का कौर मुँह में ही लिये जल्दी-जल्दी हाथ धोकर वह बाहर की ओर दौड़ पड़ा और द्वार पर शिवरतन सिंह को खड़ा देखकर धन्य हो गया एकबारगी। ऊँचे स्वर में बोला, "राम-राम कक्का!"

"राम-राम," कहते हुए शिवरतन सिंह ने मुन्शिया की तरफ देखा, जैसे उसे पहली बार देख रहे हों।

"बैठ लेउ," कहकर मुन्शिया ने जल्दी से पास रखी खाट को बिछा दिया और लगभग दौड़ते हुए भीतर को जाने लगा, "दरी ल्याऊँ!"

"नहीं मुन्शीलाल,' शिवरतन सिंह ने रोक दिया उसे, "ये बैठने का टैम नहीं है...चलो, चलेंगे!"

मुन्शिया ठिठककर लौट आया बीच से ही शिवरतन सिंह की तरफ; बोला, "चलौ, कहाँ चलैंगे?"

"गाँव में ही चलेंगे।" शिवरतन सिंह ने निश्चिन्तता के साथ कहा। रघुवीरा और जगरमा भी आ गये इस बीच और वे शिवरतन सिंह को 'राम-राम' करके खड़े हो गये। जीप देखकर मौहल्ले के और लोग भी जमा हो आए थे-बच्चे, बूढ़े और जवान—सभी। एक खासा मजमा इकट्ठा हो गया सबेरे-सबेरे। बच्चे तो जीप के इर्द-गिर्द झिमटे, उसे ही देख रहे थे। बूढ़े और नौजवान शिवरतन सिंह के आसपास खड़े थे—उन्हें देखते हुए—उनका तराशी हुई मूँछों वाला रौबदार चेहरा, उनके झकझक करते खादी के धोती-कुरता, उनके कन्धे पर लिपटी मूँगिया रंग की खादी-भंडारी शॉल, उनके पैरों में साँप की कैंचुली की तरह चमकते बिना बन्धों के

जूते!—सभी कुछ देखते हुए और मन ही मन में सोचते हुए—रईस आदमी हैं!...एक तरह के राजा हैं राजा!...पाँच सौ बीघा धरती है इनपै!...दौ ट्रैक्टर हैं और बताते हैं दो-तीन ट्रक चलते हैं—देस-विदेस में!...और फिर पूरे जनपद के मालिक हैं...कोई मामूली आदमी थोड़े ही हैं!...

मुन्शिया स्वयं को कृतार्थ महसूस कर रहा था-जीप सहित शिवरतन सिंह के द्वार पर आने से। रघुवीरा और जगरमा खुद को शिवरतन सिंह की नज़रों में बनाए रखने की कोशिश करते हुए उनके मुँह के सामने ही खड़े थे।

यकायक शिवरतन सिंह ने मुन्शिया, रघुवीरा और जगरमा की तरफ देखा और कहा, "चलो, अब चलना चाहिए!"

तीनों उनकी भौंह के इशारे पर तैयार खड़े थे। एक साथ बोल उठे, "चलौ!"

बिहारी शिवरतन सिंह के पीछे खड़ा हुआ था-चुपचाप और अपने-आप में सिमटा-सिकुड़ा-सा।...आज मुँहअँधेरे तो उसका शरीर काँपने लगा था ठंड के मारे। सोचा था उसने कि थोड़ी-सी आग जलाकर ताप और एक चिलम तमाखू पी ले, तो देह में कुछ गर्मी आ जाएगी। पर वहाँ न चिलम थी न तमाखू, और आग जलाकर ताप लेने की हिम्मत न हुई थी उसकी। पराया घर, छींक का डर! बस, द्वार पर बैठा-बैठा बीड़ियाँ पीता रहा था एक के बाद दूसरी...चौथी बीड़ी सुलगाई थी उसने कि शिवरतन सिंह तैयार होकर हवेली से निकल आए थे...और वह जीप में बैठ गया था...

मुन्शिया, रघुवीरा और जगरमा के संग चलने को तैयार शिवरतन सिंह ने एकबारगी निगाह उठाकर वहाँ मौजूद लोगों की तरफ देखा और भाषण के से अन्दाज में बोल उठे, "देखो भइया, बिहारी तुम्हारा ही आदमी है...इसको जिताना तुम सबका कर्तव्य है; क्योंकि बिहारी और तुम एक ही हो! तुम सबकी तरह बिहारी गरीब आदमी है और गरीब हमेशा गरीब के हित की ही बात सोचेगा।...और मैं खुद तो हूँ ही तुम्हारे हरेक काम के लिए...मेरे लाइक कोई काम हो तो मुझे बताना! पर ध्यान रखना, इस बार बिहारी को जरूर जिताना है...समझ लो मैं खुद माँग रहा हूँ तुमसे ये वोट!" कहकर उन्होंने अपने दोनों हाथ जोड़ दिए सबके सामने।

लोग मूक बने देख रहे थे उनकी तरफ-निरीह और निर्भाव-से, गोया वे जिन्दा मनुष्य न होकर पत्थर के बेजान बुत हों।

और शिवरतन सिंह गली में आगे बढ़ चले थे—खरामा-खरामा। उनकी बाजू में चलने लगा था मुन्शिया और पीछे-पीछे रघुवीरा, जगरमा और बिहारी।

कुछ क़दम चलने के बाद मुन्शिया ने उनसे पूछा, "पहलें कहाँ चलौगे कक्का?"

"पहले बाजबहादुरसिंह के यहाँ। वहाँ बैठेंगे घंटे-दो घंटे, फिर चलेंगे पांडे जी के यहाँ!...आज घर-घर नहीं घूमना है, बस दो-चार, खास जगहों पर बैठना-उठना

है और गाँव का राउंड पूरा करना है।'' शिवरतन सिंह ने कहा, ''अब प्रचार नहीं करना है अपने को।''

सुनकर हैरत में पड़ गया मुन्शिया। अब प्रचार नहीं करना है!...उसने कुछ कहने के लिए शिवरतन सिंह के मुँह की तरफ देखा, किन्तु उसकी निगाह उनके होंठों पर फैली मुस्कराहट में उलझकर रह गयी।

प्रचार से निबटे बैठकी में बैठे थे सब-शाम को। उस समय नारायणदा का हौसला बढ़ा हुआ था। उन्होंने कहा, ''अब रामभरोसे की जीत निश्चित है।...तुम सब क्या सोचते हो?'' और वहाँ मौजूद सबकी तरफ देखा—उनकी राय जानने की गरज से।

ईसुरी ने कहा, ''कसर तौ कोऊ छोड़ी नहीं है दादा, फिर चाहे कछू होइ!''

नारायणदा ने उत्साह से कहा, ''देखो; न तो हमने किसी को पैसा दिया है और न ही हमारे पास कोई ऐसी ताकत है कि लोग हमसे डरते हों—फिर भी लोग हमारे संग हैं; वे रामभरोसे को चाहते हैं, उसकी बड़ाई करते हैं—यह सब देखकर तो अन्दाज लगता है...''

''मैं कुछ कहूँ दादा?'' रामभरोसे बीच में ही बोल उठा।

''बिलकुल...तुम भी कहो अपनी बात...'' नारायणदा ने कहा।

सभी उसके मुँह की ओर देखने लगे।

रामभरोसे बेहिचक बोला, ''ज्यादातर लोग मुँहदेखी कहनेवाले होते हैं-ऐसे लोगों का क्या विश्वास?...मुझे तो उन्हीं पर विश्वास है, जो संग हैं!...हाँ, कुछेक जरूर ऐसे भी होंगे जो देखने को संग न होकर भी मन से संग होंगे, पर ऐसे सब नहीं। बेपेंदी के लोटा ज्यादा हैं।...भरोसा कैसे हो किसी का?...बाजबहादुर को ही देख लो, सबसे पहले तुम्हारे ही पास आए थे और अब कहाँ है वे?...''

''लेकिन सभी एक-से तो नहीं होते?...और फिर हमने जिन लोगों से बातें की, वे सभी मुँहदेखी कहनेवाले तो नहीं थे।'' नारायणदा ने दलील पेश की, ''तुम सबके सामने दो-चार ने तो हमसे भी सवाल-जवाब किए थे।''

''मैं अच्छी तरह जानता हूँ दादा उन सवाल-जवाब करने वालों को! वे जो तुम्हारे सामने पुटर-पुटर करते थे ना, शिवरतन सिंह के सामने उनकी बोलती बन्द हो जाएगी-मुंह में जीभ नहीं रहेगी तब उनके।''

''लेकिन रामभरोसे, हमारा विश्वास तो इसलिये बढ़ा हुआ है कि हमने प्रजातान्त्रिक ढंग से काम किया है और लोग-बाग मन से हमें अपने संग दिखाई दिए हैं।'' नारायणदा ने कहा।

रामभरोसे का स्वर तिक्त हो उठा एकबारगी, ''प्रजातान्त्रिक ढंग से काम!...प्रजातन्त्र

तो इस देश में कब का मर चुका है-नीचे से ऊपर तक!''

यकायक सन्नाटा पसर गया बैठकी में। नारायणदा बेजवाब हो उठे थे। रामभरोसे की बात को वे कैसे नकार सकते थे। उल्टे उन्हें तो अब हैरत हो रही थी कि वे कैसे भूल गये थे इस बात को। उनके भेजे में अब लगातार रामभरोसे का वही वाक्य मंडरा रहा था, ''प्रजातन्त्र तो इस देश में कब का मर चुका है... !...प्रजातन्त्र तो इस देश में कब का मर चुका है... !''

यकायक रामभरोसे फिर बोल उठा, ''पर दादा, यह मत सोच लेना कि मेरा हौसला गिर गया है—इसलिये मैं यह कह रहा हूँ। नहीं, मेरा हौसला कभी नहीं गिरेगा।...पर इतना मैं जानता हूँ कि यह चुनाव...यह तो सरकारी तमाशा है! और इसमें हारने जीतने का मुझ पर कोई फरक नहीं पड़ेगा!''

फिर सकता छाया रहा देर तक; और वह टूटा ईसुरी की आवाज से, ''और तौ हम कछू जानत नानें, पर इतनों साफ है कि टक्कर बराबरी की होगी...देख लियौ काल! हार-जीत काऊ की होइ-होइगी दस-बीस बोटनि ते ई!''

''सही बात है।...सही बात है!...'' गोबिन्द, भोला, ग्यासी वगैरह ने एक सुर में समर्थन किया ईसुरी का। किन्तु नारायणदा चुप रहे। यदि यही बात ईसुरी कुछ देर पहले कहता, तो नारायणदा बेहिचक उसका समार्थन कर देते; किन्तु इस वक्त बहुत सोच-विचार के बाद उन्होंने सिर्फ यही कहा, ''भविष्य के बारे में कुछ भी कहना फिजूल है।''

रामभरोसे ने महसूस किया कि नारायणदा थोड़े-से हताश हुए हैं। वह अपराध-बोध से भर उठा। परिष्कार के लिए बोला,''ईसरी की बात तो सच है दादा, हार-जीत तो दस-बीस से ही होगी!...मैं निराश नहीं हूँ बिल्कुल भी...हो सकता है कि मैं...''

नारायणदा का उत्साह लौट आया सुनकर। वे बीच में ही बोल उठे, ''क्या तुम्हें उम्मीद है कि...''

''बिल्कुल उम्मीद है। ...दादा, मुझे याद है, एक बार तुमने कहा था कि बदलाव बिस्फोट की तरह आता है हमेशा...हो सकता है लोगों को हमारी बातें समझ में आई हों और...''

सुनकर नारायणदा की दबी हुई खुशी उनके चेहरे पर झलमलाने लगी और उन्होंने एक-एक करके सभी की तरफ देखा। जवाब में सबके चेहरे भी उत्साह से खिल उठे थे।

गाँव में काफी देर का सोता पड़ चुका था। शाम के वक्त ठंड तो कम थी पर मामूली

ओस तभी से झरने लगी थी। इस समय चारों तरफ फैले गाढ़े अँधेरे के बीच सन्नाटा बज रहा था, जो कभी कुत्तों के भौंकने और कभी गाँव-बाहर स्यारों के रोने की भदेस आवाजों से लयभंग हो-हो जाता था।

एक के बाद एक, टोले का अखिरी घर आ पहुँचा उनके सामने। उन्हें यह देखकर खुशी हुई कि उसके दरवाजे में किवाड़ न थे; नहीं तो न जाने कितनी आवाज़ें लगानी पड़ती। आगेवाले ने टॉर्च जला दी और पीछेवाले रौशनी के संग दबे पाँव भीतर घुस चले; और कुछ ही पलों में कच्ची और खाली पौरी को पारकर आँगन में जा खड़े हुए। छोटे-से कच्चे आँगन की सामनेवाली दीवार के पास एक मरियल-सी गाय खड़ी-खड़ी जुगाली कर रही थी और दोनों बाजुओं में घरोंदोंनुमा दो कच्ची और फूस की छानोंवाली मँड़ैया बनी थीं, जिनके भीतर का अँधेरा उनके छोटे-छोटे द्वारों में बैठा दिखाई दे रहा था।

टॉर्चवाले ने आहिस्ता से आवाज लगाई, ''झींगुरी कक्का!''

पर कोई जवाब न मिला। यह देख वह फुर्ती से आगे बढ़ा और सिर नवाकर दायीं तरफ की मँड़इया में घुस गया। भीतर पहुँचकर उसने टॉर्च जलाई, तो क्षण भर को रौशनी ठहरी रहीं जहाँ की तहाँ। उसके दायरे में एक खाट थी और उस पर सो रही दो देहों में से एक की गोरी, सुडौल, बेसुध नंगी जाँघें। कुछ पलों तक देखता रहा टॉर्चवाला; और फिर लौट पड़ा बाहर को। निकलकर बोला, ''जामें नानें!'' और बायीं बाजू की मँड़इया में घुस गया। टॉर्च जलाकर देखा : धरती में बिछे पुआल पर चार-पाँच छोटी-बड़ी देहें सोई थीं-झींगुरी सबसे पहले ही था। टार्चवाले ने उसका हाथ पकड़कर झकझोरा, ''झींगुरी कक्का!''

झींगुरी उठकर बैठते हुए घिघिया उठा, ''को हैऽऽऽ''

''कोऊ नहीं, मैं हों रघुवीर।''

''रघुवीर!'' बुड्ढा आश्वस्त होकर बोला, ''काहे...?''

''कछू नहीं...आँगन में आऊ, और आदमी हैं!'' रघुवीरा ने कहा।

''आदमी?...को है?...'' कहकर झींगुरी सिर पर साफी बाँधता हुआ, रघुवीरा के पीछे-पीछे बाहर आ गया और आँगन के अँधेरे में खड़े तीन-चार आदमियों की तरफ आँखें फाड़-फाड़कर देखते हुए बोला, ''राम-राम!''

''राम-राम!'' किसी के मुँह से धीरे-से निकला और इसके साथ ही बाजबहादुर की खरज आवाज़ उभरी, ''झींगुरी, यहाँ हम इसलिये आए हैं कि...तुम वोट किसको दोगे झींगुरी?'' उन्होंने सीधे-सीधे पूछा।

''बोट तो हम रामभरोसे को डारेंगे महाराज!'' जवाब में झींगुरी ने साफ़ कह दिया।

''बिहारी को नहीं डालोगे?'' अँधेरे में फिर बाजबहादुर की ही आवाज़ थी।

''नहीं मालिक!'' झींगुरी ने तपाक से कहा, ''हम पहलें ही बात दै चुके हैं रामभरोसे और माट्टर साब कों।''

और इसके साथ ही झींगुरी की बूढ़ी और हड़ियल छाती पर यकायक किसी पतली, नुकीली लेकिन भोंथरी चीज का ऐसा धक्का लगा कि वह पीछे की ओर लड़खड़ाता हुआ गिरता-गिरता बचा; और उसकी छाती के बीचोबीच कोयले की तिलंगी-सी चिपकी रह गयी। वह घिघिया उठा, ''हेंऽऽ हेंऽऽ महाराज...'' और इसके साथ ही फिर उसकी छाती से छड़ी की-सी नोंक आ सटी-सीधी, ''कमीन, देख रहा है इसे!'' ज़ोर से लेकिन मुँह ही मुँह में गूँजती आवाज़ उभरी और इसके साथ टॉर्च जल उठी और झींगुरी देखकर थरथरा उठा : बन्दूक की नाल उसकी छाती से लगी थी! वह रिरिया उठा, ''मेरी जान काहे कों लेत हौ महाराज?...गरीब आदमी हों!...''

उसी समय यकायक दायीं तरफवाली मँड़इया की खाट चरमराई और लगभग दौड़ता हुआ रामदास बाहर निकलकर आ खड़ा हुआ, ''का है दादा?'' वह बोला और अँधेरे में खड़े आदमियों की तरफ आँखें फाड़-फाड़कर देखने लगा, ''को है... ?''

''गरीब आदमी है...तो बोल किसको देगा वोट? रामभरोसे को कि बिहारी को?'' तीखी और सख्त आवाज ने पूछा झींगुरी से।

''तुम कहौगे वाहि ऐ देंगे मालिक!'' झींगुरी के स्वर में डर समाया हुआ था।

''बिहारी को देना! समझा कि नहीं'' सख्त हिदायत हुई, ''यदि तेरे घर का एक भी वोट किसी और को गया तो समझ लेना...''

''नहीं मालिक, बिहारी कों ही देंगे!'' झींगुरी ने कहा।

''और मैम्बरी के लिए भूपा को!...ध्यान रखना, बिहारी और भूपा!''

''ठीक ऐ महाराज।'' झींगुरी ने फिर कहा।

''नहीं दिए तो छोड़ेंगे नहीं!'' कहते हुए बन्दूक झींगुरी के सीने से हटी; और लौट पड़े वे सब-द्वार की तरफ। लौटते हुए, दायीं मँड़इया के भीतर से आती चूड़ियों की मद्धिम-सी खनखनाहट सिर्फ़ रघुवीरा ने सुनी, लेकिन वह सबको राह दिखाता हुआ आगे बढ़ गया-टॉर्च जलाते हुए।

रामदास बन्दूक वाले आदमी को पहचानने की कोशिश करता, जहाँ का तहाँ ठिठका था और झींगुरी अब भी काँपता हुआ छाती को हाथ से सहला रहा था।

रामदास के मुँह से निकला, ''को हतए दादा ये?'' उसका इशारा बन्दूक वाले की ही तरफ था।

''मेरी चिन्हाई में नाहिं आए,'' झींगुरी ने बुदबुदाते हुए कहा, ''संग में रघुवीरा और बाजबहादुर सिंह हतए!'' उसकी आवाज़ डूबी जा रही थी।

उसके बाद बाप-बेटा दोनों में से किसी ने कुछ न कहा और दोनों के दोनों अँधेरे में एक-दूसरे का चेहरा देख पाने में असमर्थ खड़े रहे-देर तक।...दोनों को अब ठंड लग रही थी-वहाँ खड़े-खड़े—पता नहीं ऊपर से झरती ठंडी ओस के कारण, या और किसी कारण से!

9

जैसे बाघ शिकार पर झपटता है और बिल्ली चूहे को मारती है और बाज चिड़िया पर टूटता है और आसमानी गाज धरती पर गिरती है—अचानक! घोषित हुआ चुनाव-परिणाम लगभग वैसा ही अचानक लगा लोगों को! यों तो रोजाना ही बतियाते और अन्दाज़ लगाते थे लोग कि कौन जीत सकता है—कौन बन सकता है सरपंच? और इसके पक्ष और विपक्ष में जोरदार तर्क दिए जाते थे, दलीलें पेश की जाती थीं और अन्त में कहा यही जाता था कि कुछ भी हो, टक्कर बराबरी की है! दस-पचास वोटों का फ़र्क कोई फ़र्क नहीं होता! दस-पचास चाहे रामभरोसे के कम-ज़्यादा रहें या बिहारी के; टक्कर बराबरी की ही है!

इसके बावजूद, लालाराम को छोड़कर, रामभरोसे और बिहारी की सही स्थिति लोगों के बीच उस समय तक स्पष्ट न थी, जब तक कि परिणाम घोषित न हो गया। पता ही न लगता था कि हवा किस ओर को बह रही है? खुलेआम पक्ष या विपक्ष में रहनेवाले होते ही कितने हैं किसी जगह? गिने-चुने लोग! और चुनाव का असली दारोमदार होता है उन बहुसंख्यक लोगों पर, जो 'कोउ नृप होइ हमें का हानी' सोचते और किसी की तीन-तेरह में नहीं होते हैं! और ये ही लोग अपने पेट की बात न उगलते थे किसी के आगे-फिर हवा का रुख़ कैसे मालूम होता!

स्कूल पर बनाए गये थे पोलिंग-बूथ। स्कूल के आस-पास सुबह से ही लोगों का मजमा जुड़ा रहा था।... आठ बजे मतदान शुरु हो गया था। शिवरतन सिंह मतदान शुरु होने से पहले ही आ पहुँचे थे-अपनी जीप लेकर-और बूथों से सौ मीटर दूर मन्दिर के चबूतरे पर जम गये थे। बिहारी उनके संग ही आया था—उसे उन्होंने अपनी बगल में बिठा लिया था। थोड़ी देर बार ही बाजबहादुर आ गये, उनके पीछे ही मुन्शिया, जगरमा और रघुवीरा भी। वे सभी शिवरतन सिंह के पास ही बैठ गये थे। ग्यारह बजे के क़रीब माधौ पांडे आए और वे भी शिवरतन सिंह के बगलगीर हो गये थे। और भी कई लोग उनके ही पास बैठे थे।

रामभरोसे और ख्याली, ईसुरी, भोला, गोबिन्द वग़ैरह भी आठ बजे से पहले ही आकर, पोलिंग-बूथों से काफ़ी दूर मैदान में एक तरफ बैठ गये थे। बारह बजे के क़रीब नारायणदा आए और वोट डालने के बाद उन लोगों के पास बैठे-बतियाते रहे और दो बजे के आसपास उठकर घर चले गये थे।

कुल मिलाकर मेले का सा माहौल था स्कूल के आस-पास।... ज़्यादातर लोग वोट डालने के बाद चुनाव-तमाशा देखने के लिए वहीं रुक जाते और आदमियों-औरतों की लगी हुई लाइनें देखते रहते, आपस में बतियाते रहते, बीड़ियाँ फूँकते रहते और फिर उठकर घर चले जाते। फिर और आ जाते-वे भी अपनी-अपनी चौकड़ियों-तिकड़ियों में खड़े-बैठे बोलते-बतियाते, बीड़ियाँ पीते ऊब जाते तो चले जाते। यानी यही कि दिन भर आमद-रफ्त और बैठक-उठक बनी रही मन्दिर के चबूतरे पर, मन्नू सेठ की दुकान पर और सामने के खुले मैदान में! और चार बजे के आस-पास से तो भीड़ उमड़ पड़ी थी वहाँ। अब वोटों की गिनती होगी! देखें, कौन जीतता है?... सभी के भीतर यही जिज्ञासा थी।

...गिनती चल रही थी और एक के बाद एक वार्ड के जीतनेवाले मैम्बर का नाम लोगों को मालूम होता जा रहा था और इसके साथ-साथ उनकी जिज्ञासा और बढ़ती जा रही थी—देखें, सरपंच कौन बनता है?

और मुँदते हुए दिन के साथ पीठासीन अधिकारी मतदान केन्द्र के बाहर निकले और हाथ में लिये काग़ज़ को स्कूल की दीवार पर चस्पां कर भीतर लौट गये।

लोगों का हुजूम इकट्ठा हो गया चिपके हुए पर्चे के पास, जिस पर बनी तालिका और इबारत यह थी:

ग्राम-पंचायत सिपौली के सरपंच पद के उम्मीदवारों को प्राप्त मत:

1.	श्री रामभरोसे	–	321
2.	श्री बिहारी लाल	–	727
3.	श्री लालाराम	–	34

नोटः विजयी उम्मीदवार की औपचारिक घोषणा ब्लॉक-ऑफिस पर की जाएगी।

हस्ताक्षर

(पीठासीन अधिकारी)

10

ब्लॉक-दफ्तर पर, गठित ग्राम पंचायतों की औपचारिक घोषणा हुई, और ब्लॉक की तमाम हरिजन-आरक्षित पंचायतों की सूची में एक नाम दर्ज हो गया:

ग्राम पंचायत सिपौली

सरपंच - श्री बिहारी लाल

उप सरपंच - श्री बाजबहादुर सिंह (बहुमत से मनोनीत)

पंच – श्री रामबिहारी मिश्र, श्री सुमेरा, श्री रहीम खाँ,
श्री ख्यालीराम, श्री रामखिलावन पांडे, श्री दिनेश कुमार पांडे,
श्री गौटूसहाय पांडे, श्री भूपा, श्री बाज बहादुर सिंह,
श्री गनपतिया, श्री रामनारायण, श्रीमती रामदेई (बहुमत से मनोनीत)

सरपंच बनने के साथ ही बिहारी के सामने यकायक ही जो स्याह और अजनबी अँधेरा आ खड़ा हुआ था उसने उसे किसी विशालकाय अजगर की तरह मुँह फाड़कर निगल लिया था! और तब से आज तक, उस काले अजगर के पेट में बैठे हुए उसकी समझ में कुछ न आता था...बस, गाहे-ब-गाहे दीखते थे बीते हुए समय के छोटे-बड़े टुकड़े...

...सोमतिया का ब्याह सिर पर आ गया था और गाँठ में चौअन्नी भी न थी।...गाँव भर में एक-एक के पास गया वह, पर किसी ने हाथ न धरने दिया।...हारकर आ पहुँचा था यहाँ-चौधरी शिवरतन सिंह के पास। बैठके में ही मिल गये थे। बैठ गया था वह 'राम-राम'करके। देखा था उन्होंने उसकी तरफ "क्यों बिहारी?" आवाज़ में ठंडक-सी घुली थी, "कैसे आए?"

"मोंड़ी कौ ब्याहु आई गओ...रुपइया चहिएँ।" उसने कहा था।

"रुपइया?...कितने?... उन्होंने उसी ठंडी आवाज़ में पूछा था।

"चार हजार चहिएँ..."

"ठीक है...ले जाना!" उन्होंने कहा था, "पर जब जरुरत पड़ेगी तब काम पर आना पड़ेगा!"

"आ जाइँगो।" उसने कह दिया था। किसी भी शर्त पर रुपये चाहिए थे उसे।

"अभी तो जरुरत नहीं है, पर जब जरुरत पड़ेगी तब...खुद बुलवा लूँगा मैं!" उन्होंने उसकी तरफ देखा था जवाब के लिए।

"ठीक है!"

"और उन्होंने तत्काल गिन दिए थे चार हजार रुपये-बही में अँगूठा-निशान लगवाकर।

...फिर एक दिन अचानक पहुँच गया था बुलौवा।...आया था वह यहाँ।...शिवरतन सिंह ने कहा था, 'बिहारी, अब यहीं रहो तुम!...अभी तुम्हारे लिए काम तो कुछ नहीं है, पर यहीं आराम करो अब!" ...और रुक गया था वह यहीं। कोई काम न था बैठा-उठा रहता दिन भर।...एक दिन अपने पास बुलाया था चौधरी ने और कहा, "बिहारी, तुझे मालूम है चुनाव आ गया सरपंच का?"

"सुनत तौ हैं।" उसने जवाब दिया था।

"इस बार तुझे ही सरपंच बनाएँगे हम!" उन्होंने कहा था।

"सरपंच?...काहे को हँसी करत हौ मालिक!" उसके दाँत निकल आए थे- गोया हँसी ही कर रहे हों शिवरतन सिंह उससे।

लेकिन शिवरतन सिंह का स्वर बदल गया था, "हँसी नहीं! तुम सिपौली के सरपंच बनोगे—यह हम कह रहे हैं!"

वह कुछ भी न समझा था, चाहते क्या हैं चौधरी?...

...और एक दिन ले गये थे वे उसे जीप में बिठाकर—'बिलौक' पर; और लगवाए थे उसके अँगूठा कई काग़ज़ों पर।

...उसके बाद पहना दिए थे खादी के नये धोती-कुरता उसे।... और फिरता रहा था वह उनके संग-संग गाँव में 'पिरचार' के लिए।...

...और फिर वे ले गये थे उसे माधौ पांडे के यहाँ 'चारज' लेने।...माधौ पांडे ने उन्हें ले जाकर खाट पर बिठाया था। वह बैठ गया था द्वार पर पड़ी पटिया पर। यह देखकर चौधरी खुद उठकर आए थे और ले गये थे उसे अपनी बराबरी में खाट पर बिठाने, "अरे, अब तो खाट पर बैठा करो बिहारी लाल...अब कोई मामूली आदमी थोड़े ही हो तुम-गाँव के सरपंच हो!" ...वह बैठा रहा था उनकी बगल में-खाट पर।...लगवाए गये थे अँगूठा उसके-वहाँ भी...और जीप में सामान भरकर लौट पड़े थे-यहाँ के लिए। यहाँ आकर जीप से उतरते हुए उन्होंने कहा था, "बिहारी, रख दे अपनी सरपंची ऊपर के कमरा में एक तरफ!" ...उसने सामान जीप से ले जाकर ऊपर के कमरे में पहुँचा दिया था।

...उसके तीसरे दिन उन्होंने बुलाकर कहा था, "बिहारी, तेरे पुराने कपड़ा कहाँ हैं?"

वह एकबारगी मतलब न समझा था उनका, "कौन से?"

"वे ही जिन्हें पहले पहनता था!...पंचा-कुरता!—" उनकी आवाज़ सख्त थी।

"वे?...धरे हैं बैठका के आरे में।" उसने कहा था।

"धरे हैं तो अब उन्हें ही पहन!" कहते हुए उन्होंने उसके धोती-कुरता की तरफ देखा था, "और इन्हें उतारकर रख दे!...आने-जाने के लिए रहेंगे ये-खादी के कपड़ा!" उनकी आवाज़ रूखी थी।

वह समझ गया था सब। और जाकर पहन लिये थे उसने अपने पुराने कपड़े— पंचा-कुरता-वैसे ही जैसे एक दिन-उनके ही कहने से-खादी के नये कपड़े पहन लिये थे!...और अपने कपड़े पहनकर उसे लगने लगा था कि अब वह बिहारी नहीं, बिहारिया है!...और उसने चौधरी के पास जाकर कहा था, "अब मोहि कामहू बताऊ मालिक?"

सुनकर उन्होंने कहा था, "काम?...आज और आराम कर!...कल से करना

काम! संझा को बता देंगे...जा!"

...और उस दिन के बाद से उसने अपना घर नहीं देखा। दो-चार बार कहा भी, "मालिक, कहौ तौ घरें है आऊँ?...नाज-पानी कौ पतौ लगै..." पर हर बार टाल देते हैं चौधरी। ना मालूम क्या बात है!

...और जब देखो तब कह उठते हैं, "बिहारी, पहन ले खादी के कपड़ा...चलना है आज!" ...कई बार जा चुका है वह उनके साथ 'बिलौक' में-काग़ज़ों पर अँगूठा लगाने!...

...आज तो हड़बड़ाए हुए आए और बोले थे चौधरी, "बिहारी, पहन कपड़ा जल्दी...सिपौली को चलना है...!"

...पहुँचे थे—जीप से-वहाँ...इकट्ठे थे लोग...चौधरी ने कहा, "हल्ला क्यों करते हो भाई? सड़क में कुछ गड़बड़ है तो देख लेंगे...वैसे इसमें दोष बिहारी का कुछ नहीं हैं...माटी तो मजूरों ने डाली है-उधर-उधर हो गयी होगी!"

..रामभरोसे ने जवाब दिया था, "चौधरी साहब, मजूरों के हिसाब से गिरी है सड़क, तो आपकी बँधिया के तो बीच से गया था सैर-उस पर होकर क्यों न गयी?...और चन्ना का खेत तो सैर के बगल में था..."

सुनकर आगबबूला हो गये थे चौधरी, "तेरा क्या है वहाँ?...तू कौन होता है बीच में बोलनेवाला?"

"क्यों?...क्यों नहीं होता बोलनेवाला?...आप क्या अपने घरू पैसे से बनवा रहे हैं सड़क?...सरकारी पैसे से गरीबों के गले काट रहे हैं और कोई कुछ न बोले?"

"बोलो, बिल्कुल बोलो!" चौधरी की आवाज़ खोखली-सी हो उठी थी, "पर यहाँ बोलने से क्या होगा? ऊपर जाके बोलो!...मुझे क्या मतलब है? सरपंच तो तुम्हारा ही आदमी है—मैं तो उसका काम कर रहा हूँ बस!...जाओ शिकायत करो मेरी!..."

"हाँ-हाँ, फिकर मत करो...ऊपर भी जाएँगे! चुप नहीं बैठेंगे!...ऊपर भी पूछेंगे कि तीन महीने पहले गाँव के खरंजा-नाली के लिए सेंक्शन हुआ पैसा कहाँ चला गया?...लड़का-स्कूल की मरम्मत के लिए आया पैसा कौन खा गया?...कन्या-शाला के कमरे में कितनी सीमेंट लगवाई गयी है?...और चन्ना के छोटे-से खेत को राहत कार्य की सड़क ने कैसे दाब लिया? सब पूछेंगे हम!...अकेले बिहारी सरपंच को बन्धुआ बनाया है आपने, सब को नहीं!"

सुनकर उसका सिर झुक गया था-अपने-आप!

चौधरी ततैयों के खाए हुए-से तिलमिला उठे थे और इतना कह पाए थे, "ठीक है, जाओ करो मेरी शिकायत!" और तैश में भरे हुए उसकी तरफ देखते हुए बोले

थे, ''चल बिहारी!'' और जाकर जीप में बैठ गये थे।

...वह भी उनके पीछे ही जीप में जा बैठा था।...और कच्ची सड़क पर धूल का बवंडर उड़ाती जीप आ रुकी थी लौटकर हवेली के सामने...

बिहारी अपलक देखे जाता था...

11

नारायणदा ने रामभरोसे, गोबिन्द, भोला, ईसुरी, ख्याली वगैरह के संग चार-छह और लोगों को आया देखकर समझ लिया कि ज़रूर ही कोई न कोई खास बात है। उन्होंने देखा : सबके चेहरों पर तनाव था! और इससे पहले कि वे कुछ पूछते रामभरोसे के चेहरे का तनाव उसकी आवाज से झर उठा, ''दादा सड़क गिर रही थी ना राहत कार्य की—बेरुआ को'' कहते हुए उसने चन्ना की तरफ हाथ से इशारा किया, ''सैर के बगल में इसका बीघा भर का टुकड़ा था...शिवरतन सिंह ने उसके ऊपर से निकलवा दी है सड़क!...इसके टुकड़ा के आगे ही उनकी अपनी बन्धिया है, जिसके बीच से होकर पुराना सैर था, उसकी मेंड़ से होकर निकलवा दी!...कहा, तो अध्यक्षी गाँठने लगे-जाओ, शिकायत करो मेरी!...अब बताओ, ऐसे कैसे रहेंगे गरीब-गुरबा?'' रामभरोसे के भीतर का आक्रोश एक-एक शब्द के माध्यम से उचट-उचटकर उनके सामने गिर रहा था।

यह देख-सुनकर उनका चेहरा बोझिल हो उठा। वे कुछ देर चुप रहे, फिर बोले, ''पहले क्यों नहीं देखा किसी ने कि कहाँ गिर रही है सड़क?'' उनके स्वर में खिजलाहट भर गयी थी।

''कोई देखता क्या!'' रामभरोसे ने कहा, ''कुछ तो अपने-अपने खलिहानों में लगे थे...और जो बैठे-ठाले थे वे सोचते थे कि राहत-कार्य है! कब-कब नहीं चले हैं राहत-कार्य! क्या देखी नहीं है राहत कार्य की सड़कें? चार-चार आँगुर माँटी एक-सी हो जाएगी और बन गयी सड़क! और चौमासे बाद कहीं अता-पता भी नहीं चलेगा कि कहा गयी सड़क? सड़क क्या, सड़क का नाम होगा!...इसीलिये कोई झाँकने भी न गया कि कहाँ बन रही है और कैसी बन रही है सड़क?...

''किसी ने बताया तो आज चन्ना ही देख के आया, उसके बाद सब गये वहाँ-देखा-साँप की तरह चली है सड़क-गरीब-गुरबों की मेड़ों-पारों पर जीभ लपलपाती हुई! और चन्ना के खेत को तो पूरा ही लील गयी है! बस, उसके दोनों खूँट बचे रह गये हैं—दोनों तरफ-जैसे साँप के मुँह में दबी चिरैया के पर हों। ...और शिवरतन सिंह के लम्बे-चौड़े खेत की पार बन गयी है सड़क! पार की पार और सड़क की सड़क। भले ही उसके लिए चन्ना का खेत चला गया तो क्या!...

''और दादा, कैसे बहादुर हैं सब!...आधा मुहल्ला जा पहुँचा था सड़क देखने...देखकर हल्ला मचाने लगे सब :

–जे सड़क है कि मनमानी? पहुँच बारिनि के खेत साफ बचाइ दए और गरीब-गुरबनि के बीच खेतनि में डार दई!...कौनें करबाऔ है जे?...

–और को करबावैगौ? जनपद अध्यच्छ की जीप गाड़ी जाएगी ना सड़क पै है कें!...

–जीप गाड़ी कौ कउऐ का रंज?...पर काऊ की छाती खूँदि के जाएगी का जीप गाड़ी?...

–काए नहीं खूँदैगी?...जनपद अध्यच्छ हैं!...

''और ये बातें हो ही रही थीं कि बेरुआ की तरफ से आती हुई जीप दिखाई दे गयी, तो जैसे साँप सूँघ गया हो सबको–किसी के मुँह में जीभ नहीं रही! ...आकर रुक गयी जीप और बिहारी को संग लिये उतरकर आ गये शिवरतन सिंह। बोले, सड़क में कुछ गड़बड़ है तो देख लेंगे।

...वैसे इसमें दोष बिहारी का नहीं है–मजूरों ने डाली है माटी–इधर–उधर हो गयी होगी!...

''अब किसी के मुँह से बोल न निकले दादा!...म्याऊँ का मुँह कौन पकड़े?...सही बात है!...पहले के सरपंच–कुछ तो इसका अदब! अब जनपद–अध्यक्ष–कुछ इसका रौब! कुछ खादी की चकाचौंध! कुछ घर–घर करके चलती जीप गाड़ी का बड़प्पन! कोई मामूली हैं। भले ही जान ले लें, खून पी लें, पर किसी के मुँह से बोल कैसे निकलेगा?'' कहते हुए रामभरोसे का चेहरा क्षोभ से लाल हो उठा, ''मुझसे चुप नहीं रहा गया दादा, बहुत तू–तू–मैं–मैं हो गयी आज...आखिर अन्याय की भी हद होती है।'' कहकर वह चुप हो गया। पर नारायणदा ने देखा, उसका चेहरा अब भी तप रहा था। वे बोले, ''रामभरोसे, तुम्हारी बात अपनी जगह सही है—लोगों की बहादुरीवाली! पर मैं इतना जरूर जानता हूँ कि ये गरीब, दबते–पिसते लोग अपने हालातों के कारण भले ही कायर लगने लगें, पर कायर होते नहीं! ये नासमझ जरूर होते हैं और नासमझी के कारण सही को सही और गलत को गलत नहीं कह पाते!...जिस दिन इनमें से एक भी आदमी सही–गलत का निर्णय लेकर सही को सही और गलत को गलत कहने लगेगा, उसी दिन से दुनिया का रूप बदलने लगेगा!...तुम भी उनमें से ही एक हो! क्या तुममें से किसी ने वह दन्तकथा सुनी है, जो मुझे मेरी माँ ने सुनाई थी और उन्हें उनकी माँ ने...?''

''कौन–सी दन्तकथा?'' रामभरोसे ने कहा। सभी ने जिज्ञासा से नारायणदा की तरफ देखा।

''रक्तजिह्व की दन्तकथा!''

"रक्तजिह्व की दन्तकथा!" जिज्ञासा सबके चेहरों पर पसर गयी।

नारायणदा ने देखा और बोले, "तो सुनो, मैं सुनाता हूँ तुमको...किसी जमाने में प्रजाबन्धु नाम का राजा राज्य करता था। उसके राज्य में प्रजा बहुत सुखी थी। वह स्वेच्छा से राजस्व अदा करती थी। जिसके बदले में राज्य उसकी रक्षा करता और उसके सुख-दुख का ध्यान रखता था। राज्य की छत्रछाया में किसी को कोई दुख न था। कोई भी भूखों न मरता था बल्कि अदना से अदना भी महीने-पखवारे में षटरस भोजन का आनन्द ले लेता था।...और राजा तो राजा ही था! सुखी प्रजा पर राज्य करता हुआ वह भी तरह-तरह के सुख भोगता था।

"धीरे-धीरे वह बूढ़ा हो गया। किन्तु बूढ़ा होने पर उसकी राज्य और भोग की इच्छा कम होने की बजाए और बढ़ गयी।...एक दिन अचानक उसके भीतर दो इच्छाएँ पैदा हुईं-एक तो यह कि वह कभी मरे नहीं; और दूसरी यह कि उसने हर तरह के भोग भोगे हैं, हर तरह के भोजन खाए हैं, लेकिन कभी मनुष्य का खून नहीं चखा इसलिये वह मनुष्य का खून पिए। और उसने अपनी दोनों इच्छाएँ दरबार लगाकर मन्त्रियों और पुरोहितों के सामने प्रकट कर दीं। सुनकर पहले तो मन्त्री-पुरोहित अचम्भे में पड़ गये। फिर सभी एक सुर में बोले, 'महाराज आपकी हर इच्छा सर्वोपरि है, किन्तु ये इच्छाएँ सृष्टि के नियम विरुद्ध हैं।'

"यह सुनकर राजा ने कहा कि कुछ भी हो, लेकिन उसकी इच्छा-पूर्ति होनी ही चाहिए! उसे इसका उपाय बताया जाए!

"राजाज्ञा सुन मन्त्री-पुरोहितों ने विचार करके कहा कि यह तो सिर्फ़ तपस्या से ही सम्भव है!

"यह सुनकर इच्छाओं के वशीभूत राजा तपस्या करने लगा। कुछ समय बाद उसके सामने स्वयं धर्मराज प्रकट हुए और बोले, 'कहो राजन, क्या चाहिए?'

"राजा हाथ जोड़कर बोला, 'भगवन, मेरी दो इच्छाएँ हैं : एक यह कि मैं अमर होऊँ और दूसरी यह कि मैं मनुष्य का खून पी सकूँ। धर्मराज ने कहा, 'तथास्तु! किन्तु एक शर्त है राजन!' "रक्त-प्यासे राजा ने धर्मराज की तरफ देखकर कहा, 'शर्त?...कैसी शर्त भगवन्?'

"धर्मराज ने कहा, 'आज से तुम्हें यह शक्ति प्राप्त होगी कि जिस मनुष्य का रक्त पीने की तुम्हारी इच्छा हो, उससे तुम्हें सिर्फ़ इतना कहने की जरूरत है—'मैं तुम्हारा खून पियूँगा!'-और इसके साथ ही तुम्हारी जीभ लम्बी होकर उस मनुष्य का खून पीकर तुम्हारा पेट भर देगी; किन्तु तुम तभी तक ऐसा करते रह सकते हो जब तक कि कोई मनुष्य तुम्हें खून देने से इन्कार नहीं कर देता। जिस दिन तुम्हारे राज्य को कोई आदमी खून माँगने पर तुमसे यह कह देगा-'नहीं, तुम मेरा खून नहीं पी सकते!' उसी दिन तुम्हारी खून पीने की यह शक्ति समाप्त हो जाएगी और तुम अमर

नहीं रह जाओगे!'

'ऐसा क्यों भगवन?' राजा ने जिज्ञासा से धर्मराज की तरफ देखा। किन्तु वहाँ जवाब देने के लिए कोई न था। धर्मराज जा चुके थे।

''और वह राजा उसी समय राक्षस बन गया; और अपने राज्य में घूमने लगा। जब उसकी इच्छा होती तब वह किसी आदमी की तरफ देखकर कहता 'मैं तुम्हारा खून पियूँगा।' और अपनी जीभ से उस आदमी का सारा खून पी जाता।...सैकड़ों वर्षों तक वह अपनी जीभ से लोगों का खून पीता रहा और उसका नाम हो गया–रक्तजिह्व! रक्तजिह्व राक्षस!

''...एक दिन रक्तजिह्व ने एक आदमी को देखा–वह कन्धे पर हल रखे हुए खेत से अपने घर लौट रहा था–बैलों के साथ। उसने दिन भर खेत में बीज बोया था और अब वह अपनी घरवाली के हाथ की सिंकी रोटियाँ अपने बच्चों के साथ बैठकर खाने की इच्छा से जल्दी-जल्दी चला रहा था। उसे देखकर रक्तजिह्व की इच्छा हुई कि वह उसका खून पिए; और उसने उसकी तरफ देखते हुए कहा, 'मैं तुम्हारा खून पियूँगा।' और उसके साथ ही उस आदमी की देह में यकायक झुरझुरी-सी फैल गयी। वह काँप उठा और इसके साथ ही उसके बीवी-बच्चे उसकी आँखों में आ खड़े हुए और उसने रक्तजिह्व की तरफ देखते हुए चिल्लाकर कहा, 'नहीं, तुम मेरा खून नहीं पी सकते!' उस आदमी के इतना कहते ही वह रक्तजिह्व अपने पूर्वरूप में बदल गया; और कुछ ही वर्षों में मर गया।

''यही है रक्तजिह्व की दन्तकथा!...इस दन्तकथा का अर्थ क्या हुआ?'' कहकर नारायणदा ने रामभरोसे सहित सबके चेहरों पर देखा।

सभी अवाक् थे और मन ही मन रक्तजिह्व की दन्तकथा का अर्थ घोकने में लगे थे।

12

और आख़िर में ठीक नाक की नोंक पर त्राटक* बन गया और दृष्टि एकाग्र होकर उस एकमात्र बिन्दु पर जा लटकी : मेजोरिटी! लोकतन्त्र की इमारत मेजोरिटी की बुनियाद पर ही खड़ी होती है—उसी से होती है लोकतान्त्रिक राजनीति! भीतर ही भीतर बोल उठे शिवरतन सिंह अपने आप से। यह प्रजातन्त्र है भैया! कोई राजशाही नहीं कि चँवर डुलानेवाले की असावधानी से मक्खी नाक पर आ बैठी, तो सूली पर चढ़ा दिया!

...कल से ही एक अजीब तरह का द्वन्द्व लगातार चल रहा था उनके भीतर-

---

* त्राटक-योग का शब्द, जो 'ध्यान-केन्द्रित-बिन्दु' का वाचक है।

अतीत, वर्तमान और भविष्य का त्रिकोणीय द्वन्द्व!...अतीत अपने लम्बे-चौड़े, हाथ-पाँव फैलाता हुआ, वर्तमान पर चढ़ बैठता था और मार खाया वर्तमान अतीत का मुकाबला न करके, गुस्साता हुआ भविष्य से हाथापाई करने लग जाता और भविष्य था कि वर्तमान पर तनिक भी क्रोधित न होकर अतीत को गलियाने लगता...अतीत फिर सीधा वर्तमान पर झपटता, वर्तमान भविष्य पर और भविष्य फिर अतीत पर!...पर निर्णय होने पर न आता था कि कौन जीत रहा था और कौन हार?...

...उन्हें अपने पिता के नाम के साथ जुड़ी खाट याद आई थी अचानक, जिसके कारण पिता आज तक एक मसल बने हुए हैं-इलाके भर में। प्रसंग पर लोग कह उठते हैं—'जे का कछू देवरतन की खाट है।' देवरतन यानी चौधरी देवरतन सिंह यानी उनके पिता! वे ही पिता जो आज भी जिन्दा हैं और बैठे रहते हैं अपने उसी रौब-रुतबे को लिये; न किसी से बोलते हैं, न बतियाते हैं-बस, चुपचाप बैठे-बैठे देखते रहते हैं, जो कुछ हो रहा है—शायद और शायद क्या निश्चित ही वे समझे हुए हैं कि उनका जमाना बहुत पीछे छूट गया है, अब तो बदला हुआ ज़माना है; इसलिये वे अब तो जीते जी मरे हुए-से ही हैं!...पर उनके नाम से जुड़ी मसल कभी नहीं मर सकती—'देवरतन की खाट!'...

कल से जितनी बार पिता से जुड़ी खाटवाली घटना उन्हें बहुत प्यारी और गौरवमयी लगी है, उतनी ही बार पुरानी, आउटडेटेड और अनुपयुक्त भी! ...पिता का जमाना और था, जिसमें दिमाग़ के भीतर कोंधी कोई भी कल्पना तत्काल आकार ले लेती थी। किसी को सजा देनी थी तो जो मन में आई सो दे दी! किसी को इनाम देनी थी तो जो जी में आई सो दे दी!...

...कहा जाता है कि उनके पिता यानी चौधरी देवरतन सिंह को एक दिन अचानक सूझा कि सूली और गोली की सजाएँ तो हैं ही, पर यदि किसी आदमी को इस तरह खड़ा कर दिया जाए कि एक आड़ी खाट उसकी दोनों टाँगों के बीच रहे; तो कैसा रहेगा! यह सजा सूली और गोली से किसी मायने में कम न होगी; क्योंकि उनसे आदमी बिना ज्यादा कष्ट के जान से मर जाता है, पर इससे आदमी मर भी नहीं सकता और उसके कष्ट के तो कहने ही क्या!...और उन्होंने तत्काल बढ़ई को बुलाकर कहा था, "रामकमीन! डेढ़ हाथ के सीरा, तीन हाथ की पाटी और पौन हाथ के पाइनि की एक खाट बनाइ ल्या!"

सुनकर बिन्दा बढ़ई ने मुँह बा दिया था, "ऐसी खाट काहे के काजें मालिक?...खाटें तौ दौ हाथ के सीरा, साढ़े तीन हाथ की पाटी और हाथ भर के पाइनि की होतें..."

"अरे रामकमीन, पहलें बनाई कें तौ ल्या! फिर बतावेंगे तोहि-काहे के काजें?" मुस्कराते हुए कहा था चौधरी ने। जानते थे कि वे बहुत ही सीधा मानुस है बिन्दा। और फिर रामकमीन! कोई कमीन होता, तो इतनी-सी मीन-मेख पर ही

गालियों से मुँह तूप देते उसका।

चौधरी का हुक्म सुनकर बिन्दा चला गया था अपने घर; और कुछ ही घंटों में बनाकर ले आया था खाट। चौधरी ने मुआयना किया था खाट की लम्बाई, चौड़ाई, ऊँचाई का; और बिन्दा से कहा था, ''ठाड़ौ है जा जाइ दौनों टांगिनि के बीच में करिकें-धरती में!''

सुनकर भौचक रह गया था बिन्दा, ''का मालिक?''

आँखें लाल हो गयी थीं चौधरी की, ''कान फूटे हैं का तेरे?...ठाड़ौ है जा, जा खाट की दोनों पाटिनि नें टाँगिनि के बीच में करिकें धरती में!'' दहाड़ उठे थे वे।

सुनकर पीपल-पात की तरह काँपने और कहे अनुसार खाट के दोनों तरफ पैर रखकर खड़ा होने की कोशिश करने लगा था बिन्दा। पर डेढ़ हाथ चौड़ी खाट के दोनों तरफ धरती तक जाने के लिए टाँगें ही न फैलती थीं।

''ठाड़ौ हो!'' देवरतनसिंह फिर दहाड़े थे; और डर के मारे बिन्दा ने अपनी टाँगों को सीमा भर चौड़ाकर खाट के दोनों तरफ डाल दिया था—आँखें मूँदकर-और अभी ठीक से खड़ा भी न हो पाया था कि कीक फूट उठी थी उसके मुँह से। चौधरी ठहाका लगाकर हँस उठे थे पहले, फिर बोले, ''काहे, है गऔ मालूम कि काहे के काजें है जे?''

''है गऔ मालिक, है गओ!''

''निकर बाहर!'' चौधरी ने कहा था, ''अब जा, अपनों काम देख!''

बिन्दा हाथ जोड़ कर चला गया था अपने घर।

उसके बाद चौधरी देवरतनसिंह ने उस खाट को मूँज से बुनवाकर रखवा दिया था—द्वार पर। और फिर बरसों तक, गुस्ताखी करनेवालों को देने के लिए एक मज़ेदार 'सज़ा' बनी हुई, इलाक़े भर में मशहूर हो गयी थी वह-चौधरी देवरतन की खाट!

पर 'देवरतन की खाट' को असली मशहूरी तो उस दिन मिली थी, जिस एक दिन नेहनू चमार खलिहान में बेगार करने नहीं आया था...सुनकर दो आदमी भेज दिए थे चौधरी ने नेहनू के घर, ''...पकरि कें ल्याऊ कमीन ऐ!'' और चिलकती दोपहरी में खींचकर लाया गया था नेहनू को। देखते ही मूँछें फड़कने लगी थीं चौधरी की, ''नेहनुआँ काम पै काहे नहीं आऔ तैं आज?''

जवाब में हाथ जोड़कर गिड़गिड़ा उठा था नेहनू, ''मालिक, मोंड़ा बीमार ऐ सबेरें ते...ओलन करत रहो मालिक!''

''ओलन करत रहो कि लुगाई के संग सोउत रहो?...खरिहान को उठावैगो कमीन?''

''मालिक, झूट बोलों तौ...''

बीच में ही कह दिया था चौधरी ने, "है जा ठाड़ौ खाट पै!"

खाट का नाम सुनकर पसीना छूट गया था नेहनू की देह से। वह हाथ जोड़कर रिरिया उठा था, "मर जाइंगो मालिक...मर जाइंगो मैं..." उसकी टाँगें काँपने लगी थीं। भलीभाँति जानता था वह खाट के बारे में।

"ठाड़ौ होतु ऐ कि मँगाऊँ लौद?... हो जल्दी!" देवरतनसिंह की आँखों से आग झाँकने लगी थी।

और काँपता हुआ बढ़ा था नेहनू उस उतरते बैसाख की ठीकाठीक दुपहरिया की चटकती घाम में बिछी खाट की तरफ-नंगे पैर। कुछ ही पलों में ठिगनी, काली देह की मरियल छोटी-छोटी टाँगें फैला दी थीं उसने खाट के दोनों तरफ।...और दस-पन्द्रह ही मिनट बीते थे अभी कि ज़बह होती गाय की तरह डकरा उठा था वह, "मर जाइंगो मालिक...अबकीं छोड़ देव...मर जाइंगों मालिक..." पैरों के नीचे जलती धूल कोयले की तरह चिपक गयी थी, कमर से ऊपर उघारी देह और खोपड़ी को झुलझाए दे रहा था आसमान में लटका आग का गोला; और दोनों टांगों के बीच फँसी थी आदमखोर खाट...वह बार-बार कहे जा रहा था, "मर जाइंगो मालिक...मर जाइंगों मैं...अबकीं छोड़ देव, फिर कबहूँ नहीं रहेंगो मालिक..."

पर चौधरी देवरतनसिंह नेहनू की गुहार पर कान न देते हुए छतरी लगाए हुए चले गये बैठके में और जाकर पलंग पर आराम करने लगे थे—और इसके साथ ही छत के कुन्दों से बँधा रेशमी झालरवाला हथपंखा झूल उठा था-बैठके की दीवार से सटे बैठे आदमी के हाथ की डोर के इशारे से-और उन्हें नींद आ गयी थी तत्काल।

उधर धीरे-धीरे आधा घंटा, फिर पूरा घंटा हो गया नेहनू को सजा भुगतते हुए।...और अचानक नेहनू की आँखों के सामने फैली दोपहरी की धूप काली हो उठी...फिर सफेद हुई...फिर काली हुई...फिर सफ़ेद हुई...फिर काली हुई...और यक-ब-यक नेहनू की टाँगें मोर के टूटे पंखों की तरह छितरा गयी थीं-खाट के दोनों तरफ और सूखे ठूँठ-सा उसका शरीर गिर गया था—खाट के ऊपर ही। और तब तक वैसे ही पड़ा रहा था, जब तक कि चौधरी आराम की नींद पूरी करके बाहर न निकल आए थे!...मजमा जुड़ गया था वहाँ तमाशे के लिए; पर किसकी हिम्मत थी जो चौधरी की आज्ञा बिना नेहनू को खाट से उठाकर छाया में भी डाल सकता!... चौधरी ने आकर देखा और मूँछों की नोंक ठीक करते हुए कहा था, "लै जाव जाइ और डारि आऊ द्वारें!"

सुनकर दो आदमी नेहनू के बेहोश शरीर को हाथ-पाँव से टाँगकर सिपौली में उसके द्वार पर डाल आए थे।

पूरा टोला जमा हो गया था द्वार पर; लेकिन सभी की जुबानों पर गोया काँटेदार लगामें लगी हुई थीं। नेहनू की औरत दौड़ती आई थी भीतर से और द्वार पर पड़े

नेहनू और इकट्‌ठी भीड़ को देखकर आँखें फटी रह गयी थीं उसकी; वह भी बेजुबान ही भहराकर गिर पड़ी थी नेहनू की बेहोश देह पर। उस वक्त उसका लड़का भीतर ताप से, चूल्हे में पड़ी गीली लकड़ी की तरह जल रहा था—धीरे-धीरे।

यकायक वहाँ मौजूद सबकी आँखें फटी की फटी रह गयी थीं। यह देखकर कि नेहनू की कच्छा पर लिपटा पंचा ताजे खून से तर-ब-तर था। और उसने अभी तक आँखें भी न खोली थीं।...कहते हैं नेहनू की टाँगों के बीच का जोड़ फट गया था—टाँगें फैलाए-फैलाए। और उसकी बन्द हुई आँखें कभी नहीं खुली थीं। तीन दिनों तक उसके बेहोश शरीर की सेवा करती रही थी घरवाली, और चौथे दिन उसके प्राण-पखेरू उड़ गये थे-बिना कोई आवाज़ किए-चुपचाप!...

...शिवरतन सिंह को यकायक दिखाई दिया। रामभरोसे खाट के दोनों तरफ टाँगे फैलाए, गाय की तरह डकरा और रो-गिड़गिड़ा रहा है, "मुझे छोड़ दो चौधरी साहब!...मैं मरा जा रहा हूँ चौधरी साहब!..."

सुनकर मुस्कराते हुए जवाब दे रहे हैं वे, "...कमीन! अभी कहाँ मर रहा है तू?...अभी तेरी जाँघें तो फटी ही नहीं हैं साले! ...बोल, ऊपर जाएगा तू मेरी शिकायत करने?...चुप नहीं बैठेगा तू...ऐं...बोल... ?"

रामभरोसे के चेहरे पर पीड़ा छप गयी है-साफ। वह गिड़गिड़ाते हुए कह रहा है, "मैं कहीं नहीं जाऊँगा चौधरी साहब...मैं मरा जा रहा हूँ..."

"अभी कहाँ कमीन! ...बोल, ऊपर जाएगा मेरी शिकायत करने?...तू कभी चुप नहीं बैठेगा...ऐं... ?"

...अचानक झक्की-सी खुली शिवरतन सिंह की और वे मुँह ही मुँह में बुदबुदा उठे, "नहीं!...मुझे इलेक्शन जीतना है अगले साल...हर हाल में पहुँचना है राजधानी में!...और इसके लिए...मेजोरिटी चाहिए...बहुमत चाहिए।...पिता और उनके हथियार पुराने हो चुके हैं अब और भोंथरे भी! नहीं मिल सकती उनसे सफलता अब। नहीं मिल सकती!...कभी नहीं मिल सकती!...एक बार फिर पिता का चेहरा नमूदार हुआ उनकी आँखों में और उन्हें लगा कि अब कितने निरर्थक हो चुके हैं पिता "...नहीं, नहीं रह गयी है अब उनकी खाट की जरूरत! अब तो 'पॉलिटिक्स' करती है—उसी खाट का काम! पॉलिटिक्स!...आदमी तो आदमी है, जानवर को भी अपने फेवर में कर लेने की हिकमत को कहते हैं पॉलिटिक्स!..."

13

बहुत देर में याद आई बाजबहादुर को—बिहारी की। ...उनकी आँखें घुघ्घू जैसी लगने लगी थीं अब-चश्मे के भीतर। देर से ढाले जा रहे थे वे गिलास पर

गिलास।...एक और गिलास भरते हुए उन्होंने लड़खड़ाती जीभ से कहा, "और...और वो आपका...आपका बिहारी...कहाँ है आजकल?"

"बिहारी?" मेज की दूसरी तरफ कुर्सी पर बैठे शिवरतन सिंह ने इस तरह कहा जैसे यह नाम कभी सुना हुआ और कुछ-कुछ परिचित-सा लगा हो उन्हें, "बिहारी!...अरे हाँ...अपना बिहारी सरपंच!..." उनकी आँखें रक्तिम थीं ओर पलकें अपने-आप झपी जाती थीं।

"हा गुरू, अपना बिहारी सरपंच!...क्या कर रहा है आजकल बिहारी सरपंच... ?"

शिवरतन सिंह ने अपना गिलास एक तरफ रखकर मेज पर रखी थाली सामने खींच ली; और मुर्गे की एक पूरी टाँग को दोनों हाथों से पकड़कर मुँह की ओर ले जाते हुए बोले, "आजकल वह अपने मवेशी महकमे का इंचार्ज है यार...हैड ऑफ दी डिपार्टमेंट!"

बाजबहादुर ने अपने पाइपनुमा मुँह में गिलास की रंगीनी को उड़ेलकर शिवरतन सिंह की ओर देखा, "आप तो गुरू...पेट भरने में लग गये अब!..."

"हाँ...भूख पै नाड़ी आ गयी अब तो यार!"

"तो इन्हें कौन खाली करेगा?" बाजबहादुर ने मेज पर रखी बोतलों की ओर इशारा करते हुए कहा।

"तुम पियो ना अभी...पियो...और पियो!...और नहीं पी जाए, तो रखी रहने दो..." शिवरतन सिंह ने कहा तो मुँह में भरे मुर्गा-रोटी के कई लिबलिबे कतरे छिटककर मेज पर आ गिरे।

"ठीक है...ठीक है...मेरी थाली कहाँ है?" कहकर बाजबहादुर ने आँखें फाड़ीं और मेज पर ही रखी दूसरी थाली को अपने-आगे सरका लिया; और बोले, "एक पैग और ले लूँ..." और वे फिर गिलास भरने लगे। यकायक उन्हें फिर ध्यान आया, "हाँ गुरू...क्या कहा था?...इंचार्ज?...बिहारी...काहे का इंचार्ज... ?..."

शिवरतन सिंह ने बाजबहादुर के लम्बोतरे चेहरे पर देखते हुए कहा, "पशु विभाग का इंचार्ज है वह आजकल!"

"इंचार्ज क्या, मनीजर बोलो!...मनीजर!...पशु विभाग का मनीजर!" कहकर बाजबहादुर ने गिलास मुँह से लगाया और एक ही साँस में खाली करके मेज पर रख दिया।

शिवरतन सिंह ने हड्डी को दाँतों से चिचोड़ते हुए जवाब दिया, "फिर तो...मैनेजर क्या, मिनिस्टर कहा जाए!...पशु-विभाग का मिनिस्टर!"

"हाँ गुरू!" जेठ की तपती दोपहरी में बाजबहादुर का ऊँचा और उत्साह से भरा स्वर खिड़कियों से बाहर कूदने लगा, "यह रही बात!...मिनस्टर!...बिल्कुल ठीक...पशु-विभाग का मिनस्टर है आजकल बिहारी सरपंच!..."

“हाँऽऽऽ...मिनिस्टिर!” कहकर यकायक ठहाका लगा उठे शिवरतन सिंह, “वाह रे बिहारी, सरपंच से मिनिस्टर बन गया तू!” कहने के बाद उनके चेहरे का रंग बदल गया सहसा। बाजबहादुर की तरफ देखते हुए बोले, “एक बात तो तुम्हें बताना भूल ही गया!”

“क्या?” बाजबहादुर की आँखें चौड़ी हो उठीं।

“मन्त्रीजी आ रहे हैं अगले महीने सिपौली में–कन्या–शाला–भवन का उद्‌घाटन करने।”

“मन्त्री जी!” बाजबहादुर के हाथ का कौर जहाँ का तहाँ रुक गया, “कौन–से मन्त्री आ रहे हैं?”

“पांडे जी...राजस्व मन्त्री सत्यनारायण पांडे!” शिवरतन सिंह ने कहा, “अपने खास आदमी हैं पांडे जी...उनसे डेट मिल गयी है...पहले तो कह रहे थे कि बहुत बिजी हैं, अभी तीन चार महीने तक फुरसत नहीं मिल पाएगी...पर मैंने कहा कि हमारे लिये एक दिन की फुरसत नहीं निकाल सकते?...तो मान गये!”

“कब आ रहे हैं...कौन–सी तारीख को...?” बाजबहादुर उत्साहित थे।

“अठारह तारीख की कह दिया है...” कहकर शिवरतन सिंह ने बाजबहादुर की तरफ देखा, “वैसे तो दिल्ली में भी दो आदमी हैं इस समय अपने। एक तो आठवले जी–केबिनेट मिनिस्टर गणपति आठवले और दूसरे चन्द्रिका प्रसाद सिंह–वे अपने रिश्तेदार बैठते हैं...यू. पी. के जागीरदार हैं—इस बार चुनाव लड़ गये और सवा लाख वोट से जीते–राज्य मन्त्री बनाया गया है उन्हें!...अब इन लोगों से तो किसी बड़े काम के लिए ही कहा जाएगा। यहाँ गाँव के लिए तो अपने प्रदेश का ही आदमी बहुत है...पांडे जी बड़े सही आदमी हैं...”

बाजबहादुर के भीतर खुशी का ज्वार–सा उठ रहा था बार–बार। मन्त्री जी जाएँगे तो उनसे भी पहचान होगी ही! आखिर वे उपसरपंच हैं गाँव के! वे शिवरतन सिंह की तरफ देखते हुए बोले, “तो कनफरम है ना?... उद्‌घाटन का?...”

“अरे यार, जब हमने बनवाया है तो उद्‌घाटन क्यों न होगा?...होगा! और मिनिस्टर के द्वारा ही होगा!” शिवरतन सिंह ने कहा, “मेरी बात टाल ही नहीं सकते पांडे जी...शौकीन आदमी हैं—संग–संग खाया–पिया है हमने कई बार...उद्‌घाटन तो एक बहाना है, सही बात तो यह है कि उन्हें लाना है यहाँ एक बार!...अब तुमसे कुछ छिपा थोड़े ही रहेगा जादौन सा'ब...देखो, अगले इलेक्शन में दिल्ली नहीं तो भोपाल पहुँचना ही है हर हाल में!...मन्त्रीजी यहाँ आकर एक बार भाषण दे जाएँ, तो बहुत काम बनेगा इससे! मन्त्री का नाम सुनकर आसपास के गाँवों के लोग भी इकट्‌ठे हो जाएँगे।...क्षेत्र तो अभी से बनाना पड़ेगा ना!” कहकर वे मेज पर कोहनियाँ टिकाकर बाजबहादुर की तरफ को झुक गये, “जादौन सा'ब, पार्टी में

इतने दिनों से काम कर रहा हूँ मैं भी।... और ब्लॉक तक तो अभी भी हूँ ही, इस बार विधायक के लिए टिकट ले के ही रहूँगा समझो! ...आप सबका सहयोग तो मेरे साथ रहेगा ही पूरा-पूरा!...''

अपने लिए जादौन सा'ब-जादौन सा'ब सुनकर कुप्पा हुए जा रहे थे बाजबहादुर। बोल उठे, ''अरे गुरु, टिकट ले लो बस! फिर हमारे ऊपर छोड़ देना सब कुछ...सारे काम ओ के होंगे!''

''टिकट तो ले ही लूँगा! चाहे कुछ भी हो!'' कहकर शिवरतन सिंह ने बाज-बहादुर की थाली की ओर देखा, ''खाओ यार, अभी तुमने खाया ही क्या है!''

बाजबहादुर तो लगभग भूल ही गये थे—बातों-बातों में कि सामने खाने की थाली रखी है। उन्होंने सहसा अपनी खाने में लिसड़ी उंगलियों को देखा, जिन पर मक्खियाँ भिन-भिना रही थीं। और अगले ही क्षण उनकी वे उँगलियाँ प्लेट के मुर्गे से तर होने लगीं।

हालांकि दोपहरी ढल आई थी, पर धूप और लू का तेवर अब भी बदला न था! फिर भी, बाजबहादुर-अपनी आदत के मुताबिक-वहाँ और नहीं रुके। खाना-पीना हो गया—अब क्या करना! और सिर पर साफी लपेट, साइकल उठाकर चले गये—उसी चटकती घाम में। शिवरतन सिंह सोचने लगे कि बाजबहादुर को न जाने किसका श्राप लगा हुआ है—नारद की तरह; कि वह किसी भी जगह मतलब से ज्यादा देर रुक ही नहीं सकते! किन्तु इस वक्त उन्हें, बाजबहादुर को लगा वह अज्ञात श्राप अपने हित में ही लगा। क्या पता, मुन्शिया, जगरमा वगैरह कब आ जाएँ!

पहले तो उन्होंने यही तय किया था कि बाजबहादुर, मुन्शिया, रघुवीरा, जगरमा और कुछ मैम्बरों को इकट्ठा बुलाकर एक दिन खाना-पीना हो जाए! किन्तु बाद में उन्होंने अपना यह विचार बदल दिया था। सबको एक साथ बुलाना ठीक नहीं रहेगा। भानुमती का कुनबा है पूरा-अलग-अलग जाति; अलग-अलग मर्ज़ और अलग-अलग बातें! उसी हिसाब से अलग-अलग बुलाना ठीक रहेगा। खुल के बातें तो तभी हो सकती हैं, जब सामने इकमने लोग हों! और उन्होंने एक आदमी भेजा था बाजबहादुर के पास, ''कहना दोपहर ग्यारह बजे खाना खाने बुलाया है चौधरी ने।'' दूसरी आदमी पहुँचाया था, मुन्शिया, जगरमा और रघुवीरा के यहाँ, ''कह देना-संझा के टैम आ जाएँ तीनों-जरुरी काम है!''

इस वक़्त थोड़ा-सा आराम कर लेने की इच्छा हो रही थी उनकी; इसलिये वे उसी बैठक में लेट गये। जब आँख खुली तो सामने दिनमुँदे का धुँधलका पसरा हुआ था। वे जल्दी से उठे और लोटा उठाकर दिशा मैदान को चल दिए। जाते-जाते घंसा से कहते गये, ''ऊपर से जूठे बासन उठा और सफाई कर दे!''

दिशा मैदान से निबटकर आए तो चौपाल की खाटों में से एक पर बैठकर मुन्शिया वग़ैरह का इन्तज़ार करने लगे। दोपहर की खुमारी अभी शेष थी। ...आसमान पर अब छिटपुट तारे नज़र आने लगे थे और आसपास का अँधेरा धीरे-धीरे ठोस होता जा रहा था।...

उसी समय चौपाल की सीढ़ियाँ चढ़कर कोई आदमी ऊपर आया और सीधा उनके सामने आ खड़ा हुआ। उन्होंने ग़ौर से देखा—बिहारी था—जो तब तक ज़मीन पर बैठ गया और सुलगाकर बीड़ी पीने लगा था।

''क्यों बिहारी?'' उन्होंने उसकी ओर देखते हुए कहा, ''कुछ काम है क्या?''

बिहारी ने तत्काल कहा, ''आज घरें जानों है मालिक-नाज लैकें।''

''घरें!'' शिवरतन के मुँह से निकला और इसके साथ ही उनके भीतर घुमड़ा, 'यह गाँव में जाएगा, तो ढेड़ इकट्ठे होकर जरुर कान भरेंगे! जल में जल और कुल में कुल मिलते देर नहीं लगती-घोंटूँ पेट को ही झुकेगा!' और बोले, ''आज नहीं, एक-दो दिन बाद चला जाना!''

''घरें नाज खतम है गऔ होइगौ मालिक।'' बिहारी ने दबी आवाज़ में कहा।

''नाज का इन्तजाम तो कर लेगी वह, कहीं न कहीं से...एकाध दिन बाद तू चला जाना-आज नहीं!'' शिवरतन सिंह की आवाज़ रुखी थी, ''ब्यारू कर ली तूने?''

''कर लई।'' बिहारी ने जवाब दिया।

''तो जा, आराम कर अपनी खाट पै जाके!...मैं यहाँ किसी काम से बैठा हूँ!''

सुनकर बिहारी चुपचाप उठा और मरे क़दमों से चल दिया-चौपाल से नीचे की तरफ।

रखवाई ही उतनी थी कि गले के नीचे उतार चुकें तो मतलब का मर्ज़ हो जाए तीनों का!...मुन्शिया, जगरमा और रघुवीरा जब पीकर मस्त हो गये तो घंसा उनके सामने थालियाँ रख गया और वे उन पर ऐसे टूट पड़े जैसे बरसों के भूखे हों। घंसा परोस करता जाता था। देखते-देखते उन्होंने हड्डियों के ढेर कर दिए मेज के ऊपर। जब पेट में साँस लेने की भी जगह कम पड़ने लगी तो तीनों ने लम्बी-लम्बी डकारें लेते हुए अपनी-अपनी थालियों में हाथ धो दिए।

यकायक शिवरतन सिंह की ओर देखकर रघुवीरा बोला, ''कक्का, ऐसौ माल होटलनि में कहाँ धरौ है!''

''कहाँ घरु, कहाँ होटलु!'' जगरमा ने कहा ''होटलनि बारे ऐसौ बनावेंगे तौ बचावेंगे कहा?''

''तुम लोगों के लिए स्पेशल बनवाया है!'' शिवरतन सिंह ने शालीन मुस्कराहट के साथ कहा, ''रोज-रोज तो आता नहीं है कोई खाने! तुम ही क्या रोज-रोज आते हो हमारे यहाँ खाने के लिए?''

''बहौत ही बढ़िया बनौ कक्का!'' मुन्शिया ने तारीफ में सिर हिलाया।

''लो,'' शिवरतन सिंह ने जेब से निकालकर ''फोर स्क्वायर' की डिब्बी और माचिस मुन्शिया की तरफ बड़ा दीं, ''सिगरेट पियो।''

मुन्शिया ने सिगरेट का पैकेट और माचिस हाथ में लेकर, एक सिगरेट निकाली और मुँह में खोंस ली, उसके बाद डिब्बी जगरमा की ओर बढ़ा दी। जगरमा और रघुवीरा ने भी एक-एक सिगरेट निकाल ली। मुन्शिया ने खिच्च-से माचिस की तीली जलाई; और तीनों की सिगरेटें सुलग उठीं। चौथी सिगरेट खुद शिवरतन सिंह ने सुलगा ली।

देर तक सभी अपनी-अपनी सिगरेट पीते रहे-चुपचाप। ट्यूब की रौशनी में नहाया लम्हा-लम्हा यादगार बनते हुए गुज़र रहा था। उसी समय शिवरतन सिंह तीनों से मुख़ातिब हो मद्धिम स्वर में बोले, ''एक बात बताओ आज तीनों जने!''

सुनकर तीनों की बोझिल पलकें ऊपर को उठीं और निगाहें शिवरतन के चेहरे पर जा टँगी, ''कौन-सी बात कक्का?'' तीनों के मुँह से निकला।

''बात ये है कि...'' शिवरतन ने अपनी पैनी निगाहों से एक बार फिर तीनों को परखा और बोले, 'ये मौवारी कैसी औरत है?'' उनकी आँखें चमक उठीं।

''बहौत दमदार है कक्का,'' मुन्शिया ने जवाब दिया, ''कसबा की है!...''

''दमदार से मतलब नहीं है!...मेरा मतलब है...'' तीनों की तरफ देखते हुए शिवरतन सिंह की आँखों की चमक और तेज हो उठी, ''...चाल-चलन कैसा है उसका?''

''चाल-चलन कैसौ हू होइ, तुम बात तौ बताऊ!'' मुन्शिया बोला, ''वो कहाँ जाएगी!''

''बात कोई खास नहीं है!'' शिवरतन सिंह बोले, ''मैं तो सिर्फ यह जानना चाहता हूँ कि तुममें से किसी की बात मानती है क्या वो... ?''

''बात?'' जगरमा बीच में ही बोल पड़ा, ''सुनौ कक्का, मेरी लुगाई थानिक है वो!...बात कहा, जो कहौ सो करैगी!...तुम बताऊ तौ हमें!''

शिवरतन सिंह ने जगरमा को तौलते हुए कहा, ''तुम्हारी हर बात मानती है वो?...नाहीं तो नहींकर देगी?...लुगाई जात का कोई भरोसा नहीं होता!''

जगरमा की आँखें सातवें आसमान पर थीं। वह बोल उठा, ''कैसी बात कत्त औ कक्का, मैंने एक ही बात कहि दई—बो मेरी लुगाई थानिक है!...घर की लुगाई भले ही नाहीं कर देइ, पर बो नहीं करैगी!...आधी रात चले जाव, चाहे दौहरे

दौहपर-कबहूँ नाहीं नहीं होइगी!''

''तो फिर सुनो मेरी बात-तीनों जने,'' कहकर शिवरतन सिंह इतने धीमे फुसफुसाने लगे कि दीवारें भी न सुन सकें; और मुन्शिया, जगरमा, रघुवीरा-तीनों सिर हिलाते हुए सुनते रहे देर तक!...और यकायक आवाज़ खोल दी शिवरतन सिंह ने, ''बात ये है!...और सुनो जगराम, कच्चा छेबा नहीं लगना चाहिए...समझ गये ना!''

''फिकिर मत करौ कक्का, सिब काम सही होंइंगे!'' जगरमा ने छाती ठोककर कहा।

''यदि यह काम सही हो गया तो अबकी बार ऐसी 'पार्टी' दूँगा कि तुम लोग याद करते रहोगे—हमेशा!''

सुनकर तीनों की आँखों में भविष्य में होनेवाली उस 'पार्टी' का सपना लहरा उठा और तीनों ने मेज पर रखी पैकेट से निकालकर एक-एक सिगरेट और सुलगा ली।

सुक्कर तारा ऊगने से पहले ही लौटकर अपनी खाट पर आ गया बिहारी।

...आधी रात तक बिहारी की आँखों में नींद का एक छींटा तक न आया था। खरारी खाट पर सीधा लेटा हुआ वह देखता रहा था जेठ की रात के अँधेरे और धुँधले आसमान पर ऊँघते—आँखें झपकाते छोटे-बड़े तारों को। इसके साथ ही उसके कानों में बार-बार गूँजती रही थी शिवरतन सिंह की वही रुखी और ठंडी आवाज़, 'आज नहीं, एक-दो दिन बाद चला जाना!'...'आज नहीं, एक-दो दिन बाद चला जाना!'...एक-दो दिन, यानी कब? कब तक हो पाएँगे वे एक-दो दिन?...कितने दिनों से, रोजाना कह रहा है वह उनसे, 'घरें नाज खतम है गऔ होइगो मालिक...आज घरें जानों है...' लेकिन रोज वही, 'आज नहीं,...' उसकी आँखों में घरवाली और छोटा लड़का नमूदार हुए थे कई बार-छोटा लड़का, यानी कई महीनों से वे ही पुराने घुटन्ना-बुरसट पहने, बापू-बापू करता उसका सबसे छोटा बेटा! और घरवाली, यानी वर्षा—ठंड से लेकर भूख-प्यास तक-हर हाल में उसका संग देनेवाली वह अधेड़ मरियल औरत जिसके धोती-ब्लाउज के जोड़े पर अनगिन बखिया और थिगलियाँ लग गये थे—तभी!...उनकी फिकिर वह नहीं तो और कौन करेगा?...सभी कुछ चाहिए आदमी को-तन ढकने के लिए कपड़ा भी, पेट भरने के लिए रोटी भी!...इस टैम गाँव में कोई काम-दन्द भी तो नहीं है कि मेहनत करके ले आए! और चौधरी कहते हैं, 'आज नहीं एक-दो दिन बाद चला जाना!' ...और यक-ब-यक लगा था उसे कि पकड़कर कोल्हू का बैल बना दिया गया है उसे—आँखों पर ढक्कन

बाँधकर! लाठ को खींचते हुए घूमते रहो कोल्हू के चौफ़ेर–चुपचाप–बिना कुछ देखे! करते रहो अपना काम! और कुछ से तुम्हें क्या मतलब?...

...रात के गाढ़े अँधेरे को अपनी खुली हुई आँखों में भरे बिहारी देखता रहा था अपने आप को...बीते हुए कई एक जैसे, एकरस और तयशुदा दिन–रात उसके सामने से गुजर रहे थे...मुँहअँधेरे ही खाट से उठकर चल देता है वह–गाय–भैंसों के खोड़ की ओर...वहाँ पहुँचकर उठाता है पिरिया और भरने लगता है खोड़ भर में फैला गोबर–उठा–उठाकर दोनों हाथों से...पिरिया सिर पर रखकर डालता है पथवारे में–एक के बाद एक! ...उग जाता है सूरज!...उसके बाद बाल्टी उठाकर लग जाता है दुहाऊ में और पहुँचाता है दूध हवेली के भीतर–बाल्टी पर बाल्टी!...फिर दौड़ते–भागते जाता है फरागत को; और लौटकर जा पहुँचता है पथवारे में–कंडा पाथने...पथवारे से लौट द्वार पर बैठकर पीता है एक बीड़ी... उसके बाद चल देता है हँसिया उठाकर चारा लेने—गायों–भैंसों के लिए...लौटकर पहले गायों–भैंसों को डालता है चारा, तब खुद करता है कलेऊ हवेली की पौर में बैठकर—रोटी मिर्च का!... कलेऊ करके एक बीड़ी और पीता है- द्वार के चबूतरे पर बैठकर... उसके बाद फिर चला जाता है चारा लेने...लौटकर पिलाता है पानी सभी जानवरों को कुएँ से ला–लाकर, और डालता है चारा...उसके बाद पौर में बैठकर स्टील की थाली में खाता है रोटी–तरकारी और खा–पीकर माँजता है सूखी राख से थाली–लोटा और रख देता है नियत जगह पर पौर में ही!...एक बीड़ी और पीता है और फिर चला जाता है चारा लेने... शाम को कुटी की मशीन में जुतता है वह–चारा कतरने के लिए! फिर भरता है चारे से खनौटे–गायों और भैंसों के...करता है सानी, उसके बाद दुहाऊ...तब तक डूब जाता है दिन और उतरने लगता है अँधेरा...टैम हो जाता है ब्यारु का...ब्यारु के बाद पीता है एक और बीड़ी और जा पहुँचता है अपनी खाट पर...मन होता है, और बची होती है तो सोने से पहले एक बीड़ी और पीता है वह...दिन भर के लिए एक बिंडल–माचिस मिलते हैं उसे! और महीने भर के दो सौ रुपये, जो मिलते नहीं, सिर्फ़ कम होते हैं उन चार हजार रुपयों में से, जिन्हें पहले ही ले चुका है वह!...

यकायक लगा था उसे कि वह एक खरीदा हुआ गुलाम होकर रह गया है!...तभी तो...लेकिन...लेकिन रात तो अब भी उसकी अपनी है–सिर्फ़ सोने के लिए!...सोता ही तो है वह रात को, और क्या करता है?...तो रात भर वह सोए या जागे, इससे किसी को क्या मतलब?...और वह सहसा उठकर बैठ गया था–खाट से नीचे पैर लटकाकर और कुछ देर तक बैठा रहा था वैसे ही। फिर यकायक उठकर चल दिया था सिपौली–अपने गाँव- की तरफ–दबे पाँव। थोड़ी दूर निकलने पर उसके पाँवों में न जाने कहाँ से फुर्ती भर उठी थी और वह लगभग उड़ उठा था–पगडंडी पर।

गाँव तक के रास्ते में तीन बार गिरा था वह—हड़बड़ी में...गाँव में घुसते ही कुत्ते भौंकने लगे थे-अँधेरे में जल्दी-जल्दी चलते उसे देखकर। पर वह कुत्तों से बेपरवाह बढ़ता गया था अपनी मँड़ैया की तरफ और ढलती रात के काले अँधेरे में किसी चोर की तरह दबे पाँव घुसा था-अपने ही घर में!

आँगन में सो रही थी घरवाली लड़के के साथ। उसने जगाया था घरवाली को-हाथ झिंझोड़कर। वह उठकर बैठ गयी थी और वे दोनों बतियाते रहे थे-फुस-फुस करके । घरवाली कह रही थी, "नाज निघटें तौ बहौत दिना है गये...माँगे-चूमें काम चलाइ रही हों...पराधीनी की बात है!...कैसें हू न कैसें गुजर तौ करनों ही है..." वह बैठा-बैठा सुनता रहा था चुपचाप और देखता रहा था घरवाली के अँधेरे में अदृश्य चेहरे की तरफ-देर तक। फिर बोल उठा, "जैसें होइ तैसें काम चलाऊ...हाल-फिलाल मेरौ निकारिबौ तौ मुस्किल है...चलों अब, काम पै पहुँचनों है!" कहकर उसने अपने सो रहे लड़के के सिर और पीठ पर हाथ फेरा और खड़ा हो गया था। क्षणांश को जहाँ का तहाँ ठिठका रहा; और फिर चल दिया था वहाँ से।

गाँव से बाहर निकलकर वह पगडंडी पर बेरुआ की ओर दौड़ उठा था; और कुछ ही देर में वहाँ पहुँचकर अपनी खाट पर जा लेटा था-जैसे कहीं गया ही न हो!

14

जिन्होंने दरोग़ा को निकलते हुए देखा था, उनके कानों में अब भी बूटों की पटपटाहट भरी हुई थी। तीन सिपाहियों के संग दरोग़ा बीच गाँव से होकर सीधा चला गया था चमरटोला की तरफ-जैसे कहीं दबिश पड़ने जा रही हो! सिपाहियों के कन्धों पर बन्दूकें थीं और दरोग़ा की कमर पर रिवॉल्वर!... आज दरोग़ा 'बुलट' पर क्यों नहीं आया है?... कहाँ जा रही है पुलिस?... कहीं कुछ रट्टा हुआ है क्या?... लोग सोच रहे थे-जहाँ-तहाँ बैठे हुए।

लू कुछ जल्दी ही खुल गयी थी उस दिन-यानी दिन उगने के साथ ही! और आठ बजते-बजते तो गर्म होकर कनपटियों पर तमाचे- से जड़ने और हू-हू करती धूल-धक्कड़ उड़ाने और छोटे-बड़े पेड़ों को झपट्टों से बेहाल कर देने की कोशिश करने लगी थी! ऐसी लपट और घाम में आए दरोग़ा और सिपाहियों को देखकर लोग सोच रहे थे कि ज़रूर ही कोई संगीन केस है!

चमरटोला में घुसते ही, छपरे के नीचे बैठे सूखा चमार से सिपाही ने पूछा, "क्यों?...मौवारी का घर कहाँ है?"

सूखा खाट से खड़ा हो गया—सिपाहियों और दरोग़ा को देखकर, और बोला, "मौवारी कौ?"

"हाँ," उसी सिपाही ने कहा, "किधर है उसका घर?"

"आँगें है!" कहकर सूखा चल दिया आगे-आगे और जाकर मौवारी के घर के सामने जा खड़ा हुआ, "जेई है!' उसने हाथ उठाकर बताया।

मौवारी के द्वार पर पुलिस को देखकर मौहल्लेवाले वहाँ झिमट आए। सूखा ने खाट लाकर बिछा दी—द्वार के सामने ही। दरोग़ा उस पर बैठ गया-ज़मीन पर पैर रखे हुए। उसके संग ही एक नौउम्र सिपाही भी बैठ गया—पैताने की तरफ। दो सिपाही खड़े रहे।

खड़े हुए सिपाहियों को देखकर सूखा फिर गया और दूसरी खाट उठा लाया, जिस पर वे दोनों सिपाही भी बैठ गये।

दरोग़ा ने एकबारगी वहाँ इकट्ठे सभी लोगों की तरफ देखा और कहा, "मौवारी कहाँ है?... बुलाओ उसे!"

सुनते ही भीड़ में खड़ा जगरमा जल्दी से चला गया—घर के भीतर; और लौटा तो उसके पीछे मौवारी भी थी। वह दरोग़ा के पास खाट की बगल में बैठ गयी और धीरे-धीरे सुबकने लगी। उसका पल्लू आधे माथे को ढँके था और उसकी आँखें नीचे की ओर देखती हुई आँसुओं से नम थीं।

अधेड़ दरोग़ा ने उसकी ओर देखते हुए पूछा, "तुम्हीं हो मौवारी?"

मौवारी ने सिर हिलाकर 'हाँ' कहा।

"नाम बताओ अपना?" दरोग़ा ने बैग से काग़ज़-कलम निकाल लिये थे।

"रामदेई", मौवारी ने धोती के छोर से नाक पोंछते हुए कहा।

दरोग़ा ने काग़ज़ पर दर्ज कर लिया और आगे पूछा, "पति का नाम?"

मौवारी ने कोई जवाब नहीं दिया।

"पति का नाम क्या है?" दरोग़ा ने फिर पूछा।

वह फिर भी चुप रही और अब फिर सुबकने लगी!

"अपने आदमी कौ नाम कैसें लेइगी सा'ब!... बाकौ नामु ओ सोभा..." भीड़ के बीच से एक बुजुर्गनुमा आदमी ने कहा।

दरोग़ा ने उसकी तरफ देखते हुए पूछा, "क्या वह है नहीं?"

"हओ सा'ब? बाहि गुजरें तौ चार-पाँच सालें है गयीं..."

"हूँ..." यकायक दरोग़ा के मुँह से निकला और उसने काग़ज़ पर कुछ लिख लिया और फिर पूछा, "जाति?"

"चमार!" मौवारी ने तपाक से जवाब दिया।

दरोग़ा ने काग़ज़ पर लिख लिया।

"उम्र क्या है?"

"तीस साल।"

दर्ज करने के बाद दरोग़ा ने फिर मौवारी की तरफ देखा, "तुम्हारे साथ क्या हुआ था आज रात को?"

"रात को...भरोसा आया मेरे ढिंगाँ," मौवारी ने बिना किसी झिझक के कहा, "आते ही खेम मेरे से बोला-भौजी, तुम्हें मेरा एक काम करना पड़ेगा!...मैंने पूछा-क्या काम है? तो बोला-तुम्हें बिहारी के खिलाफ अविस्वास पै दस्कत करना पड़ेंगे!..."

काग़ज़ पर बयान लिखते हुए दरोग़ा के मुँह से निकला, "हूँऽ...कितना टाइम होगा उस समय?"

"ग्यारा-बारा बजे के करीब।" मौवारी ने कहा।

"हाँ...फिर?"

मौवारी बोली, "मैंने नाहीं कर दी: मैं नहीं करूँगी दस्कत-फस्कत!...तो उसने मुझे पकड़ लिया और बोला—तुम यदि दस्कत नहीं करोगी तो ठीक नहीं होगा भौजी!... और उसने मेरी इज्जत पै हाथ डाला...और..." कहते-कहते वह धोती के पल्ले से आँखें पोंछते हुए सिसकने लगी।

"ठीक है...आगे बोलो..." काग़ज़ पर डॉट-पेन घसीटते दरोग़ा ने यकायक निगाह उठाकर उसकी तरफ देखा, और ढाढस दिया उसे, "बोलो...और क्या किया उसने... ?"

जवाब में मौवारी ने आँसू और सिसकियों के बीच जो कुछ कहा उसे सुनकर वहाँ मौजूद मौहल्ले वालों की आँखें फटी की फटी रह गयीं! उनकी कुछ भी समझ में न आ रहा था... और भीड़ के बीच खड़े मुन्शिया और जगरमा पलांश को एक-दूसरे की ओर कनखियों से देखकर मुस्करा उठे और फिर सामने देखने लगे...और दरोग़ा ने एक लम्बे हुंकारे के साथ एक बार फिर मौवारी की तरफ देखा-भेदक निगाहों से : तीस-बत्तीस-साला, मैली-सी पर मजबूत काठी की औरत!...

पहले बुलाहट; फिर दरोग़ा-दरबार; और फिर आनन-फानन हथकड़ी तक पहुँचते ही एकबारगी हक्का-बक्का हो उठा रामभरोसे...बोल उठा, "...बात क्या है दरोगा जी... ?"

सुनकर कटखना हो उठा दरोग़ा, "भोसड़ीवाले!... बात पूछता है?... वह तो तुझे हुअईं बताऊँगा मादर... !..."

"लेकिन किया क्या है मैंने जिसके लिए..."

रामभरोसे की तल्ख़ हो उठी आवाज़ को बीच में ही काटते हुए दरोग़ा चीख उठा, "नेतागिरी दिखा रहा है भोसड़ी के गुंडे?... तेरी सब नेतागीरी भुला दूँगा

मादर...!..." गालियों की नुमाइश लगाते दरोग़ा की आँखें लाल-पीली, नाक चौड़ी-सकड़ी और तरतराती मूँछें ऊपर-नीचे हो उठी थीं।

उसी समय बन्दूक की नाल को रामभरोसे की पीठ पर ठेलते हुए एक सिपाही बोला, "चल!"

अचानक और बन्दूक-नाल से धकियाए रामभरोसे की गर्दन हठात् पीछे—सिपाही की ओर घूम गयी और उसकी आँखों में आग लपलपा उठी...

...और थोड़ी देर में दरोग़ा घोड़े की तरह छाती ताने उसी गली से लौट रहा था, जिससे होकर आया था... उसके पीछे-पीछे चल रहे थे हथकड़ी-बँधे रामभरोसे को लिये तीनों सिपाही...और, लोग थे कि उन्हें जाते हुए देख रहे थे।

15

पत्नी ने आकर ब्यारू के लिए कहा, तब ध्यान भंग हुआ नारायण दा का और वे चुपचाप भीतर को उठ लिये। पर कुछ खाया न गया उनसे। दो-चार कौरों के बाद ही हाथ धो लिये और 'भूख नहीं है आज'! कहकर बाहर निकल आए; और खाट पर लेटे रहे। लेटे रहे देर तक वैसे ही-आँखें खोले।...फिर बत्ती बुझा दी उन्होंने-सोने के लिए और खूब कोशिश करते रहे सोने की। पर नींद कहाँ? आँखों के रू-ब-रू तो अँधेरा खड़ा था-साकार! और वह सोने ही न देता था उन्हें!...कभी वह अट्टहास करता लगता था और कभी मसखरे की तरह बिराता!...

...यक-ब-यक लगा उन्हें कि झपट्टा मारकर उनकी छाती पर चढ़ बैठा है अँधेरा! उठंग होकर बैठ गये वे खाट पर। देखने लगे चारों तरफ-आँखें फाड़-फाड़कर...कानों में किरचों की तरह चुभने लगे उस सूचना के वे शब्द—'रामभरोसे ऐ पुलस पकरि कें लै गयी! मौवारी नें साफ-साफ ब्यान दए थानेदार के सामनें!'...सवाल यह नहीं है कि रामभरोसे को पुलिस पकड़कर ले गयी, सवाल तो यह है कि क्यों पकड़कर ले गयी!

...अब तक वे जिस रामभरोसे से परिचित थे उसके प्रति तो किसी भी सन्देह की गुंजाइश न निकली थी कभी! फिर?...क्यों हुआ यह सब?...क्यों हुआ?...बीतते चले गये, अँधेरे में डूबे समय के टुकड़े-दर-टुकड़े—उधेड़-बुन में ...आस्था-अनास्था के द्वन्द्व में, विश्वास और अविश्वास के बीच छिड़ी बेपनाह जंग में। पर किसी की भी हार-जीत न हुई थी अभी तक, और जारी थी जंग लगातार-निर्णायक हार-जीत के लिए...

...यकायक उनकी खुली हुई आँखों में रामभरोसे का तमतमाया चेहरा आ खड़ा हुआ, 'दादा, साँप की तरह चली है सड़क!...चन्ना के खेत को तो पूरा ही लील

गयी है...कहा तो अध्यक्षी गांठने लगे-जाओ, शिकायतकरो मेरी!...बहुत तू-तू मैं-मैं हो गयी आज!...' और उन्हें लगा—बेसुर यहीं है! और कहीं-नहीं, सिर्फ़ यहीं। और कानों में कई बार गूँजा रामभरोसे का कहा हुआ...'कहा तो अध्यक्षी गाँठने लगे...बहुत तू-तू मैं-मैं हो गयी आज!...' 'कहा तो अध्यक्षी गाँठने लगे...बहुत तू-तू मैं-मैं हो गयी आज!...' और इसके साथ ही यह सूचना—'रामभरोसे ऐ पुलस पकरि कें लै गयी! मौवारी ने साफ-साफ ब्यान दए थानेदार के सामनें!...मौवारी ने साफ-साफ ब्यान दए थानेदार के सामनें।' और अँधेरा फिर झपट्टा मारकर उनकी छाती पर चढ़ बैठा, पर इस बार उसका चेहरा मसखरा नहीं, खूँखार और दन्तैल था। वे फिर बैठने हो गये खाट पर...फिर उठकर कदम-ब-कदम चलते हुए चबूतरे के कोने पर जा खड़े हुए...देखने लगे पूरब की दिशा की तरफ...देखते रहे देर तक : पौ फटने में कितनी देर है अभी?...

देर बाद, क्षितिज के पास हल्की-सी लालिमा उभर उठी : यह देखकर वे उत्साहित कदमों से बैठकी की ओर लौट पड़े...

16

नारायणदा के थाने पहुँचते-पहुँचते दस बज गये। सबेरे-सबेरे कोई बस थी नहीं, सो पैदल ही चलना पड़ा छह मील।...वहाँ पता लगा कि रामभरोसे का चालान हो गया सबेरे-कोर्ट के लिए।

कोर्ट तो ग्यारह से है। नारायणदा ने मन ही मन सोचा और शहर के लिए रोड पर खड़े होकर बस का इन्तजार करने लगे।

...बहुत दौड़-भाग के बावजूद, एक बजे कोर्ट पहुँच पाए नारायणदा। लगभग दौड़ने की ही तरह जल्दी-जल्दी चलते हुए भीतर घुसे और बरामदे में पहुँचे तो सहसा हैरत में पड़ गये—सामने ही शिवरतन सिंह को देखकर। इस तरह आमना-सामना बिल्कुल अप्रत्याशित था!

नारायणदा को देखते ही दोनों हाथ जोड़ दिए शिवरतन सिंह ने, "माट्साब राम-राम!"

जवाब में नारायणदा ने भी 'राम-राम' कहा और औपचारिकतावश पूछा, "कैसे आना हुआ चौधरी सा'ब?"

शिवरतन सिंह ने उत्साह के साथ कहा, "वही...शाम को पता लग गया था रामभरोसे का; सोचा जमानत दे दूँ उसकी...अर्जी दे दी है।" और खद्दरी मुस्कान मुस्करा उठे, "...अब तो आप भी आ गये!"

हामी में सिर हिलाते हुए नारायणदा ने बनावटी मुस्कराहट के साथ शिवरतन

सिंह की तरफ देखा और आगे बढ़ गये। वे भीतर ही भीतर हैरान हो उठे थे, माजरा क्या है?...

हथकड़ी की सांकल थामे सिपाही और दरोग़ा जब रामभरोसे को मजिस्ट्रेट के सामने लाए, तब उसकी चाल बेशक, ढीली थी पर चेहरे का ताव न उतरा था। वह चेहरे की उसी तुर्शी के साथ इजलास में प्रस्तुत था। ...सहसा काला कोट पहने एक वकील उसके पास आकर मुस्कराते हुए बोला, ''रामभरोसे, तुम्हारी जमानत मंजूर हो गयी है...''

''जमानत!'' यकायक रामभरोसे के मुँह से निकला और उसकी निगाह उठी–सामने मुस्कराते हुए शिवरतन सिंह थे।

''चौधरी साहब ने दी है तुम्हारी जमानत!'' वकील ने शिवरतन सिंह की ओर इशारा करते हुए गर्मजोशी से कहा।

''नहीं!...नहीं चाहिए मुझे जमानत!'' आवाज के साथ-साथ रामभरोसे की देह और आँखों से चिनगियाँ फूट उठीं। वह शिवरतन सिंह के कलप लगे, इस्त्री किए, झक-झक करते धोती-कुरते की ओर अपने हथकड़ी-बँधे हाथ की उँगली सीधी करके, चिल्ला उठा ''नहीं चाहिए मुझे इस आदमी की जमानत! नहीं चाहिए!...'' और उसकी हथकड़ियाँ झनझना उठीं–इतनी जोर से कि इजलास में सन्नाटा पसर गया! ऊँची कुर्सी पर आसीन मजिस्ट्रेट से लेकर दरवाज़े पर खड़े अर्दली तक–सबके चेहरे सवाल बन गये : बात क्या है? और शिवरतन सिंह का चेहरा ठंडी राख की तरह फक्क हो उठा।

इजलास में एक बार फिर रामभरोसे की फटी हुई आवाज़ गूँजी थी, ''नहीं चाहिए मुझे इस आदमी की जमानत!'' और उसने जलती आँखों से शिवरतन सिंह की तरफ देखा था...

वकील की सिट्टी-पिट्टी गुम हो गयी थी–वह कभी रामभरोसे के मुँह की ओर देखता था, कभी शिवरतन सिंह के।

उस वक़्त रामभरोसे की जमानत के लिए ज़रूरी काग़ज़ात का हैंडबैग लिये नारायणदा इजलास में सबसे पीछे खड़े यह सब देख-सुन रहे थे...उनका चेहरा खुशी से आबदार हो उठा था और वे सोच रहे थे कि रात भर नाहक ही परेशान रहे!...

...और अब वे इजलास से बाहर एक वकील से रामभरोसे की जमानत के लिए अर्जी के बाबत बात कर रहे थे कि यक-ब-यक उन्हें सुनाई दिया—''दादा!...'' उन्होंने निगाह उठाकर देखा—सामने ईसुरी, भोला, ग्यासी, गोबिन्द और ख्याली खड़े थे और उन सभी की आँखों से अनेक सवाल उझक रहे थे...रामभरोसे कहाँ

है?...उसका क्या हुआ?... उनके चेहरे पसीने से तर थे।

यह देखकर नारायणदा के भीतर की खुशी का पौधा बड़ा होकर एक भरपूर फ़सल से लदफद हो उठा। वे उन सबसे कहना चाह रहे थे कि उन्हें याद है कि नहीं उस राक्षस की कहानी... ? ...रक्तजिह्व की कहानी?...और उसका मतलब उनकी समझ में भले न आया हो, पर रामभरोसे समझ गया है उसका अर्थ!...हाँ, वह समझ गया है! ...उसका अर्थ!...हाँ, वह समझ गया है! वे सब अभी आ पाए हैं, इसलिये देख नहीं पाए कि थोड़ी देर पहले क्या हुआ था यहाँ–भरी इजलास के बीच!...उन्होंने देखा था अपनी आँखों से!...किन्तु खुशी के अतिरेक में कुछ भी नहीं कह पा रहे थे वे।

मगर अब तक ईसुरी, भोला, ग्यासी, गोबिन्द और ख्याली को भी नारायणदा के मुँह से कुछ भी सुनने की ज़रूरत नहीं रह गयी थी, क्योंकि उन्हें सब कुछ तो बता दिया था नारायणदा के चेहरे ने, जिस पर उन लोगों ने अपनी याददाश्त में ऐसी आब कभी नहीं देखी थी!...

सिपौली : सन् 2012 ईसवी

नारायणदा ने पुस्तक का पन्ना पलटाः उनके सामने एक कहानी थीः 'रक्तदीक्षा उर्फ़ कहानी नारायणबाबू की'। शीर्षक पढ़कर चमत्कृत और उत्सुक हो उठे वे—अपने हमनाम की कहानी जानने के लिए। और तुरन्त पढ़ने लगे थे :

रक्तदीक्षा उर्फ़ कहानी नारायणबाबू की

नारायणबाबू अपने बिस्तर पर लेटे हुए छत पर देख रहे थे कि उसी समय उन्हें घर के भीतर से चीखता हुआ मोबाइल फोन सुनाई दिया। यह मँझले का है, जिसमें उसने 'ऐसी' चीखती हुई रिंगटोन सैटकर रखी है! सुनकर नारायणबाबू ऐसे कराह उठे जैसे उनके भीतर कोई लहराता आता पैना तीर आकर खुभ गया हो! यह एक खामोश कराह थी। भीतर ही भीतर! बेआवाज़! मँझला अब फोन पर किसी से ऊँची आवाज़ में बतिया रहा था।

भय लगा उन्हें। एक पर फिर। यों तो यह भय अब गाहे-ब-गाहे उनके आसपास होता है। मगर तब और ज्यादा ख़ौफनाक शक्ल के साथ, जब वे मँझले से वाबस्ता होते हैं!

...जिन्दगी भर चीजों को उनकी सही जगह देते रहे नारायण बाबू। जितना कुछ उनकी ज़द में था और उनसे सम्भव था,करते रहे! एक मामूली सरकारी नौकरी थी उनके पास। अब रिटायर्ड हैं। तीन बेटों और एक बेटी के पिता। बेटी की शादी कर चुके हैं। बड़ा बेटा एक प्राइवेट कम्पनी में नौकरी से लगा है। छोटा पढ़ रहा है। और बीच का, यानी मँझला-यही है जिसे उन्होंने अभी फोन पर किसी से बातेंकरते सुना है...

कुछ अजीब-सी कैफियत रही आई नारायणबाबू की। अतिसाधारण फिर भी अजीब-सी! कुछ भी विशिष्ट-जैसा नहीं रहा है उनकी जिन्दगी में। सब कुछ साधारण से भी साधारण! साढ़े दस से साढ़े पाँच की दफ्तरजीवी क्लर्क की नौकरी रही; और घर और दफ्तर से उत्पन्न स्थितियों के भँवर में गोता खाते रहे। उनसे कोई

भी कभी खुश नहीं रहा—न घर में, न दफ्तर में। वजह उनकी जहनियत और यह सोच कि इनसान को इनसान होना ही चाहिए, और इनसान हमेशा अपनी दुनिया को व्यवस्थित और खूबसूरत बनाकर रखता है! और अपनी इसी सोच के तहत, घर में उनको अक्सर शिकायत करते पाया जाता—किसी न किसी बात पर। मसलन, उनके मुँह से सुना जाता, 'ये चप्पलें किस तरह उतार छोड़ी हैं—एक यहाँ, दूसरी वहाँ! सलीके से नहीं उतारी जातीं...?' या 'ये टीवी इतने हाई वॉल्यूम में क्यों चला रक्खा है?' या 'ये अलमारी यों खुली किसने छोड़ रखी है?' या 'यह ईंट यहाँ किसलिये पड़ी हुई है—बिना काम के...एक तरफ नहीं रखी गयी...?' दफ्तर में भी ऐसी ही छोटी-छोटी बातों पर लोग उनसे नाखुश रहे आए। उनको हर काम में परफैक्शन ही सन्तुष्टि देता। काम में या स्थिति में कोई छोटी-सी कोताही या ग़लती उन्हें असन्तुष्ट और विचलित करती। फाइलों के रखरखाव से लेकर लिखावट की सूरत और ड्राफ्टिंग की भाषा एवं ऐसे ही तमाम दफ्तरी कामकाज में जरा-सी भी अव्यवस्था उन्हें बर्दाश्त के बाहर लगती थी। ग़लती या चूक पर वे सहकर्मियों को ही नहीं, बॉस को भी करैक्ट करने से न हिचकते, 'सर, स्पिरिट की स्पेलिंग SPRIT नहीं SPIRIT होती है!', एक बार उन्होंने ऑफिस-इंचार्ज के टेबिल के सामने खड़े-खड़े उन्हीं से कह दिया था।

उनकी इसी जहनियत के कारण, घर में, उनका बड़ा बेटा, जो जॉब से लगा हुआ था, गाहे-ब-गाहे उनके प्रति एक शालीन किस्म की चिढ़ प्रदर्शित कर उठता था, "बाऊजी, मेरी समझ में नहीं आता, आपकी प्रॉब्लम क्या है...?"

"क्यों?" जवाब में वे उसकी तरफ देखते, "क्या सच बोलना कोई प्रॉब्लम होता है?"

"पर आपको इतना सच बोलने की ज़रूरत क्यों आन पड़ती है?...आपको ही!" बड़े की तरफ से अगला सवाल आता।

"ज़रूरत?...अरे, यह इनसान के जीवित होने का सबूत होता है!...और साहब...मुझसे जवाब तलब कर रहे हैं कि मुझे सच कहने या बोलने की ज़रूरत क्यों पड़ती है!...वाह!..." कहते-कहते तल्खी उनकी जुबान पर आ बैठती।

और तब बड़ा चुप तो हो जाता, पर उसके भीतर एक अदृश्य और बेआवाज 'भुनुर-भुनुर' देर तक बनी रहती।

और नारायणबाबू का समय इसी तरह गुज़रता रहा।

रिटायर्ड होने के बाद नारायणबाबू अपने मन की बातें किसी से कहने की बजाए एक डायरी में दर्ज कर लेने लगे थे। उसी सिलसिले में उन्होंने एक दिन डायरी में लिखा था :

किसी के 'बड़ा आदमी' होने का पैमाना क्या हो सकता है?...क्या पैसा? क्या ओहदा?...मेरे ख्याल से ये दोनों ही नहीं; बल्कि यह ज़रूर हो सकता है कि उसने मनुष्य और मनुष्यता को बचाने के लिए क्या-कुछ किया है...!

नारायणबाबू की डायरी में, कई जगह इसी तरह के, आदर्श की ओर मुँह किए खड़े विचारों का इन्दराज था; तो बहुतेरी जगह आलोचनात्मक और व्यावहारिक विचारों से लैस टिप्पणियाँ भी दर्ज थीं। मसलन एक पृष्ठ पर यह इकलौती पंक्ति लिखी गयी थी :

हत्यारे अब बहुरूपिया हो गये हैं!

एक और पृष्ठ पर उन्होंने लिखा था :

दूरदर्शन के धारावाहिकों में मैंने 'साधारण आदमी' कभी नहीं देखा—

वहाँ सब के सब असाधारण ही होते हैं—नायक-नायिका से लेकर खलनायक खलनायिका तक और मालिक मालकिन से लेकर नौकर/नौकरानी तक। हद तो यह है कि वहाँ कामवाली बाई भी किसी रानी-महारानी से कम (चमक दमकवाली) नहीं होती...!

एक और पेज पर उन्होंने लिखा था :

हमारे देश में अब, 'धर्म' दिखाई देता है-साफ-साफ! जबकि धर्म दीखनेवाली चीज तो नहीं होता!

एक और पेज पर उन्होंने दर्ज किया था :

आज 'गांधी' देखी। दूसरी बार। पहले अँग्रेजी में देखी थी। टीवी पर ही। भाषायी अवरोध के बावजूद तब भी अच्छी लगी थी। और इस बार अपनी भाषा में देखी, तो न सिर्फ़ अच्छी लगी, बल्कि गांधी नाम के ताले की कुंजी भी लगी। गांधी आज किसी व्यक्ति का नाम रह भी नहीं गया है-वह एक 'विचारधारा' का नाम है! और इस फ़िल्म में उस विचारधारा को ही आकार दिया गया है। 'गांधी' नाम के 'व्यक्ति' के बारे सब कुछ बताना ज़रूरी नहीं समझा है फिल्मकार ने; पर 'गांधीइज्म' की परतें खोलकर रख दी हैं! बेन किंगसले नाम के कलाकार ने गांधी की शक्ल ओढ़कर गांधीइज्म को रूपाकार दिया है। फिल्मकार भी एक विदेशी ही है—रिचर्ड ऐटेनबरो!...हमारे अपने देश—जिसकी करंसी पर गांधी की तस्वीर छापी जाती है-के लोगों ने गांधी को इस तरह से क्यों नहीं समझा है?...

और इसी तरह की मन:स्थितियों में जीते-सोचते नारायणबाबू कुल मिलाकर जोशोतैश से भरे और जीवन्त बने रहते थे। जिन्दगी गुज़र रही थी। घर चल रहा था, दुनिया चल रही थी। उनका छोटा बेटा पढ़ने स्कूल जा-आ रहा था। बड़ा बेटा अपनी गाड़ी पर सवार होकर नौकरी करने अपनी कम्पनी के ऑफिस जाता-आता था।

मँझला हमेशा की तरह कुछ नहीं करता आ रहा था और अपनी रूटीन के मुताबिक अलस्सुबह घर से निकलकर देर रात ही घर लौटता आ रहा था। और इस सबके साथ नारायणबाबू को लगता था कि चलो, ठीक है, खरामा-खरामा ही सही, पर एक ढर्रे पर तो चल रही है—घर परिवार की ज़िन्दगी।

और इसी ढबोढर्रे पर चलती जिन्दगी के साथ लगभग खुश-खुश नारायणबाबू ने उस दिन अखबार उठाया और खोलकर देखा तो अचानक सकते में आ गये। दरअसल अखबार के पहले ही पेज पर एक नेता के नगरागमन का स्वागत-विज्ञापन छपा था जिसमें नेता के विस्तारकाय फोटो के क़दमों तले, स्वागत-निवेदन करनेवाले आठ-दस लोगों के साथ उनके मँझले का भी नाम और लघुकाय फोटो मौजूद था।

वह देखकर नारायणबाबू की तो आँखें फटी की फटी रह गयीं! उन्होंने तो कभी सोचा तक नहीं था कि उनका बेटा उस दुनिया में जा पहुँचेगा, जिसे वे सख्त नापसन्द करते आए थे।

और वह पहला दिन था जब वे जिन्दगी में अपने-आप को हारा हुआ पा रहे थे—और वह भी खुद से ही!

और उस दिन के बाद, वे अपने भीतर-चुप्पी में-चले गये। कुछ कहते नहीं। किसी से भी।...खाते-पीते सोते-जागते, नहाते-धोते, यानी रोजमर्रा के अपने सारे कामों को करते, पर बोलते नहीं! एक अँधेरी चुप्पी। और उनकी इस चुप्पी के साथ, दिन, फिर महीने बीतते चले गये। उनको किसी ने कुछ बोलते नहीं सुना। जैसे उनका व्यवस्था और परफैक्शन की बातें करना, अब किसी और को नहीं, खुद को मुखातिब हो गया हो! उस दिन के बाद वे घर से भी बाहर न निकले। महीनों का मीजान साल में तब्दील हो गया...

और अचानक एक दिन वे घर से बाहर निकलकर सड़क पर बढ़ चले। उस दिन वे सोच-विचारकर निकले थे कि अरसा हुआ अपने शहर को देखे, सो अब देखेंगे। और चलते रहे दिन भर पैदल-पैदल—मौहल्ला-दर-मौहल्ला, कॉलोनी-दर-कॉलोनी, बाजार-दर-बाजार, चौराहा-दर-चौराहा, सड़क-दर-सड़क! और पूरा शहर छानकर लौटे, तो थके-माँदे और निढाल नहीं, बल्कि उत्तेजित थे। लौटते ही, उन्होंने अपनी डायरी उठाई और उसमें लिखा :

भय लगता है!...

लिखते हुए नारायणबाबू को याद आ रहा था वह, जो तकरीबन साल भर पहले शहर में हुआ था...प्रदेश की कैबिनेट में अचानक ले लिया गया शहर का एक नेता, राजधानी में मन्त्री की कुर्सी पर बैठने के बाद, जब शहर वापस लौटा तो स्वागत कर्त्ताओं ने उसके स्वागत को 'अभूतपूर्व' बना दिया था। उस दिन नारायणबाबू ने अपनी डायरी में लिखा था :

आज का दिन इतिहास में दर्ज होगा कि नहीं, मैं नहीं जानता! और यदि होगा, तो किस अर्थ में, मैं यह भी नहीं जानता! पर मैं इतना जानता हूँ कि आज शहर में कुछ 'अभूतपूर्व' हुआ है...नेताओं के स्वागत तो सुने जाते थे। तरह-तरह के स्वागत, जिनमें से एक-उन्हें रुपयों से, सिक्कों से, फलों से, फूलों से, मिठाइयों से तोला जाना तो सुना-पढ़ा था।...पर 'उसे' रक्त से तोला गया!... किसके रक्त से?...

और उसी नेता के स्वागत में-उस समय शहर के चौराहों पर लगाए गये स्थाई होर्डिंग्स पर-उसकी बड़ी तस्वीर के नीचे-छोटे-छोटे चेहरों की शक्ल में बैठे बहुतेरों के बीच अपने मँझले को बैठा देखकर लौटे थे वे आज! और लौटने के बाद अपनी डायरी में लिख रहे थे :

भय लगता है!...अपने नेता को रक्त से तौलनेवाले गली-कूँचों के 'छुटभैये' अब शहर भर के चौराहों पर लगे स्थाई होर्डिंग्स पर जा बैठे हैं-उसी नेता की हस्तछाया के नीचे...

मँझला तब से अभी तक मोबाइल फोन पर था...नारायणबाबू उसकी एक-एक बात को सुनना चाह रहे थे...उनकी आँखें उस वक़्त छिपकली पर लगी थीं जो छत से लटकी हुई, दीवाल पर रौशन बल्ब के आसपास मँडराते पतंगों को टकटकी लगाए देख रही थी...

पूरी कहानी पढ़ लेने के बाद हैरत में थे नारायणदा! कमाल है! कहानी के नारायणबाबू की ज़हनियत, खुद उनकी अपनी ज़हनियत से किस कदर मिलती-जुलती थी। बेशक कहानी में, कहानी के नारायणबाबू और उनकी खुद की परिस्थितियों में मोटे तौर पर कुछ फ़र्क भी मौजूद थे। जैसे कि कहानी के नारायणबाबू के तीन बेटे, और उनका एक मात्र बेटा; कहानी के नारायणबाबू दफ्तर में क्लर्क, और वे स्कूल में मास्टर रहे थे; कहानी के नारायणबाबू राजनीति को सख्त नापसन्द करते, और वे राजनीति को नापसन्द नहीं करते! पर इन चीजों के अलावा कहानी के नारायणबाबू की सोच और जहनियत हू-ब-हू वही थी, जो उनकी है कि इनसान को इनसान होना ही चाहिए, और इनसान हमेशा अपनी दुनिया को व्यवस्थित और खूबसूरत बनाकर रखता है! कहानी के नारायणबाबू की तरह उनको भी हर काम में परफैक्शन ही पसन्द है और उन्हें भी हर किस्म की अव्यवस्था विचलित करती है...

देर तक नारायणदा इसी बाबत सोचते रहे कि यह कैसा इत्तिफाक है कि लगता

है कहानी-लेखक ने बेटों, दफ्तर आदि की कल्पना के रंग में देकर, गोया उनकी ही तस्वीर बना दी है-कहानी में!

किताबों और नारायणदा के बीच अब एक रिश्ता जुड़ गया है। किताबें ही अब उनका समय भरती हैं। एक समय था जब उन्हें बिल्कुल फुरसत न होती थी, पर अब उनके पास फुरसत ही फुरसत है। 'राजनीति' से 'मोहभंग' का नतीजा है यह!...उस समय वे विश्वास से भरे रहते थे, पर उनका वह विश्वास टूटा था रामभरोसे की चुनावी हार के बाद।...कितनी औध-नीच समझाई थी उन्होंने लोगों को, पर किसी ने भी कुछ भी समझना ही न चाहा; और वही किया जो परम्परा से करते चले आ रहे थे कि वोट तो उसी को देना है जो ताकतवर है—ताकत पैसे की, खानदान की, लट्ठ की, रुतबे की रखता है जो! उसको क्या वोट देना, जिसके पास किसी भी तरह की 'ताकत' न हो!...और तब से लोकतन्त्र नाम की व्यवस्था से ही विश्वास उठ गया है उनका। उन्हें लगता है कि 'लोकतन्त्र' एक मुखौटा है इस देश को चलाने का, और इस मुखौटे के पीछे कोई और ही 'तन्त्र' काबिज है कि जिसमें 'लोक' या 'जन' या 'आम आदमी' महज एक वोट के सिवा कुछ नहीं हो सकता!

और अपने इस 'मोहभंग' के बाद नारायणदा ने अपने-आप को पीछे खींच लिया था। अब किताबें ही उनकी 'शरणगाह' हैं।

अब उनकी दिनचर्या लगभग बँधी-बँधाई है। सवेरे नित्यकर्म से निबटने और नहाने-धोने के बाद वे अपनी बैठकी में किताबों के साथ होते हैं। एक वह समय था जब उनकी यही बैठकी गाँव की राजनैतिक गतिविधियों का केन्द्र और लोगों से भरी-पूरी होती थी। पर अब वे वहाँ प्रायः अकेले अपनी किताबों के साथ होते हैं। यों किताबें पढ़ने का शौक तो उन्हें शुरू से ही रहा था—उस समय वे हर तरह की उपलब्ध किताब पढ़ डालते थे पर अब वे कुछ खास तरह की किताबें पढ़ते हैं; और उनमें 'लोकतन्त्र' की तलाश करते रहते हैं।

2

निरंजन जब गली में मुड़ा, तब गाँव का जर्रा-जर्रा अँधेरे में गुम था; और गली निहायत सूनी एवं निर्जन थी। वह उस सूनी गली के अँधेरे में चलता हुआ जब नारायणदा के घर के सामने पहुँचा, तो उसे उनकी बैठकी के दरवाज़े से झाँकता उजास नज़र आया। उसके भीतर उम्मीद की लौ थिरक उठी, और तब उसने आगे बढ़कर बैठकी के दरवाजे से भीतर झाँककर देखा तो उसे नारायणदा खाट पर बैठे, लालटेन की रौशनी में कोई किताब पढ़ते दिखे। उसने दरवाजे से ही कहा, ''नमस्ते सरजी!''

निरंजन का यही तरीका है। वह जब नारायणदा के पास पहुँचता है, तो 'नमस्ते सरजी' या 'सरजी नमस्ते' कहता है। यों इस तरह की औपचारिकता की जरूरत उसके लिए रह नहीं गयी है क्योंकि लगभग साल भर से वह तकरीबन रोज़ ही नारायणदा के यहाँ आता रहा है। पर यह उसकी जैसे आदत बन चुकी है।

पहली बार जिस दिन वह उनके यहाँ पहुँचा था, तब भी इतना ही समय और ऐसा ही अँधेरा था और उसने दरवाज़े से ही कहा था, 'नमस्ते सर जी!' नारायणदा उस दिन भी कोई किताब ही पढ़ रहे थे उस वक़्त, और 'सर जी' सुनकर चौंक-से गये थे; क्योंकि उन्हें 'सर जी' के सम्बोधन से पहली बार किसी ने पुकारा था, और उन्होंने 'नमस्ते' कहते हुए दरवाज़े की ओर देखा था तो उन्हें वहाँ एक अपरिचित युवा चेहरा दिखाई दिया था। उन्होंने एक बार फिर आगन्तुक के अभिवादन के जवाब में 'नमस्ते' कहा था और नीमरौशनी में वे उसके चेहरे को पहचानने की कोशिश करने लगे थे।

निरंजन ने उनकी ऊहापोह भाँपकर खुद ही बता दिया था, "मैं निरंजन हूँ सरजी...ख्यालीराम का बेटा!"

ख्यालीराम का नाम सुनकर नारायणदा के भीतर अचानक अतीत का एक पन्ना खुलकर फड़फड़ा उठा था और उनके चेहरे पर एक झीनी-सी प्रसन्नता झलक आई थी। वे बोल उठे थे, "अच्छा...आओ निरंजन...वो उधर से कुर्सी ले लो बैठने के लिये।" कहते हुए उन्होंने बैठकी के एक कोने में रखी कुर्सी की ओर इशारा किया था।

निरंजन आगे बढ़कर कुर्सी उठा लाया और नारायणदा की चारपाई से तनिक दूरी पर उसे रखकर उस पर बैठ गया था।

नारायणदा ने हाथ में ली हुई किताब चारपाई के सिरहाने की ओर रख दी थी और निरंजन की ओर देखते हुए कहा था, "कैसे आए निरंजन?"

जब छोटा था निरंजन, तब नारायणदा ने उसे प्रायमरी-स्कूल में पढ़ाया था; पर अब न ही निरंजन वह निरंजन था, न ही नारायणदा वह नारायणप्रसाद तिवारी रहे थे। निरंजन अब बड़ा हो गया था, और मास्टर नारायण प्रसाद तिवारी कब के नौकरी त्यागकर नारायणदा बन चुके थे। निरंजन ने थोड़ी-सी झिझक के साथ-जो झिझक कम शिष्टता ज्यादा थी-कहा था, "सर जी, एक अरसा हो गया...आपने मुझे प्रायमरी-स्कूल में पढ़ाया था, पर उसके बाद मैं आपसे कभी मिल ही नहीं पाया...आज सोचा, आपसे मिल ही लूँ, इसलिये चला आया..."

"अच्छा किया...क्या करते हो तुम आजकल? "नारायणदा ने निरंजन से सहज ही पूछ लिया।

"बड़ा मुश्किल सवाल है ये सरजी..." निरंजन ने नारायणदा के सवाल के

जवाब में तपाक-से कहा था।

सुनकर नारायणदा ने सामने कुर्सी पर बैठे निरंजन के मुँह की तरफ देखा था; क्योंकि वे उसके बात करने के ढंग से कुछ-कुछ अचम्भित से हो उठे थे—उन्होंने सोचा था कि क्या कोई उनके इतने सीधे-से प्रश्न का इस तरह से भी जवाब दे सकता है!

निरंजन नारायणदा के मुँह की ओर देखते हुए बेझिझक आगे कह रहा था, "सच बात यह है सरजी कि मैं कुछ समय पहले तक कुछ करता था, पर आजकल मैं जो कुछ करता हूँ उसे कुछ करना मानता नहीं हूँ...।"

"हूँऽऽ...।"' नारायणदा के मुँह से निकला था। उन्हें निरंजन की बातचीत अच्छी भी लगी थी और एक तरह की वाचालता भी। उन्होंने कहा "निरंजन, तुम्हारी बात मैं अभी ठीक से समझ नहीं पाया हूँ कि तुम्हारे कहने का मतलब क्या है..."

"मतलब यही सरजी कि जिस किसी भी काम के करने से दुनिया में कुछ भी बदले नहीं, वह कोई काम है-ऐसा मैं नहीं मानता! काम तो वही होता है, जो कहीं न कहीं, किसी न किसी स्तर पर दुनिया को थोड़ा-बहुत बदल देता है..." कहकर निरंजन ने नारायणदा की आँखों में झाँका और आगे कहा, "सरजी, मैं माफी चाहता हूँ कि आपको मेरी बातें कुछ बड़बोली और अटपटी लग रही होंगी...पर सच यह है कि मैं इसी तरह सोचता हूँ..."

अब तक नारायणदा के माथे पर पड़े हुए बल, निरंजन का स्पष्टीकरण सुनकर गायब हो आए, और उनके चेहरे पर सहजता की आभा उभर आई थी। उन्होंने निरंजन से कहा था, "नहीं-नहीं, सच बोलने के लिए माफी माँगने की ज़रूरत नहीं होती...मैं तुम्हें अभी उतना जानता नहीं, इसीलिये ये सब पूछ रहा हूँ...तुमने पढ़ाई कहाँ तक की है?"

"जी डिग्री कर ली थी..."

"तो फिर क्या बात है... ?" नारायणदा के मुँह से फिर सवाल ही निकला।

निरंजन ने जवाब में कहा, "अभी मैंने बताया न सर जी, वही मेरी मेंटलिटी कि जिस काम के करने से कुछ बदलता न हो तो वह..."

"हाँऽऽ" नारायणदा ने कहा, "अब समझा!" कहकर वे थोड़ी देर तक चुप रहे, उसके बाद निरंजन के चेहरे पर देखते हुए बोले, "पर इसके लिए तुम करना क्या और कैसा काम चाहते हो?"

नारायणदा के इस सवाल के जवाब में निरंजन ने जो कहा, और नारायणदा ने जो सुना, उसने अचानक बैठकी को एक चीखते हुए सन्नाटे से भर दिया था...

वह पहली मुलाकात थी निरंजन की नारायणदा से।

कुछ देर बाद निरंजन नारायणदा की बैठकी से अपने घर चला गया था। पर

उनके भीतर एक जबरदस्त भूचाल भरकर।

उस रात नारायणदा देर तक सो नहीं सके थे...

...अँधेरा पूरा था! जल रही लालटेन की पीली रौशनी नारायणदा की बैठकी के 20 × 9 के कमरे को पर्याप्त उजाले से नहीं भर पा रही थी। बस, एक उजास मात्र पसरा था कमरे में। बैठकी में बिछी चारपाई पर फैली दरी पर नारायणदा बैठे थे। खाट के सिरहाने की तरफ रखे एक ऊँचे स्टूल पर लालटेन रखी हुई थी, जिसकी मरियल रौशनी के दायरे की जद में नारायणदा का चेहरा था—उम्र के निशानों से भरा एक बूढ़ा चेहरा! रौशनी का दायरा उनके चेहरे के साथ सिर के सफेद बालों और कमर से ऊपरी हिस्से पर पहने कुरते को नमूदार किए हुए था।

नारायणदा अब बूढ़े हो चुके थे, यह उनके चेहरे और शरीर को देखकर लगता था। अलबत्ता उनके सोच-विचार अब भी बूढ़े नहीं हुए थे—यह उनसे बातचीत करने पर ही समझा जा सकता था। उन्होंने जीवन भर अपने विचारों को लेकर गाँव में काम किया था। और जिन लोगों के साथ मिलकर काम किया था, वे भी अपने नोंन-तेल-लकड़ी के चक्कर में उनसे किनारा कर तितर-बितर हो गये थे। पर नारायणदा के भीतर अब भी अपने विचारों की वही आग मौजूद थी जो पहले थी...

रौशनी के दायरे में आ रहे नारायणदा के चेहरे को देखकर समझा जा सकता था कि वे किसी गहरी सोच में डूबे हुए थे। दरअसल उनके भीतर उस वक़्त एक पसोपेश चल रहा था कि...! पिछले सालों के दरमियान उन्होंने जो कुछ देखा था, और आज गोबिन्द, ग्यासी, भोला, रामभरोसे, ईसुरी और ख्याली के बाद की पीढ़ी के निरंजन के मुँह से जो सुना था, उसने उन्हें भयानक द्वन्द्व में डाल रखा था और उनकी आँखों की नींद गायब कर रखी थी उस रात!...

और उसके बाद, लगभग रोज का आना-जाना हो गया था निरंजन का, नारायणदा के पास। 'नमस्ते सर जी' और 'नमस्ते, आओ निरंजन, बैठो' जैसे तकियाकलाम बन चुके थे दोनों के। यों तो नारायणदा के बारे में निरंजन को उसके पिता ख्याली ने ही बहुत कुछ बता रखा था पर इस बीच की रोज़ की मेल-मुलाकातों ने निरंजन की नारायणदा के बारे में जानकारी में कुछ इजाफा किया था। जैसे कि इसी दरमियान उसे मालूम हुआ था कि नारायणदा सन् 1962 के एम. ए. हैं—इतिहास में एम. ए.-और उस वक़्त वे गाँव के पहले व्यक्ति थे जिन्होंने यह ऊँची शिक्षा-डिग्री हासिल की थी!... इसी दरमियान ही उसे इस बात की जानकारी हुई थी कि नारायणदा ने अपनी सरकारी नौकरी किसी कारण से छोड़ दी थी...उसने इस विषय में एक दिन उनसे पूछा था, "सरजी, नौकरी, वो भी सरकारी नौकरी बीच में ही क्यों छोड़ दी थी आपने?" नारायणदा ने उसे बताया था, "कोई सनक नहीं थी वह! सोच-विचार कर ही छोड़ी थी...अपनी स्वतन्त्रता के लिए! स्वतन्त्रता से

बड़ा सुख मुझे आज तक कोई समझ में न आया...स्वतन्त्रता वही नहीं थी, जो हमारे नेताओं ने अँग्रेजों से ली थी, स्वतन्त्रता वह भी होती है जो एक आदमी से दूसरे को चाहिए होती है! और नौकरी का मतलब स्वतन्त्रता के विलोम होता है...अपनी खुद की स्वतन्त्रता के लिए त्याग की नौकरी!''...और इसी दरमियान निरंजन को यह पता लगा था कि घर में निहायत अकेले रहते हैं नारायणदा—अपने हाथों से एक टैम खाना बनाते और दोनों टैम खाते! और यह भी कि वे हमेशा से अकेले नहीं थे—पत्नी, एक बेटा विभु और एक बेटी ओजा है उनकी। विभु यानी विभु, और ओजा यानी ओजस्विनी! बेटी बड़ी है, जिसकी उन्होंने यथासमय शादी कर दी थी और वह अपने घर-परिवार, बाल-बच्चोंवाली है; बेटा उससे छोटा है, जो उनकी सरपरस्ती में पढ़ता और बड़ा होता रहा...उसका रुझान इंजीनियरिंग की तरफ था तो उन्होंने उसकी इच्छानुसार उसे बीई करवाई...वह इंजीनियर बन गया और कुछ समय तक जॉब के लिये प्रयास करता रहा...इसी सिलसिले में उसने विदेश में जॉब के लिए एक परीक्षा दी और वह उसमें सफल रहा, उसके बाद विदेश चला गया...विदेश जाने के मुद्दे पर नारायणदा की उससे असहमति थी...इस बारे में उससे बहस हुई...नारायणदा का कहना था, "विदेश में जाकर रहने का मतलब सिर्फ विदेश में रहना नहीं है बल्कि अपनों से दूर चले जाना भी है, और इस दूरी की कीमत पर पैसे कमाना मुझे स्वीकार नहीं है...पैसे हम किसलिये कमाते हैं? इसलिये ना कि हम सुख भोग सकें! पर अपनों की निकटता में जो सुख है वो किसी भी पैसे से हासिल नहीं किया जा सकता!'' इस पर विभु का कहना था, "अगर पैसा नहीं हो तो कोई अपना नहीं होता!'' बेटे की बात सुनकर हताशा हुई थी नारायणदा को। उनका बेटा जो बात कह रहा था उसका अर्थ साफ था कि वह सम्बन्धों और रिश्तों पर पैसे को तरजीह दे रहा था औ सम्बन्धों को पैसे का मोहताज मान रहा था; इसके अलावा उसके लिए और किसी की कोई अहमियत नहीं थी।...वह वाशिंगटन डी.सी. चला गया था और एक अरसे तक वापस नहीं आया था; और एक दिन जब लौटा तो इस प्रस्ताव के साथ कि नारायणदा, और उसकी माँ देश छोड़कर उसके साथ चलें और विदेश में उसके साथ रहें...नारायणदा ने उसके साथ प्रस्ताव को सिरे से अस्वीकार कर दिया था, "नहीं, मैं अपनी धरती से, अपने लोगों से इतनी दूर नहीं जा सकता कि उनसे कभी न मिल सकूँ...मैं वहाँ नहीं जा सकता जहाँ मुझे कोई जानता तक नहीं।'' पर विभु की माँ यानी नारायणदा की पत्नी ने अपने बेटे के बताए 'सुखों के संसार', में जाना स्वीकार कर लिया था और वह अमेरिका चली गयी थीं!...उस दिन के बाद बरसों बीत गये, उनसे नारायणदा का कभी सम्पर्क नहीं हुआ है!...

नारायणदा के बारे में इतना और जान लेने के बाद, निरंजन उनसे और निकटता

से जुड़ गया था!

एक दिन, दिन के समय उसकी इच्छा नारायणदा से मिलने की हुई। दोपहरी ठन्ना रही थी उस वक़्त-चिलचिलाती धूप से भरी धूल उड़ाती, तमतमाती जेठ की दोपहरी! उस भरी दोपहरी में चलकर वह जब नारायणदा के घर पहुँचा, तब वे अपने लिये खाना बना रहे थे। वह उम्रदराज नारायणदा को रोटी-सब्जी बनाने की मशक्कत करते हुए देखता रहा था। वह पहला मौका था जब उसने नारायणदा को अपने लिये रोटी बनाते देखा था। उसके बाद, उससे रहा न गया और उसने नारायणदा से कह ही दिया था, ''सर जी, आप बुरा न मानें तो मैं आपसे कुछ कहना चाहता हूँ।''

''हाँ, कहो।'' नारायणदा ने जलते स्टोव के ऊपर रखे तवे पर पड़ी रोटी को कपड़े से दबा-दबाकर सेंकते हुए क्षणभर को उसकी ओर देखा था।

''आपको इस रोटी बनाने की झंझट से छुटकारा मिल जाए तो...'' निरंजन नारायणदा के मुँह की ओर देख रहा था।

सुनकर नारायणदा ने, पास ही बैठे निरंजन की तरफ देखा, उसके बाद उनके मुँह से निकला, ''कैसे?''

''वह आप मुझ पर छोड़ दीजिए...'' कहने के बाद, हिचक के कारण रुक गया था निरंजन, पर उसके बाद उसने कह ही दिया, ''मेरी माँ बना दिया करेगी आप के लिए रोटी-सब्जी...और टिफिन आपके पास आ जाया करेगा...''

सुनकर नारायणदा का हाथ तवे की रोटी पर जहाँ का तहाँ रुका रह गया था, और वे एकटक निरंजन के मुँह की ओर देखते रह गये थे। उस वक़्त उनकी आँखों में तरलता फैली हुई थी।

उस दिन के बाद से नारायणदा अपने राशन का इन्तजाम कर देते थे, और उनके खाने का टिफिन ख्यालीराम के घर से आता था। स्टील के दोखानेवाले टिफ़िन को लिए निरंजन रोज़ाना उनके घर की ओर जाते देखा जाता था।

इस रोज़मर्रा को महीनों बीत गये थे।

अब नारायणदा बैठकी में ही खाना खा लेते थे। वहीं उन्होंने पानी का एक घड़ा और लोटा रखा हुआ था।

निरंजन जब टिफिन लेकर पहुँचता तो नारायणदा सबसे पहले लोटे में पानी भरकर, साबुन लेकर बैठकी से बाहर निकलते और चबूतरे के किनारे बैठकर साबुन से हाथ धोते थे। उसके बाद टिफिन से खाना खाते थे। निरंजन ने ध्यान दिया था कि कभी-कभी नारायणदा एक बार हाथ धोने से सन्तुष्ट न होते, तो दूसरी बार साबुन लगाकर हाथ धोते थे; कभी-कभार तीसरी बार और चौथी बार तक धोते थे, तभी खाना खाते थे।

कई दिनों तक इस बात को देखने के बाद, निरंजन ने एक दिन नारायणदा से कहा, ''सरजी, आपकी तरह शहर में मेरे एक दोस्त के पिताजी हाथ धोते थे...''

''मेरी तरह..?'' कहकर नारायणदा ने उसकी तरफ देखा था।

''हाँ, एक बार, दो बार, कई बार...पर वे दवाई लेने से ठीक हो गये थे...'' निरंजन ने कहा।

''मतलब...?'' नारायणदा निरंजन की ओर देख रहे थे।

''मेरा दोस्त उन्हें डॉक्टर के पास ले गया था। उसके बाद दवाइयाँ लेने के बाद उनकी यह प्रॉब्लम ठीक हो गयी थी...'' निरंजन ने उनसे कहा, और आगे जोड़ा, ''आप कहें तो मैं आपको भी उसी डॉक्टर के पास ले चलूँगा।''

नारायणदा ने सुना और वे कुछ देर तक चुप रहे, जैसे कुछ सोच-विचार कर रहे हों। वे अपने भीतर यह स्वीकार कर रहे थे कि न चाहते हुए भी वे बार-बार हाथ धोने के लिए मजबूर हो जाते हैं; चाहते हुए भी वे अपने-आप को ऐसा करने से रोक नहीं पाते हैं; तो हो सकता है कि यह कोई बीमारी ही हो!...और दवाइयों से ठीक भी हो जाए! पर उन्होंने जब मुँह खोला, तो निरंजन से यही कहा, ''अरे, अब क्या दवाइयाँ...वैसे निरंजन, तुम्हें एक बात बताऊँ...मैं जीवन में बहुत कम बीमार पड़ा हूँ। खानपान ठीक बनाये रखता हूँ इसलिये।...मैं किसी शारीरिक बीमारी से नहीं मरूँगा...हो सकता है कि पागल होकर मर जाऊँ...''

''अरे नहीं सरजी, ऐसी कोई बात नहीं है...बहुत मामूली प्रॉब्लम है यह...मेरे दोस्त के पिताजी को अब कोई प्रॉब्लम नहीं रही है...वे अब ठीक हैं पूरी तरह!'' निरंजन ने कहा।

''ठीक है, तुम ऐसा चाहते हो तो चला-चलूँगा डॉक्टर के पास, जब तुम कहोगे...'' नारायणदा ने कहा।

उसके बाद, अपने दोस्त से जानकारी लेने के बाद निरंजन, एक दिन नारायणदा को शहर ले गया था-डॉक्टर के पास।

डॉक्टर ने नारायणदा से उनकी प्रॉब्लम के बारे बातें की थीं-और समूची दरयाफ्त के बाद उनसे कहा था, ''आपको ओ सी डी है।''

''ओ सी डी?'' नारायणदा ने डॉक्टर के मुँह की ओर देखा था।

''हाँ, यह एक मनोरोग है—ऑब्सेसिव कम्पल्सिव डिसऑर्डर!'' डॉक्टर ने कहा, ''हमारे देश में करीब तीन परसेंट लोग इसके शिकार हैं...इस रोग में आदमी एक ही काम बार-बार करने लगता है और उस काम को करते हुए उसे भ्रम होता है कि उसने वह काम किया है या नहीं, इसलिये वह उसे दोहराता है...पर रेग्यूलर ट्रीटमेंट लेने से यह ठीक हो जाता है!''

''ओ सी डी, यानी ऑब्सेसिव कम्पल्सिव डिसऑर्डर!'' नारायणदा ने डॉक्टर

द्वारा बताई गयी बीमारी का नाम बोला था।

डॉक्टर ने उनकी ओर देखते हुए कहा, "हाँ, इसमें आपको दवाइयाँ रेग्यूलर लेनी होंगी।" और फिर उसने निरंजन की तरफ देखते हुए कहा था, "देखिए, अपने पिताजी का ख्याल आपको रखना होगा...ये नियमित रूप से दवाइयाँ लेते रहें, यह आपकी जिम्मेदारी है; क्योंकि मरीज अक्सर दवाइयाँ रेग्यूलर नहीं लेता, बीच में छोड़ देता है, तो दवाइयाँ असर नहीं करतीं! इसलिये यह घरवालों की जिम्मेदारी होती है कि वे मरीज को दवाइयाँ समय पर देने का ख्याल रखें।" डॉक्टर ने निरंजन को नारायणदा का बेटा समझकर हिदायत दी थी। और दवाइयाँ लिखकर पर्चा उसके हाथ में पकड़ा दिया था।

निरंजन ने नारायणदा की तरफ देखा था, नारायणदा ने निरंजन की तरफ। उसके बाद वे डॉक्टर की फीस देकर वहाँ से चले आए थे।

कैमिस्ट की दुकान से उन्होंने दवाइयाँ खरीदी थीं जो सब टेब्लेट्स के रूप में थीं।

गाँव लौटने के बाद, निरंजन को अपनी नयी ज़िम्मेदारी का ख़्याल था।

..."नमस्ते सरजी!" कहने के बाद, निरंजन बैठकी में आगे बढ़ा और कुर्सी लेकर नारायणदा की चारपाई के पास आ बैठा।

नारायणदा ने सोचा, उसे अवश्य कोई ज़रूरी बात करनी होगी, इसीलिये रात गये आया है; अन्यथा खाना तो वह पहले ही दे गया या जो उन्होंने खा भी तभी लिया था और वह खाली टिफिन भी तभी लौटा ले गया था!

निरंजन कुछ देर तक चुपचाप ही वहाँ बैठा रहा था। नारायणदा ने भी उससे कुछ नहीं पूछा था, और वे अपनी किताब में ही मशगूल बने रहे थे।

कुछ देर बाद निरंजन ने नारायणदा से कहा था, "सरजी, मैं अपनी एक इच्छा आपको बताना चाहता हूँ..."

सुनकर नारायणदा ने निरंजन की ओर देखा था।

निरंजन बोला, "सरजी, यह व्यवस्था...ऊपर से नीचे तक की स्टेब्लिशमेंट, जिसमें आजादी के इतनी सालों बाद भी गाँव की गली अँधेरे में डूबी है, जिसमें गाँव का चप्पा-चप्पा धूल और गंदगी से भरा हुआ है, जिसमें गाँव का हर एक गरीब-गुरबा भूखा अनीति और अत्याचार का शिकार है, जिसमें 'एक ही आदमी' भेष बदल-बदलकर गाँव का मुखिया बनता रहा आया है और गाँव विकास के लिए आए सरकारी धन को अपनी तिजोरी में रखता आया है...बदलनी चाहिए!..."

नारायणदा ने अपने हाथ में पकड़ी किताब चारपाई पर रख दी; और वे अपनी

नज़रें गड़ाकर निरंजन के चेहरे को देखने लगे। वे निरंजन के चेहरे पर उस वक़्त कुछ तलाश रहे थे—कुछ, जो कभी-कभार ही इनसान के भीतर दखल देता है और फिर उसके चेहरे पर चस्पाँ हो जाता है! उन्हें याद है, उस रात को निरंजन से पहली मुलाकात में उसके मुँह से निकली दुद्र्धर्ष इच्छा की, जिसके बारे में लम्बी चुप्पी और सोच-विचार के बाद नारायणदा ने उससे कहा था, ''नहीं, कानून अपने हाथ में लेकर सिर्फ प्रतिरोध हो सकता है, परिवर्तन नहीं, बदलाव नहीं।...और निरंजन, हमें बदलाव दरकार है जिसमें किसी के भी साथ अनाचार न हो, अत्याचार न हो, अन्याय न हो! किसी अदना और कमजोर से कमजोर के साथ भी!...'' और उस वक्त निरंजन ने उनकी सलाह को न सिर्फ़ तवज्जो दी थी बल्कि माना भी था! पर आज की उसकी इच्छा के क्या मायने हैं—वे उसके चेहरे पर यही तलाश रहे थे...और अन्ततः वे पूछ ही उठे थे उससे ''व्यवस्था...बदलनी चाहिए!...पर कैसे?''

निरंजन ने जवाब दिया, और जो जवाब दिया, वह बिल्कुल ही सहज और सीधा जवाब था; पर नारायणदा को पसोपेश में डालनेवाला!

उस वक्त वे लगभग दो दशाब्दियों लम्बी उस सुरंग से गुजर रहे थे, जिसमें रामभरोसे, गोबिन्द, ग्यासी, ख्याली, भोला और शिवरतन सिंह, माधौ पांडे, बाजबहादुर सिंह और लालाराम, परसादी, झींगुरी, रामदास और रघुवीरा, जगरमा, मुन्शिया आदि के चेहरे स्पष्ट नजर नहीं आ रहे थे; क्योंकि चारों ओर अँधेरा था!

और उनके कानों में, अभी तक उनके सामने बैठे निरंजन के, सच्चाई की उत्तेजना से ओतप्रोत शब्द गूँज रहे थे, ''मैं कोई अचीवर बनने के लिए चुनाव नहीं लड़ना चाहता सरजी! मुझे सरपंच का पद किसी तमगे या पुरस्कार की तरह नहीं चाहिए; क्योंकि क्या फायदा उस पुरस्कार का, जिसके कारण कुछ बदलता न हो! मैं तो उन पुरस्कार और तमगेधारियों को लानत ही भेजना पसन्द करूँगा कि वे हैं, और कभी किसी गलत के विरुद्ध अपनी जबान से एक शब्द भी नहीं बोलते!...सरजी, ये तमगाधारी बहुतेरे काम करते हैं...'समाज-सेवा' करते हैं, साहित्य-सेवा करते हैं, लोककलाओं की रक्षा करते हैं, जानवरों पर अत्याचार न होने देने के लिए अभियान करते हैं, कुष्ठ रोगियों की सेवा करते हैं, पेड़ों को बचाने के लिए अड़ जाते हैं, रनों के रिकॉर्ड बनाते हैं, गायन-वादन-कलाओं में ऊँचाइयाँ छूते रहते हैं; पर ये अगर कुछ करते नहीं हैं तो यही कि गलत के खिलाफ, अन्याय के खिलाफ, दुर्व्यवस्था के खिलाफ मुँह नहीं खोलते!...सरजी, मैं तो अपने गाँव की हालत बदलने के लिए चुनाव लड़ना चाहता हूँ...कुछ करना चाहता हूँ मैं इस गाँव के लिए...उस ढर्रे को तोड़ना चाहता हूँ जो बरसों से टूटने का नाम ही नहीं ले रहा!...अगली बार, रोटेशन में अनुसूचित जाति के लिए रिजर्व होगी अपनी ग्राम-पंचायत...।''

बात सिर्फ यह नहीं थी कि निरंजन ग्राम-सरपंच बनने के लिये चुनाव लड़ने

की इच्छा व्यक्त कर रहा था, बल्कि बात यह थी कि वह बदलाव का बेटूट सपना देख रहा था—व्यवस्था में बदलाव का सपना! नारायणदा के जेहन में, उसके आत्मविश्वास से भरे शब्द किसी मीनाकारी की तरह जड़े हुए थे। इसके बावजूद वे अतीत के अनुभव की गिरफ्त से बाहर नहीं आ पा रहे थे! बेशक यह भी जानते थे कि अपनी इच्छा जताने के लिए निरंजन इतनी रात गये उनके ही पास क्यों आया है! अन्तत: उन्होंने उस वक़्त उससे कहा था, ''निरंजन, रात काफी हो चुकी है...इस विषय में कल बात करेंगे।''

उसके बाद बैठकी का नीमउजाला गूँगा हो उठा था। कुछ ही देर में निरंजन उठकर अपने घर चला गया था; पर नारायणदा अपनी खाट पर जस के तस बैठे रहे थे।

देर बाद, लालटेन के इकतरफा उजास में अधूरे दिख रहे नारायणदा के चेहरे में हरकत हुई थी...

अगले दिन निरंजन जब उनके पास आया था, तो उन्होंने खाने से निबटने के बाद, उसके मुँह की ओर देखा और कहा था, ''क्या तुम समझते हो कि तुम जो करना चाहते हो वह इतना आसान काम है...?''

''नहीं सरजी, आसान तो नहीं है!'' निरंजन ने फौरन कहा था, ''पर असम्भव भी नहीं है!''

''तुम जानते हो कि गाँव में चुनाव किस तरह जीते जाते हैं?''

''इस बात का तो मुझे अनुभव नहीं है...पर मैं इतना जानता हूँ कि लोगों को यह तक पता नहीं होता कि उनकी परेशानियों की असली वजह क्या है!...और अगर उन्हें सच्चाई बताई जाए तो वे समझेंगे और...''

नारायणदा ने निरंजन की बात के बीच में ही कहा, ''ऐसा है निरंजन, विधान सभा-लोकसभा के चुनावों और शहरी चुनावों से गाँव के चुनाव बिल्कुल अलग होते हैं...यहाँ सब एक-दूसरे को जानते-पहचानते हैं, हमेशा एक-दूसरे के सम्पर्क में रहते हैं, इसलिये वे चीजें उन पर प्रभाव नहीं डाल पातीं, जिनकी तुम चर्चा करना चाह रहे हो...वे सच्चाई खूब जान लें, फिर भी अलग-अलग कारणों से वोट उसे ही देते हैं जिसे—उस सच्चाई जानने के तहत-देना नहीं चाहिए!...इसके पीछे लोगों की व्यक्तिगत मजबूरियाँ भी काम करती हैं...''

सुनकर थोड़ी देर तक निरंजन चुपचाप बैठा किसी सोच में डूबा रहा, फिर बोला, ''तो फिर क्या...क्या इसका मतलब यही है कि चुप बैठना चाहिए?''

नारायणदा को निरंजन के सवाल के भीतर का असन्तोष साफ दीख रहा था।

उन्होंने तुरन्त कहा था, "नहीं चुप नहीं बैठना चाहिए।"

"तो... ?" निरंजन का स्वाभाविक सवाल था।

नारायणदा के पास निरंजन के 'तो... ?' का कोई बहुत साफ और सटीक जवाब नहीं था। उनके सामने 'तस्वीर' बहुत स्पष्ट नहीं थी। पर उन्हें उस वक़्त इतना ज़रूर लग रहा था कि उनके समक्ष समय का एक नया चेहरा है। अन्यथा एक समय वह था जब ग्राम पंचायत के अनुसूचित जाति के लिए रिज़र्व हो जाने की सूचना पर रामभरोसे ने कहा था, 'क्या होगा इससे? सरकारी ढोंग है यह सब!' और उसके ऐसे ख्याल के चलते, उसे उम्मीदवारी के लिए तैयार करने के लिए कितनी मशक्कत करनी पड़ी थी नारायणदा को!... और यह निरंजन खुद ही कह रहा है कि 'अगली बार रोटेशन में अनुसूचित जाति के लिए रिजर्व होगी अपनी ग्राम-पंचायत!'...पर इससे क्या कि अनुसूचित जाति के लिए रिजर्व होगी... ? पंचायत तो तब भी अनुसूचित जाति के लिए ही रिजर्व थी जब रामभरोसे ने चुनाव लड़ा था और हारा था! अलबत्ता तब भी जीता अनुसूचित जाति का ही आदमी था, पर अनुसूचित जाति का वह आदमी, जो ठाकुर शिवरतन सिंह का बन्धुआ था—बिहारी उर्फ़ बिहारिया जाति-जाटव! और वह—बिहारी जाटव का-जीतना, किसी अनुसूचित जाति के आदमी का जीतना नहीं, बल्कि ठाकुर शिवरतन सिंह का जीतना था!...न सही निरंजन के पास इस बात का जवाब कि गाँव में चुनाव किस तरह से जीते जाते हैं; पर क्या उसके पास इस बात का जवाब नहीं होना चाहिए कि इस देश में ऊपर से नीचे तक के सारे चुनाव किस तरह से जीते जाते हैं?...सोचते हुए नारायणदा को अचानक किसी किताब में पढ़ी हुई वह कहानी याद आई थी जो राजनीति के लिए पात्रता पर करारा तंज थी; और वे निरंजन से बोले, "मैं तुम्हें कुछ पढ़वाना चाहता हूँ...किताब ढूँढ़कर रखूँगा मैं...कल तुम जब आओगे, तो पहले उसे पढ़ना...उसके बाद बात करते हैं...

अगले दिन निरंजन जब खाना लेकर पहुँचा, तो नारायणदा ने पहले इत्मीनान से खाना खाया, उसके बाद उन्होंने किताब उठाकर उसके पन्ने पलटे, और एक पन्ने पर पहुँचकर वह खुला हुआ पन्ना निरंजन के आगे कर दिया, "लो पहले इस कहानी को पढ़ लो।"

निरंजन ने किताब अपने हाथों में ले ली, और वह सामने खुले पृष्ठ को गौर से पढ़ने लगा।

अपात्र

यह आखिरी था-उपाय कह लीजिए, साधन कह लीजिए, दरवाज़ा कह लीजिए, रास्ता कह लीजिए-जो अभी बना हुआ था और जहाँ उसे कुछ नज़र आ रहा था। कुछ यानी सबसे पहले सम्मान। उसने देखा है कि गली के छोटे से छोटे कार्यकर्त्ता के सामने भी किस कदर बिछ-बिछ जाते हैं लोग। फिर आगे बढ़ जाने पर तो हाथों पै-आँखों पै ही लिये फिरते हैं!

यों यह 'क्षेत्र' प्राथमिकता क्रम से उसके तईं कभी अव्वल नहीं रहा है। दोयम भी नहीं। अन्तिम ही! और आप जानते हैं कि अन्तिम तक पहुँचते-पहुँचते आदमी मजबूर कहा जा सकता है!

वह सब तरफ आजमा कर आया था! सब तरफ अजब आलम रहा आया...

...उसने अपनी तरफ से कोई कोर-कसर नहीं छोड़ी थी कभी, शुरु से ही। यों उसे कुछ विशेष करने की ज़रूरत ही नहीं पड़ी थी-सब कुछ स्वाभाविक ढंग से होता आया था-उसने दिमाग काफी तेज पाया था! इसलिये पहली जमात से लेकर एम. ए. तक सबसे ऊपर आता रहा फर्स्ट इन फर्स्ट!...पर स्नातकोत्तर उपाधि हाथ में आने पर, जब योग्यता के उपयोग का मौका आता तो पीछे रह जाता! थर्ड क्लास उससे आगे निकल जाते! वह देखता रह जाता। क्या हो गया यह!...

असल में उसके साथ एक और समस्या रही आई है—सम्मान की समस्या! यह समस्या न उसने जान-बूझकर अपने लिये हासिल की है, न ही अनजाने। जन्मजात है वह उसके साथ। छोटी से छोटी भी अपमानजनक बात उसे हिलाकर रख देती है। उसके भीतर से हमेशा ही कोई कहता रहता है, 'जियो तो इज्जत के साथ जियो, सम्मान के साथ जियो! अपमान भरी जिन्दगी भी कोई जिन्दगी है—ऐसी जिन्दगी से तो जिन्दगी नहीं भली!'

ऐसे विचार उसे विरासत में नहीं मिले हैं; बल्कि उसके व्यक्तिगत हैं। उसके पिता एक सुखी आदमी हैं। वे पुरोहित हैं। पुरोहिताई का काम करते हैं। बँधे-बँधाए 'जिजमान' हैं उनके, जिनमें से किसी न किसी के यहाँ आए दिन कुछ न कुछ होता रहता है-कभी सत्यनारायण की कथा, कभी शान्ति-पाठ, कभी जनेऊ-संस्कार, कभी ब्याह, कभी बरात, कभी जातकर्म, कभी मृत्यूत्सव, कभी श्राद्ध-कर्म, कभी गृह-देवता-पूजा, कभी ग्रह-शान्ति-अनुष्ठान...। और बस, उसके पिता चिकने-चुपड़े साफ-सुथरे और हँसते-मुस्कराते दिखते बने रहते हैं! वे कभी इस बात की भी ज़रूरत महसूस नहीं करते कि उनका बेटा कोई नौकरी तलाशे! उनकी तो यह मन्शा तक न थी कि वह ज़्यादा पढ़े-लिखे। क्या करना है इतना ज़्यादा पढ़कर! अरे पोथी-पंचांग समझ-बूझ सके, बस इतनी भर पढ़ाई काफ़ी है, जिसकी बदौलत अपनी पंडिताई का 'बिजनिस' सँभाले वह।

पर उसे अपने पिता का धन्धा कभी अच्छा नहीं लगा। अरे, इस काम में कोई इज्जत–आबरू है क्या? बात–बात पर जिजमान की जी–हुजूरी! साँझ बुलाया तो साँझ को चले जा रहे हैं, सवेरे बुलाया तो सवेरे चले जा रहे हैं, रात में बुलाया तो रात में चले जा रहे हैं–काँख में पत्रा दबाए–जिजमान के घर की तरफ–जैसे पुरोहित नहीं जिजमान के गुलाम हैं। और अपने इसी तरह के विचारों के चलते उसने बी. ए. करने के बाद, समाजशास्त्र में एम. ए. किया था। उसके बाद लग गया था अपने लिये किसी मुफीद नौकरी की तलाश में। पर उधर हर दरवाजे के भीतर का दरवाजा उसके लिए बन्द ही बना रहा था। और इधर अपनी योग्यता की धमक कि आखिर प्रथमश्रेणी में एम. ए. (समाजशास्त्र) किया है उसने! और साथ ही सम्मान की ऐसी सनक कि करना है तो सरकारी और वह भी कोई इज्जतबख्श नौकरी ही! पर उसके लिए नौकरी कहीं न थी—कैसी भी और अन्ततः थक–हारकर उसने तय कर लिया था कि अब उसका गन्तव्य इधर है–और इधर ही जाना है अब!

अब वह इधर आगे क़दम बढ़ाने के ही फेर में था, और उसने क़दम बढ़ा दिया...

...मोहल्ले में एक था—उसका और सबका जाना–पहचाना, जिसके कपड़े झक्क और चमकदार हुआ करते थे। जाहिर है वह कुछ था! उसी के पास जा पहुँचा वह! और अपनी मन्शा जाहिर कर दी उसने उसके सामने।

"अरे, काहे को जिन्दगी बरबाद करता है अपनी...इतना पढ़ने–लिखने के बाद!...कहीं ठिकाने की जगह ढूँढ़ ले अपने लिये!..." उसने आत्मीयता दिखाई थी–पीठ पर हाथ रखकर—जैसे कोई बुजुर्ग किसी नासमझ बच्चे को समझाइश देता है।

"नहीं, रमेन्द्र भाई, मैंने सोच–समझ लिया है...कहीं ठिकाना नहीं है अपना अब...मैं पूरा मन बना के आया हूँ तुम्हारे पास..." उसने मौहल्ले के युवा नेता रमेन्द्र सिंह की आत्मीयता भरी समझाइश के जवाब में अपना निर्णय बताया था।

"तो ठीक है, तुम्हारी जैसी मर्जी...दादा से बात करेंगे।" रमेन्द्र सिंह ने उससे कहा।

"चलो, चलते हैं दादा के पास..." उसने रमेन्द्र सिंह की बात का सिरा थाम लिया था," मैं खुद बताऊँगा दादा को, फिर तुम तो हो ही!"

"ठीक है, कल चलते हैं...सवेरे सात बजे...आ जाना, मिलवा देते हैं!" रमेन्द्र सिंह ने कहा।

वह खुश था!

और अगले दिन साढ़े छह बजे वह रमेन्द्र सिंह के यहाँ पहुँच गया। रमेन्द्र तैयार था वहाँ। और कुछ ही देर में वह रमेन्द्र की मोटरसाइकल की पिछली सीट पर

बैठकर दादा के निवास पर था।

वहाँ भीड़ थी। दादा से मिलनेवालों की। लाइन में थे लोग। पर रमेन्द्र सिंह के साथ होने के कारण उसे लाइन में नहीं रहना पड़ा। रमेन्द्र सीधा दादा के सामने पहुँच गया—उसे लेकर। उसने दादा के अपनी तरफ देखते ही एक करारा नमस्कार दर्ज कराया। दादा क्षेत्र के प्रतिनिधि थे! दादा भव्य थे। पैंतालीस-पचास के बीच में। उजले और कड़कदार लिबास में। उन्होंने बस एक उड़ती नज़र भर उसकी तरफ देख लेने के बाद रमेन्द्र की ओर रुख कर लिया था। रमेन्द्र तत्काल उनके बगल के सोफे पर उठंग-सा बैठ गया, और फुस-फुस भाषा में उनके कान के पास कुछ देर तक कुछ कहता रहा। उसके बाद दादा ने एक बार फिर सामने खड़े उसकी ओर देखा। अब उनके चेहरे पर पहले से अलग कुछ था। वे अब उसे मुखातिब थे। उन्होंने उससे कुछ शुरुआती बातें जानीं, जैसे नाम, पिताजी का नाम वगैरह। फिर बोले, "अभी क्या करते हो?"

"जी, कुछ नहीं करता!" उसने कहा।

"पढ़े कितना हो?"

"जी, एम. ए. किया है।"

"फिर कुछ क्यों नहीं करते?"

"क्या करूँ सर, बहुत ट्राइ किया, पर कहीं सक्सेस नहीं मिली..."

"तो अब राजनीति में आना चाहते हो!" दादा ने बीच में ही कहा।

"जी..."

"क्यों? राजनीति में आकर क्या करोगे?" दादा पूछ रहे थे।

एकबारगी यह प्रश्न चक्कर में डाल गया उसे-क्या जवाब दे, समझ में न आया। फिर उसने कह दिया, "जी, जैसा आप लोगों का आदेश मिलेगा, और फिर..."

"ठीक है," बीच में ही दादा ने कहा, "अब मुझे एक-दो बातें और जाननी हैं, फिर तुम अपने घर जाना...उसके आगे तुम्हें सब कुछ रमेन्द्र बता देगा।"

"ठीक है सर!"

"सबसे पहले तो यह बताओ कि तुम्हारे मौहल्ले के लोगों से तुम्हारे सम्बन्ध कैसे हैं? उससे कोई सम्पर्क है तुम्हारा? या नहीं है?" दादा ने जानना चाहा।

"जी बहुत अच्छे सम्बन्ध हैं सभी से...किसी से कोई मनमुटाव या लड़ाई-झगड़ा कभी नहीं हुआ...सभी मेरी इज़्जत भी करते हैं..."

"और उनमें तुमसे डरते कितने लोग हैं?" दादा ने आगे पूछा।

"जी...?" वह एक बार फिर हकला गया, "जी, डरने की तो कोई बात ही नहीं है!..." उसके मुँह से निकला। इसके अलावा और कुछ उसे कहने के लिए

अपने पास से नहीं मिला। उस समय उसे खुद लगा कि उस प्रश्न के सामने उसकी सारी शिक्षा और योग्यता धरी रह गयी है!

''ठीक है...अब तुम जाओ...'' दादा ने उससे कहकर रमेन्द्र की तरफ देखा। रमेन्द्र की तरफ देखते हुए उनके चेहरे पर मुस्कान-जैसा कुछ खिंच गया, जिसके जवाब में रमेन्द्र साफ मुस्करा दिया और साथ ही सोफे से खड़ा हो गया।

उसके बाद वह रमेन्द्र के साथ लौटकर अपने घर आ गया।

अगले दिन शाम को वह रमेन्द्र के घर पहुँचा। वहाँ उससे कहा गया, ''दादा कह रहे थे कि तुम पढ़े-लिखे समझदार आदमी हो, कहीं न कहीं फिट हो ही जाओगे...पॉलिटिक्स के पचड़े में न पड़ो!...कहीं बाबू तो लग ही सकते हो, या किसी सेठ के यहाँ नौकरी ढूँढ़ लो!...''

सुनकर वह हतवाक् था।

वह कुछ भी समझ न पा रहा था। पर अपने भीतर इतना ज़रूर जान रहा था कि शायद इस क्षेत्र के लिए भी वह अयोग्य रहा। पर इसका कारण अब भी उसकी पहुँच से बाहर था, जो निश्चित रूप से उसके साथ ही था।

कहानी पूरी पढ़ने के बाद ही निरंजन ने सिर ऊपर उठाया और नारायणदा के मुँह की ओर देखा।

नारायणदा उसकी ही तरफ देख रहे थे। बोले, ''कभी-कभी जब हमें रास्ता दिखाई नहीं देता, तब साहित्य ही हमें उस रास्ते का संकेत देता है!...मैंने तुम्हें यह कहानी क्यों पढ़वाई है, तुम समझ पा रहे हो? यदि हाँ, तो क्या तुम्हें कोई रास्ता सूझा?''

निरंजन थोड़ी देर तक कुछ सोचता हुआ चुप रहा, फिर बोला, ''सरजी, मेरे रास्ते में तो इस कहानी ने और रोड़े डाल दिए हैं...''

''यह तुम्हें लग रहा है...कि कहानी ने रोड़े डाल दिए हैं...सच यह है कि कहानी ने रास्ते में रोड़े नहीं डाले हैं, बल्कि जो रोड़े पहले ही से तुम्हारे रास्ते में मौजूद हैं वे दिखा दिए हैं...तुम जिस रास्ते पर चलना चाहते हो, कहानी तो उस रास्ते पर रोशनी फेंक रही है और बता रही है कि मौजूदा समय में राजनीति करने का पात्र कौन हो सकता है, कौन नहीं! यह हमारे समय की एक विडम्बना की तरफ इशारा कर रही है कि पढ़ा-लिखा, उच्चशिक्षित, ईमानदार, इज्जतदार और भला आदमी आज राजनीति करने का पात्र नहीं रह गया है। और पात्र वह रह गया है जिससे लोग डरते हों, भय खाते हों!...और लोग किनसे डरते हैं, भय खाते हैं, यह तुम जानते ही होगे...'' कहते हुए नारायणदा का बूढ़ा चेहरा तमतमा आया था, ''अब तुम खुद यह

तय करो कि तुम्हें क्या करना है!''

सुनकर निरंजन चुप रहा। बैठकी में चुप्पी छाई रही। थोड़ी देर बाद नारायणदा ने ही चुप्पी तोड़ी, ''निरंजन, मैं तुम्हें निराश नहीं करना चाहता हूँ। बस सच्चाई से रू-ब-रूकरा रहा हूँ...मैं ईमानदारी से तुम्हारे विचारों को पसन्द करता हूँ—सहमत हूँ मैं उनसे। पर विचारों से ही सब कुछ नहीं होता, हालात भी समझने पड़ते हैं...तुमने कभी सोचा है कि अखिलेश पंडा की गाँव में इन दिनों जो सक्रियता है, उसका क्या मकसद है...और जब गाँव के रहवासी गाँव छोड़कर शहर की तरफ भाग रहे हैं, तब राधिकारमण चौधरी का, जमीन खरीदकर हवेली खड़ी कर वापस गाँव में आ बसने का क्या अर्थ है?...'' कहकर नारायणदा निरंजन के मुँह की ओर देखने लगे थे।

और निरंजन का चुप उसके चेहरे पर नमूदार होने लगा था।

3

राधिकारमण चौधरी, उर्फ़ विधायक जी प्राय: अपनी नयी बनी हवेली के दरवाज़े पर कुर्सी पर बैठे रहते थे और हमेशा उनके इर्द-गिर्द दो-चार लोग खड़े-बैठे मौजूद होते थे, जो उनके भौंह के इशारे पर नाचते थे।

राधिकारमण चौधरी के भीतर बार-बार इच्छा तो यह उठती थी कि वे अपने लिये एक 'पीढ़ा' बनवाकर द्वार पर डलवा दें और उसी पर बैठा करें। मगर उन्होंने अपनी इस इच्छा को यही सोचकर दबाकर रखा हुआ था कि, 'पीढ़ा' तो उस समय की चीज थी जब कुर्सियों का चलन न हुआ था, यानी यह कि उस समय के कारीगरों के दिमाग में आज की जैसी कुर्सियाँ बनाने का सपना तक न था, इसलिये वे 'राजसिंहासन' का लघुरूप लकड़ी का 'पीढ़ा' बनाते थे, जिसे सनई की रस्सी से बनकर बैठने योग्य बना दिया जाता था-पर आज तो एक से एक शानदार कुर्सियाँ हैं! आज तो देश के 'राष्ट्रपति' भी कुर्सी पर ही बैठते हैं और 'प्रधानमन्त्री' भी!...और उन्होंने अपने लिये एक विशालकाय और बेहतरीन कुर्सी मंगवाकर द्वार पर डलवा रखी थी, जिस पर वे शान के साथ बैठते थे।

राधिकारमण चौधरी का कारोबार 'राजकाज' की तरह अबूझ और व्यापक था! दलवीर, बलवीर, विजयवीर, रणवीर, रामवीर और श्यामवीर उनके छहों बेटे अपने-अपने काम सँभाले हुए थे...

दलवीर की 'सफारी' प्राय: गाँव से शहर और शहर से गाँव के बीच दौड़ती रहती थी। वह 'पॉलिटिक्स' में अपना मौजूँ स्थान पाने के लिए दिन-रात एक कर रहा था। इस बार उसे विधानसभा का टिकट मिलने की पूरी सम्भावना थी। उसको हमेशा दस-बीस युवाओं का ऊर्जस्वी चक्र घेरे रहता था। उसकी 'सफारी' कभी रात

के दो बजे हवेली के द्वार पर रुकती थी, कभी भोर के चार बजे द्वार से रवाना होती थी।

बलवीर ठेकेदारी कर रहा था। उसकी अपनी 'बुलैट' थी। उसके पीछे हमेशा दो मुस्टंडे सवार रहते थे। उसकी कमर से हमेशा रिवॉल्वर लटकी झूलती थी। गाँव की गलियाँ उसकी 'बुलैट' की 'भट्-भट्' से हिलती-थरथराती थीं!...

विजयवीर खेती देखता था। ट्रैक्टरों को नौकर ही चलाते थे। पर देखरेख विजयवीर की थी। उसके कन्धे पर हमेशा लोडेड राइफल टंगी रहती थी। वह हमेशा नौकरों-चाकरों-मजूरों से गालियों की ही भाषा में बात करता था—उन सबके लिए 'कमीन' तो उसका 'तकिया कलाम' था!...

रणवीर पता नहीं क्या करता था। पर जो कुछ भी करता था वह ऐसा था जिसकी वजह से वह अकसर घर और गाँव से बाहर रहता था, और कभी-कभी हफ्तों तक घर पर उसकी हाजिरी नहीं हो पाती थी, और जब भी होती तब रात-बिरात ही!...

रामवीर और श्यामवीर-दोनों प्रदेश की राजधानी के एक नामी स्कूल में पढ़ाई कर रहे थे। वे कभी-कभार अपने बड़े भाई दलवीर चौधरी की 'सफारी' में बैठकर गाँव आते थे और उसी में बैठकर वापस लौट जाते थे।

राधिकारमण चौधरी को गाँव में आकर बसे हुए बहुत लम्बा समय नहीं हुआ था।

...कुछ साल पहले अचानक गाँव में खबर फैली थी कि राधिकारमण चौधरी उर्फ़ विधायक जी ने, चमराने से लगा बल्ले तिवारी का खेत खरीद लिया है! तब लोगों ने इस खबर को महज एक अफवाह ही माना था। पर सच्चाई तो एक दिन सामने आनी ही थी, सो आ गयी थी। खबर अफवाह नहीं, सच थी। बल्ले तिवारी को मुँहमाँगी कीमत देकर राधिकारमण चौधरी ने खेत खरीदा था। बल्ले तिवारी ने ना-नुकर और हीला-हवाला तो बहुत किया था-यह सोचकर कि बाप-दादों की पुश्तैनी जमीन 'चमार' को बेच देने पर लोग क्या कहेंगे! पर उनकी यह सोच धरी की धरी रह गयी थी। जब बात चली तो राधिकारमण चौधरी उर्फ विधायक जी ने बल्ले तिवारी से कहा था, "पंडिज्जी, क्या रेट चल रही है अपने मौजे में जमीन की?"

"रेट की बात कछू नहीं है विधायक जी", बल्ले तिवारी बोले थे, "रेट तौ अलग-अलग जमीन की अलग-अलग है, पचास हजार से लेकर एक लाख के बीघा तक..."

"तो तुम क्या चाहते हो?"

"हमने तौ खेत निकालने की सोची ही नहीं है..." बल्ले तिवारी ने कहा था।

"तो अब सोच लो...पछताना नहीं पड़ेगा पंडिज्जी," राधिकारमण चौधरी ने

कहा था,'' गाँव में एक लाख रुपया बीघा चल रहा है, मैं दो लाख रुपया बीघा लगा रहा हूँ तुम्हारे खेत का...ठीक है?''

''दो लाख रुपये बीघा। सुनकर एकबारगी सन्न-से रह गये बल्ले तिवारी। दो लाख रुपये बीघा बड़ी कीमत थी, जबकि मौजे में पचास-साठ हजार रुपये बीघा से ऊपर कोई जमीन नहीं बिकी थी। बल्ले तिवारी सोच में पड़े चुप थे।

''बताओ पंडिज्जी और कोई कमी रह गयी है क्या?'' राधिकारमण चौधरी ने बल्ले तिवारी के चेहरे को पढ़ने की कोशिश की थी।

''विधायकजी बात कमीबेशी की नहीं...यह हमारी पुश्तैनी जमीन है...यही एक बात है...'' बल्ले तिवारी ने कहा था।

सुनकर राधिकारमण चौधरी ने बल्ले तिवारी को गणित समझाया था, ''पुश्तैनी और गैरपुश्तैनी की क्या बात! जमीन तो इससे दोगुनी-चौगुनी मिल जाएगी इतने पैसे में, चाहे जहाँ खरीद लेना...पर मुझे तो गाँव के पास और अपने मौहल्ले से लगी जमीन ही चाहिए...इसीलिये इतनी बात है पंडिज्जी!''

सुनकर बल्ले तिवारी ने राधिकारमण चौधरी के मुँह की ओर देखा था।

''हाँ'' राधिकारमण चौधरी ने बल्ले तिवारी की आँखों में झाँकते हुए कहा था, ''मुँह से माँग लो पंडिज्जी, कितना भाव चाहिए!...पर खेत तो मैं लेकर रहूँगा...माँग लो मुँह से!''

अब इससे बड़ी बात कुछ नहीं हो सकती-बल्ले तिवारी ने सोचा। और यह सोचकर कि कीमत सुनकर खुद-ब-खुद पीछे हट जाएँगे, भरसक ऊँची कीमत मुँह से निकाल दी, ''विधायकजी, पाँच लाख रुपइया बीघा यदि...''

पर राधिकारमण चौधरी ने बात अधपर ही लपक ली थी, ''दिया! तुम्हारा मुँहमाँगा दिया पंडिज्जी!...कल चलो रजिस्ट्री कराने!''

अब बल्ले तिवारी के पास कुछ न था कहने को। भीतर-भीतर खुशी भी थी—पाँच लाख रुपइया बहुत बड़ी रकम होती है एक बीघा की!

और अगले ही दिन बल्ले तिवारी अपने एक बीघा सत्रह बिस्वा रकबा के समूचे खेत का बयनामा राधिकारमण चौधरी के नाम रजिस्ट्री करा आए थे।

उसके बाद उस ज़मीन पर राधिकारमण चौधरी का 'घर' बनना शुरू हुआ था, जो कुछ महीनों में एक विशालाकार 'हवेली' के रूप में मुँह उठाकर खड़ा हो गया था।

राधिकारमण चौधरी एक अरसे तक 'राजनीति' में रहे थे और वहाँ उन्हें जो कुछ करना था, सोकर चुके थे, और इसीलिये अब वे अपने गाँव में रहना चाहते थे; और लोगों को दिखाना चाहते थे कि वे क्या हैं! इसी वजह से उन्होंने यह सब किया था!

चौधरी की हवेली यद्यपि गाँव के एक किनारे, हमेशा से गाँव के हाशिये पर ही अपनी रिहायश बनानेवाले चमारों के मौहल्ले से लगी हुई थी; पर वह कोई मामूली

हवेली न थी—वह एक ऐसी भव्य और विशालकाय 'नयी हवेली' थी, जिसके मुख्यद्वार से होकर हौदेदार हाथी भी झूमता हुआ भीतर घुस सके!

कुछ समय बाद, उस 'नयी हवेली' में राधिकारमण चौधरी अपने परिवार सहित रहने आ गये थे।

उसके बाद, गाँव की बहुत सारी खेती की ज़मीन उनके पास खुद चलकर आती गयी थी और कुछ ही अरसे के भीतर हवेली के द्वार पर एक के बाद एक, दो 'फोर्ड-3600' ट्रैक्टर नजर आने लगे थे।

राधिकारमण चौधरी उर्फ़ विधायक जी अपनी स्मृत वंश-परम्परा में तीसरी पीढ़ी थे, और उनके बेटे चौथी पीढ़ी। दूसरी पीढ़ी को उन्होंने अपनी आँखों से देखा हुआ था, जो उनके 'पिता' की पीढ़ी थी, और पहली पीढ़ी एक 'स्मृति' की तरह उनके जेहन में मौजूद थी...

वे सुनते रहे थे कि उनकी उस पहली पीढ़ी के उनके पुरखे निहायत कंगाल थे और बेरुआ के जमींदार के यहाँ बेगारी थे। बेगारी उस 'व्यवस्था' में ऐसा कामगार हुआ करता था, जिसे काम के बदले कोई मज़दूरी नहीं मिलती थी। मज़दूरी के ऐवज में मिलते थे—जमींदार के घर से बची-खुची रोटियाँ, सड़ा-गला अनाज, और फटे-पुराने कपड़े-जूते! पर बेगारी जैसे ज़मींदार के काम के लिए ही बना होता था, इसलिये उसे ज़मींदार के खेत-खलिहान और द्वार-दरवाजे पर काम के लिए हमेशा सन्नद्ध रहना होता था। और ऐसा करने में किसी भी प्रकार की कोताही बेगारी को ज़मींदार के दंड का पात्र बना देती थी।...उनके 'पुरखे' से भी एक बार ऐसी ही एक कोताही हो गयी थी...

...फसल कटाई हो चुकी थी। खलिहानों में काम चल रहा था। एक दिन ज़मींदार का मन हुआ, और वह अपने ऊपर छतरी तनवाए हुए खलिहान की तरफ चला गया था। वहाँ वह कुछ देर तक बेगारियों का काम करना देखता रहा; और फिर लौटकर हवेली पर आ गया था। वहाँ पीढ़ा पर बैठते हुए, उसने दो नौकरों को बुलाया और हुकुम सुनाया था, "नेहनुआँ के घरें जाउ, और पकरि के ल्याऊ कमीन ऐ!"

दोनों नौकरों को जैसे इसी हुकुम का इन्तज़ार था। वे—मालिक की नज़र के ताव को भाँपकर—दौड़े-भागे गये और खींचकर ले आए थे नेहनू का। उसे देखते ही मूँछे फड़कने लगी थीं ज़मींदार की, 'काए नेहनुआँ, काम पै काए नहीं आओ तैं आज?"

जवाब में हाथ जोड़कर गिड़गिड़ाया था नेहनू, "मालिक, मोड़ा बीमार ऐ सबेरें, ते...बाकौ ओलनकरत रहो मालिक...।"

जमींदार आगबबूला हो उठा था, "ओलन करतु रहो कि लुगाई के संग सोउत रहो?...खरिआन को उठावैगौ कमीन?"

"मालिक झूँट बोलों तौ..."

पर बात पूरी न हो सकी थी नेहनू की। बीच में ही कह दिया था ज़मींदार ने, "है जा ठाड़ौ खाट पै!"

खाट का नाम सुनते ही पसीना छूट गया था नेहनू की देह से। वह जमींदार के सामने हाथ जोड़कर रिरिया उठा था, "मर जाइँगो मालिक...मर जाइँगो मैं..." उसकी टाँगे काँपने लगी थीं। वह अच्छी तरह से जानता था 'खाट'* के बारे में।

"ठाड़ौ होतु ए कि मँगाऊँ, लौद?...हो जल्दी!" जमींदार की आँखों से आग झाँकने लगी थी।

और तब काँपता हुआ बढ़ने लगा था नेहनू उस उतरे बैसाख की भरी दोपहरी की चटकती घाम में, हवेली के द्वार पर बिछी खाट की तरफ-नंगे पैर, उघारे बदन! कुछ ही पलों में खाट के पास पहुँचकर उसने अपनी ठिगनी-काली देह की मरियल छोटी-छोटी टाँगे फैला दी थी—खाट को बीच में करके, उसके दोनों तरफ!...और उसके बाद दस-पन्द्रह ही मिनट बीते थे कि जबह होती गाय की तरह डकरा उठा था वह," मर जाइँगो मालिक...अबकी छोड़ देव...मर जाइँगो मालिक..." उसके पैरों के नीचे जलती धूल कोयले की तरह चिपक गयी थी; कमर से ऊपर देह और खोपड़ी को जलाए जल रहा था आसमान में लटका आग उगलता गोला और दोनों टाँगों के बीच फँसी थी आदमखोर खाट!...वह बार-बार गुहार लगा रहा था, "मर जाइँगो मालिक...मर जाइँगो मैं...अबकी छोड़ देव...फिर कबहूँ नहीं रहेंगो मालिक..."

पर जमींदार नेहनू की किसी भी गुहार पर कान न देता हुआ, अपने ऊपर छतरी तनवाये हुए चला गया था बैठके में; और वहाँ जाकर पलंग पर आराम करने लगा था। इसके साथ ही बैठके की दीवार से सटे बैठे आदमी के हाथ की डोर के इशारे से छत के कुन्दों से बँधा रेशमी झालरवाला हथपंखा झूल रहा था। और जमींदार को नींद आ गयी थी।

उधर धीरे-धीरे आधा घंटा बीता, फिर पूरा घंटा हो गया।...अब नेहनू के सामने फैली दोहपरी की धूप काली-सफेद होने लगी...काली हुई, फिर सफेद हुई...फिर काली हुई...फिर सफेद हुई...फिर काली हुई...और यक-ब-यक, खाट के दोनों और फैली नेहनू की टाँगें मोर के टूटें पंखों की तरह छितरा गयीं और सूखे ठूँठ-सा उसका शरीर खाट के ऊपर गिर गया! और वह तब तक वैसा ही पड़ा रहा थ जब तक जमींदार आराम की नींद पूरी करके बाहर न निकल आया था!...मजमा जुड़ा था

---

* जमींदारी की प्रथा के समय में प्रचलित एक प्रकार की सजा; जिसके तहत व्यक्ति को, एक सँकरी खाट को दोनों टाँगों के बीच में रखते हुए—उसके दोनों ओर जमीन पर पैर रखकर—खड़े होने को बाध्य किया जाता था। इससे—टाँगें फैलाए रखने से—उस व्यक्ति को अत्यधिक कष्ट होता था।

वहाँ तमाशे के लिए, पर किसकी हिम्मत थी जो जमींदार के हुकुम के बगैर नेहनू की देह को खाट से उठाकर छाया में डाल सकता!...जमींदार ने आकर देखा और मूँछों की नोंक ठीक करते हुए कहा, "लै जाउ जाइ, और डारि आउ द्वारें!..."

सुनकर वही—पहलेवाले—दोनों आदमी नेहनू के बेहोश शरीर को हाथ-पाँव से टाँगकर, उसके द्वार पर रख आए थे-सिपौली के चमराने में!

पूरा टोला जमा हो गया था द्वार पर। लेकिन सभी की ज़ुबानों पर गोया काँटेदार लगामें लगी हुई थीं! नेहनू की घरवाली दौड़ती आई थी भीतर से, और वह भी बेज़ुबान ही भहराकर गिर पड़ी थी नेहनू की बेहोश देह पर...

...तभी यकायक वहाँ मौजूद सभी की आँखें फटी की फटी रह गयी थीं यह देखकर कि नेहनू की कच्छा पर लिपटा पंचा ताज़े खून से तर-ब-तर हो रहा था!... कहते हैं, नेहनू की दोनों टाँगों के बीच का जोड़ खुल गया था—टाँगों को लगातार फैलाए रखने से! मगर बात यहीं तक न थी; क्योंकि उसके बाद लगातार तीन दिनों तक उसके बिलाहोश शरीर की सेवा करती रही थी उसकी घरवाली; पर उसकी बन्द हुई आँखें कभी नहीं खुली थीं! उस 'घटना' के चौथे दिन नेहनू बिना किसी हो-हल्ला के दुनिया से कूचकर गया था। बिल्कुल बेआवाज़!...उस वक्त उसका बेटा घर के भीतर ताप से, चूल्हे में पड़ी गीली लकड़ी की तरह जल रहा था—धीरे-धीरे! वह चौधरी राधिकारमण के पिता थे!

बाद का दौर राधिकारमण के पिता का था...

...जिस समय हिन्दुस्तान को आजादी मिली थी, तब उनके पिता पैंतालीस-पचास के बीच के अधेड़ थे, और उनके लिए उस 'आजादी' का सवेरा किसी सुनहरी आभा से भरा न था बल्कि काले अँधेरे में डूबा हुआ था क्योंकि तब वे उसी ज़मींदार की हवेली पर चाकरी करते थे जिसकी 'खाट' (सजा) ने उनके बाप की जान ले ली थी। और उन्हें अपने वक्त और वजूद से कोई गिला-शिकवा भी न था।

उस समय राधिकारमण उर्फ राधे बीस-बाईस के आसपास के युवा थे, और उन्हें अपने वक्त और वजूद की खबर मिल पा रही थी। उन्होंने उन दिनों गांधी जी, नेहरू जी और बाबू जगजीवन राम के नाम और काम सुन रखे थे। और बस, वे अपनी इसी पूँजी को लेकर एक दिन उड़ लिये थे-गाँव छोड़कर-एक अज्ञात स्थान के लिए, जो समूचे हिन्दुस्तान में था।

उसके बाद के समय ने अनेक बदलाव देखे; अनेक उतार-चढ़ाव देखे; अनेक चुनाव देखे-तीन प्रधानमन्त्री देखे, एक 'आपातकाल देखा'...और...फिर चुनाव-दर-चुनाव देखे...

...उसके बाद कहीं जाकर राधिकारमण चौधरी उर्फ़ विधायक जी को अपने बाप-दादा के गाँव की याद आई। और तब वे पत्नी और छहों बेटों के साथ गाँव

लौटे। उस समय राधिकारमण चौधरी की देह पर कलफ लगी खादी की धोती, कोसा का कुरता और बेशकीमती शाल थी। उनकी आँखों में बरसों की 'नेताई तपस्या' और लगातार तीन बार की विधायकी की गर्म-गर्म-सी आँच थी। उनके सिर के बाल उज्जवल थे; पैरों की जूतियाँ चमकदार थीं! साथ ही उनकी अधवयसा धर्मपत्नी की देह पर थुल-थुल माँस था, सुनहरे जेवर थे! और उनके बेटों की देह और रहन-सहन से हिन्दुस्तान की आजादी प्रकट होती थी।

4

नारायणदा प्रायः महसूस करते थे कि निरंजन के भीतर एक खदबदाता असन्तोष घर किए बैठा है। उस दिन, रात को वह खाना लेकर आया था। वे खाना खाकर निबटे ही थे कि उसने कहना शुरू कर दिया, "सरजी, इसे क्या कहें, सरकारी नौटंकी, या पहाड़ खोदने पर निकला चूहा, या आँखों में झोंकी हुई धूल?...सबेरे ट्रैक्टरों में भर-भरकर ले जाए गये लोग शाम को खाली हाथ लौटे हैं!...दिन-भर घास-गर्मी भूख-प्यास से बेहाल रहे लोग अपने-आप को ठगा हुआ महसूस कर रहे हैं..."

नारायणदा को बात का सन्दर्भ समझते जरा भी देर न लगी।

दरअसल पिछले एक-डेढ़-महीने से, जिला-मुख्यालय पर आयोजित होने जा रहे 'अन्त्योदय मेला' की जोरदार चर्चा थी गाँव में...

पहले तो इस 'अन्त्योदय मेला' का मतलब ही लोगों की समझ में न आया था। उन्होंने कई तरह के मेले सुने-देखे थे। 'शीतला माता का मेला', 'बराही माता का मेला', 'कुम्भ मेला' या 'ग्वालियर का मेला' वगैरह के बारे में सब जानते थे। 'ग्वालियर का मेला' तो एक अरसे से गाँववालों के लिए हर साल एक उत्सव की तरह आता रहा है। जड़काले के दिसम्बर-जनवरी महीनों में 'गोला का मन्दिर' के पास लगनेवाले इस मेले में लोग जाते रहे हैं। गाँव के, अब बूढ़े-बुजुर्ग हो चुके लोगों को याद है कि एक समय ग्वालियर का मेला प्रमुख रूप से 'पशु-मेला' के रूप में लगता था, और इलाके के गाँवों से किसान अपनी-अपनी बैलगाड़ी लेकर मेला में पहुँचते थे और वहाँ चार-चार, छह-छह, आठ-आठ, पन्द्रह-पन्द्रह दिनों तक, चौरस मैदान में खुले आकाश के नीचे अपना मुकाम बनाते थे। इतने दिनों तक वहाँ रहने के लिए खाने-पीने का सामान अपने घर से लेकर जाते थे। बैलों-बछलों-गायों-भैंसों-ऊँटों-घोड़ों आदि की खरीद-फरोख्त का वह मेला लगभग बीस दिनों तक चलता था, जिसमें हजारों जानवर एक ही मैदान पर अपने-अपने खूँटों पर बँधे बिकने-खरीदे जाने के लिए खड़े-बैठे होते थे। बीस दिन के बाद 'पशु मेला' उठ जाता था; और मैदान के दूसरे हिस्से में 'व्यापार मेला' आबाद हो जाता था जो

लगभग महीने भर तक चलता रहता था। व्यापार-मेला में आम लोगों—खासकर किसानों और ग्रामीणों की जरूरत की हर चीज मिलती थी। इलाके भर के ग्रामीण और किसान घरेलू ज़रूरतों की चीजों के साथ-साथ ब्याह-कारज की ज़रूरी वस्तुएँ और खेती-किसानी में उपयोग होनेवाले सामान तक खरीदने के लिए महीनों पहले से 'ग्वालियर मेला' के लगने का इन्तजार करते थे। इसके साथ ही मेले में मनोरंजन के तमाम पारम्परिक साधन भी आते थे—जैसे : नाच-कम्पनी, काला जादू, पलकियों वाला झूला, 'मौत का कुँआ', सर्कस और नौटंकी और नुमाइश आदि। नुमाइश के नाम पर जो प्रदर्शनी गाँव-देहात के लोगों के बीच मशहूरी पाए रहती थी वह पुलिस-प्रदर्शनी होती थी, जिसमें प्रदेश के पुलिस विभाग द्वारा मारे गये डकैतों की फोटो दर्शाई जाती थीं जिन्हें देखने के लिए लोगों की भीड़ उमड़ती थी। नाच, काला जादू, सर्कस और मौत का कुँआ आदि के खेल दिन से लेकर रात तक चलते रहते थे और नौटंकी का खेल रात के समय होता था। सरेसाँझ से ही नौटंकी-कम्पनी के तम्बू के भीतर से नगाड़ा बजने की गूँज सुनकर टिकट खरीदने वालों की कतारें लगने लगती थीं। नौटंकी का हर रात नया खेल दिखाया जाता था...किसी रात 'सत्यवादी हरिश्चन्द्र', किसी रात 'हीर-राँझा', किसी रात' भक्त पूरनमल', किसी रात 'सारंगा सदाब्रज', किसी रात 'अमरसिंह राठौर'... ! और उठ जाने के बाद, लोग अगले साल लगनेवाले मेले का इन्तजार और इन्तजाम करने में लग जाते थे। अब वह मेला उतना बड़ा 'पशु-मेला' भले ही न रहा हो, पर 'व्यापार-मेला' बड़ा हो गया था, जो ग्रामीणों ही नहीं, अब शहरी लोगों को भी आकर्षित करता था।

पर 'अन्त्योदय-मेला का तो नाम ही लोगों के लिए नया था, इसलिये वे समझ ही नहीं पा रहे थे कि यह कैसा मेला है!...

पर जल्दी ही उसका 'प्रचार' किया जाने लगा था—गाँव में। प्रचारकर्त्ता था ग्राम पंचायत-सचिव गौटू शर्मा। पंचायत-सचिव गौटू शर्मा गाँव में घूम-घूमकर एक सूची तैयार कर रहा था, जिसमें उन गरीबों के नाम लिखे जा रहे थे जिन्हें उन कुछ सरकारी योजनाओं का लाभ कथित रूप से मौके पर 'मेले' में दिया जाना था, जिनके वे पात्र थे पर जिनसे वे अभी तक लाभान्वित नहीं हो पाए थे। उन कुछ प्रचारित योजनाओं में बी पी एल कार्ड से वंचित लोगों को कार्ड देना, पट्टेधरियों को जमीन का मालिकाना हक़ देना, विकलांगों को ट्राइसाइकलें (हथसाइकलें) देना, बेरोजगारों को रोजगार हेतु हथठेले देना, गरीब बीमारों को 'दीनदयाल उपचार-कार्ड' देना, कुम्हार-बढ़ई-लुहार आदि जैसे कारीगरों को उनके काम के औजार देना—जैसी योजनाएँ थीं। पंचायत सचिव गौटू शर्मा के मार्फ़त प्रचार जुबान-दर-जुबान और कान-पर-कान फैल रहा था; अलबत्ता किसी को भी अभी तक यह पता नहीं था कि यह 'अन्त्योदय-मेला' लगेगा कब?...

और एक दिन पंचायत-सचिव गौटू शर्मा द्वारा 'अन्त्योदय-मेला' के आयोजित होने की तारीख घोषित की गयी और यह बताया गया कि कि इस 'मेले' में ज़िले भर के तकरीबन एक लाख लोगों (हितग्राहियों) को मौके पर लाभ दिया जाएगा, तो लोगों को लगने लगा था गोया देश के इतिहास में यह पहली प्रादेशिक सरकार है, जो गरीब हितग्राहियों को इस तरह से लाभान्वित करने जा रही है! इसके लिए नारा उछाला गया था—'आपकी सरकार, आपके द्वार!' 'अन्त्योदय-मेले' की सफलता के लिए तैयार किया गया यह नारा अब शहर के अखबारों के पन्नों पर तो छापा ही जा रहा था, गाँव की दीवारों पर भी लिखकर नुमायाँ किया जा रहा था...

उसके बाद जैसे-जैसे मेले की तारीख नजदीक आती जा रही थी, गौटू शर्मा द्वारा सूची में नामांकित कर लिये गये लोगों की उम्मीदें बढ़ती ही जा रही थीं...

रामगनेस जाटव के दोनों पैर लुंज-पुंज थे। बचपन से ही किसी बीमारी के चलते वह लुंजा हो गया था और अपने हाथों से पैरों का काम लेता था—हाथ जमीन पर टिका कर वह अपने शरीर को घसीटता था। सूची में 'हाथ से चलनेवाली तीन पहियोंवाली साइकल' के लिए गौटू शर्मा द्वारा उसका नाम लिख लिये जाने पर वह उत्साहित था। पैंतीस साल की उम्र का वह बच्चों की तरह खुश होता अपने संगी-साथियों से कहता था, "अब कछू दिन बाद मैंऊँ साइकिल पर चलेंगो...!" टुंडा भोई, गोपा तेली, बिटोलीबाई जाटव और रूपा पंडित के नाम गरीबी रेखा से नीचे जीवन यापन करनेवालों की सूची में तो दर्ज थे, पर उन्हें BPL कार्ड नहीं मिला था। वे सब पंचायत-सचिव द्वारा नाम लिख लिये जाने से खुश थे कि चलो उन्हें भी अब इस मेला में BPL कार्ड मिल जाएँगे!...

कुछ दिनों बाद, एक दिन गाँव के स्कूल के शिक्षकों को जिला-कलैक्टर के हस्ताक्षर से जारी आदेश-पत्र मिले, जिसमें उन्हें नियत तारीख को शहर के 'प्रशिक्षण-सभागार' में ट्रेनिंग लेने के लिये आदेशित किया गया था। ट्रेनिंग के लिये इस प्रकार का 'Urgent' लिख कर आदेश-पत्र जारी किया गया था जिस प्रकार इलेक्शन के वक्त 'Election Urgent' लिखकर जारी किया जाता है! चुनाव-कार्य की ही तर्ज पर हर शिक्षक-कर्मचारी के आदेश-पत्र में ज़ोनल-प्रभारी, सेक्टर-प्रभारी, पंचायत-प्रभारी, ग्राम-प्रभारी आदि जैसे पद-नामों का उल्लेख किया गया था। सभी शिक्षकों को 'वाहन-प्रभारी' का पद-नाम दिया गया था, जिसके तहत उन्हें, उपलब्ध कराए गये वाहन में हितग्राहियों को बैठाकर 'अन्त्योदय-मेला' तक पहुँचाना था और मेला-समाप्ति के बाद उसी वाहन से गाँव वापस लाना था।

ट्रेनिंग की तारीख को गाँव का स्कूल बन्द रहा; क्योंकि सभी शिक्षकों के आदेश-पत्र में उन्हें 'प्रशिक्षण-सभागार' में उपस्थित रहने की सख्त हिदायत एक पंक्ति लिख कर दी गयी थी कि 'अनुपस्थिति की दशा में सम्बन्धित के विरुद्ध

अनुशासनात्मक कार्यवाही की जाएगी!' इसलिए सभी शिक्षक ट्रेनिंग के लिए शहर चले गये और स्कूल बन्द रहा।

प्रशिक्षण के दौरान हर एक शिक्षक को उन लोगों की 'सूची' दे दी गयी, जिन्हें लेकर उन्हें 'अन्त्योदय मेला' पहुँचना था।

प्रशासन के आदेशानुसार गाँव के ट्रैक्टरवाले किसानों से उनके ट्रैक्टर 'अन्त्योदय-मेला' की तारीख के लिए अधिग्रहीत कर लिये गये! सरकारी फरमान को कौन फेरे! अलबत्ता ट्रैक्टर-मालिकों को आश्वस्त किया गया कि इस कार्य के लिए ट्रैक्टरों में डीजल शासन के द्वारा भरवाया जाएगा।

'अन्त्योदय-मेला' के एक दिन पूर्व गाँव में वैसी ही हलचल रही, जैसी किसी चुनाव-तिथि के पूर्व दिवस में होती है। सेक्टर-प्रभारी और जोनल-प्रभारी अपनी-अपनी जीप से दिनमुँदे के बाद 'OK Report' लेने गाँव में पहुँचे कि पंचायत-प्रभारी, ग्राम-प्रभारी और वाहन-प्रभारी अपने-अपने कार्य-स्थल पर तैनात हैं या नहीं; कि 'अन्त्योदय-मेला' तक लोगों को ले जाने के लिए वाहन-प्रभारियों के पास नियत वाहन उपलब्ध हैं या नहीं; कि वाहन-प्रभारियों ने सम्बन्धित हितग्राहियों को सूचित किया है या नहीं! आखिर सेक्टर-प्रभारी और जोनल-प्रभारी की यह ड्यूटी थी कि वे मौके पर मॉनीटरिंग कर कलैक्टर के यहाँ 'OK Report' प्रस्तुत करें कि 'अन्त्योदय-मेला' के लिए सारी व्यवस्थाएँ चाक-चौबन्द हैं!

सुबह सात बजे का समय 'अन्त्योदय-मेला'—स्थल की ओर प्रस्थान करने के लिये मुकर्रर था; और प्रस्थान-स्थल गाँव के स्कूल के सामने का मैदान। ग्राम-प्रभारी अर्थात् पंचायत सचिव गौटू शर्मा को कम्प्यूटर-टंकित टाइम-शिड्यूल दिया गया था, और हर एक वाहन-प्रभारी को भी उक्त टाइम-शिड्यूल की प्रति उपलब्ध कराई गयी थी। इसलिए चुनाव के दिन मतपेटियों या EVM को सील करने के निर्धारित समय के पालन की ही तरह, सही समय पर गाँव के चार किसानों के ट्रॉली सहित ट्रैक्टर स्कूल के सामने आ लगे थे। वाहन-प्रभारी शिक्षकों ने अपने-अपने वाहन को चिह्नित कर लिया था। हितग्रातियों की भीड़ तो स्कूल के सामने मुँहअँधेरे से ही जमा होने लगी थी। यद्यपि वाहन-प्रभारियों की ड्यूटी कर रहे स्कूल के शिक्षकों को प्रशिक्षण के ही समय, हितग्राहियों की सूचियों के साथ-साथ उनको दिए जानेवाले पीले-पतले कागज पर छपे 'प्रमाणपत्र' भी दे दिए गये थे; पर इस हिदायत के साथ कि उक्त 'प्रमाणपत्र' सम्बन्धित हितग्राहियों को गाँव में नहीं दिये जाएँ, बल्कि 'अन्त्योदय-मेले' से लौटते वक्त वितरित किये जायें! साफ कहा गया था कि 'प्रमाणपत्र' गाँव में मिल जाने के बाद हितग्राही 'मेले' में नहीं आयेंगे। चारों शिक्षक यह बात समझ गये थे कि शासन-प्रशासन की मंशा 'अन्त्योदय मेला' के नाम पर आ रहे मुख्यमन्त्री के सामने भीड़ जुटाने की थी! लिहाजा सरकारी नौकर

होने के नाते शिक्षकों ने वही किया जो उन्हें कहा गया था। प्रमाणपत्रों के पुलिन्दा उनके बैगों में थे, और वे उन प्रमाणपत्रों को पानेवालों को 'अन्त्योदय-मेला' में ले जाने के लिए ट्रैक्टरों की ट्रॉलियों में बैठाने की मशक्कत कर रहे थे। गाँव के उन भोले-भाले गरीब जनों को, जो 'हितग्राही' की संज्ञा से अभिहित थे, 'अन्त्योदय-मेला' में मुख्यमन्त्री के सामने एक भीड़ की शक्ल में बदल देने के लिए वे जी-जान से जुटे थे! आखिर ऐसा क्यों न करते वे! वे सरकार से वेतन पाते थे, और इस कारण सरकार के ही ताबेदार थे! अलबत्ता प्रचारित यही किया गया था कि हितग्राहियों को खुद मुख्यमन्त्री अपने हाथों लाभान्वित करेंगे!

और उस दिन सवेरे के सात बजे सिपौली से चार ट्रैक्टर-ट्रॉलियों में भरकर 'हितग्राही' 'अन्त्योदय-मेला' के लिए रवाना हुए थे।

दोनों पैरों से लुंजे रामगनेस जाटव को उसके साथियों ने हाथों से उठाकर ट्रॉली में बैठाया था। उस दिन उसने नया पाजामा और बुश्शर्ट पहने थे। हथसाइकल पाने की कल्पना से उत्पन्न खुशी उसके चेहरे पर बैठी नज़र आ रही थी। उसकी तरह ही अन्य लोग भी अपनी तरफ से भरसक साफ-सुथरे कपड़े-जूते पहने त्योहारी खुशी के साथ बोलते-बतियाते हुए ट्रॉली में बैठे जा रहे थे।

जेठ का महीना था। इसलिये ट्रैक्टर-ट्रॉलियों के अधरास्ते पर रहते-चलते हुए ही धूल उड़ाती लू की लपटें चलने लगी थीं; और धूप चिलचिला उठी थी। रास्ते में पड़नेवाले फिलिंग पम्प पर ट्रैक्टर रोक दिए गये थे और ग्राम-प्रभारी पंचायत सचिव गौटू शर्मा ने शासन द्वारा प्रदत्त धनराशि से निर्धारित मात्रा में चारों ट्रैक्टरों में डीजल भरवाया था। उसके बाद ट्रैक्टर आगे बढ़ चले थे। और जब चारों ट्रैक्टरों ने शहर के भीतर प्रवेश कर नियत 'पार्किंग-स्थल' पर पहुँच दर्ज की, तब तक गर्मी, घाम और तेज लू वातावरण के परखच्चे उड़ाने लगी थीं। 'पार्किंग-स्थल' महज सिपौली से पहुँचे चार ट्रैक्टर-ट्रॉलियों के ही लिए नहीं था, बल्कि इधर के पूरे इलाके से आनेवाले वाहनों के लिए था—जिनमें कुछ बसें, मिनी बसें, लोडिंग ऑटो, टैम्पो, जीपें और ट्रॉलियाँ जुड़े ट्रैक्टर थे। 'पार्किंग-स्थल' पर पहुँच चुके और पहुँचते जा रहे वाहनों की तादाद देखकर ही 'मेले' के लिए की गयी 'सरकारी मेहनत' का अन्दाजा हो रहा था। वहाँ गोया 'वाहनों का मेला' लगा हुआ था! इसी प्रकार से दीगर इलाकों से पहुँचने वाले वाहनों के लिए शहर में अलग-अलग स्थानों पर पार्किंग की व्यवस्था की गयी थी।

'पार्किंग' में चारों ट्रैक्टर खड़े हो गये थे और उनमें सवार 'हितग्राही' उतर पड़े थे। अब उन्हें वहाँ से पैदल चलकर अन्त्योदय-मेला-स्थल तक जाना था। पर अब सबसे ज़्यादा समस्या रामगनेस के सामने थी। उसे चार-पाँच लोगों ने जैसे-तैसे ट्रॉली से उतार कर नीचे तो बैठा दिया था। पर अब उसके सामने सवाल यह था कि

वह वहाँ से 'अन्त्योदय मेला' तक कैसे पहुँचेगा? इस सवाल का जवाब न खुद रामगनेस को समझ आ रहा था, न ही उसके साथवालों को। 'मेला-स्थल' के बारे में सब को पता था कि वह 'पशु-मेला' वाले मैदान में है। पर वह जगह, तो इस पार्किंग-स्थल से करीब डेढ़-दो किलोमीटर दूर है! और यहाँ से वहाँ के लिए कोई साधन भी नहीं चलता है! और सब लोग तो पैदल चलकर वहाँ पहुँच जाएँगे; पर यह रामगनेस वहाँ तक कैसे पहुँचेगा, जिसके पास पैर तो हैं ही नहीं-पैरों के नाम पर हाड़-खाल की दो लुंज-पुंज बनावटें हैं! सभी को 'मेला' में पहुँचने की जल्दी थी। कहीं ऐसा न हो कि समय पर न पहुँच पाएँ और तब तक मुख्यमन्त्री वहाँ मौजूद लोगों को ही बाँट-बूँटकर चले भी जाएँ! सैकड़ों की तादाद में बसों-मिनीबसों-टेम्पो-ऑटो-जीपों और ट्रैक्टर-ट्रॉलियों से उतरे हुए लोग, उतरते ही 'मेले' की ओर रवाना हो रहे थे। सिपौली से पहुँचे चारों ट्रैक्टर-ट्रॉलियों से उतरे लोगों में से अधिकांश मेला स्थल का रुख कर गये थे। रह गये थे लुंजा रामगनेस, उसका चचेरा भाई बिन्द्रावन ओर उसके पड़ोस के कुछ लोग। वे सब जमीन पर हथेलियाँ टिकाए बैठे रामगनेस की ओर देखते हुए आपस में बतिया रहे थे कि 'जे कैसें पहुँचैगो मेला तक?'

अपनी दोनों हथेलियाँ धरती पर टिकाए पसरा-सा बैठा रामगनेस अपने चचेरे भाई और पड़ोसियों की मुश्किल समझ पा रहा था। वह उनकी मेला-स्थल पर पहुँचने की बेसब्री भी महसूस कर पा रहा था, जो उनकी बातचीत से निकलकर आ रही थी। तो रामगनेस ने उनकी ओर देखकर कहा था, "चलौ...ऐसेंईं चलेंगे...और वह अपनी हथेलियाँ बढ़ाकर ज़मीन पर रखते हुए—उन पर अपने शरीर को ढोता हुआ-आगे घिसटने लगा। यह देखकर बिन्द्रावन और पड़ोसी भी उसके साथ-साथ आगे बढ़ने लगे। वे बातें करते जा रहे थे और धीरे-धीरे रामगनेस की चाल के हिसाब से चल रहे थे। जेठमास की तपती हुई डामर-रोड पर रामगनेस अपने आप को अपनी हथेलियों पर वजन ले-लेकर मेला-स्थल की ओर घसीट रहा था। यह एक ऐसी 'यात्रा' थी, जिसमें स्वेच्छा की गति थी और मजबूरी की घिसटन भी; जिसमें अपने हक़ की चाहत थी और लाभ-लोभ की शिद्दत भी; जिसमें रिश्तों की निकटता थी और व्यक्तिगत दूरी भी...!

और रामगनेस की, शहर की सड़क पर जारी वह 'अन्त्योदय-मेला-यात्रा', देखनेवालों के लिए एक रोचकता का सरंजाम थी। सड़क पर से गुज़रते लोग देख रहे थे कि एक आदमी पैरों की जगह अपने हाथों से चल रहा है! देखनेवालों के लिए वह चलना ही था, भले ही रामगनेस के लिए घिसटना था। उस घिसटन भरी यात्रा में रामगनेस की नयी बुशर्ट पसीने से भींग जाने और धूल-माटी में लिथड़ जाने से मटमैली हो गयी थी और उसके लुंजे पैरों पर हिलता पाजामा धूल-माटी-पसीने से

लथपथ होकर मैला लत्ता लगने लगा था!...पर रामगनेस धूप-धूल और कनपटियों पर तमाचे-से जड़ती लू के बावजूद अपनी गति से चलता/घिसटता जा रहा था अपने गन्तव्य की ओर—'अन्त्योदय-मेला' में, हाथ से चलनेवाली तिपहिया साइकल मुख्यमन्त्री के हाथों प्राप्त करने के लिए!

और जिस समय रामगनेस, बिन्द्रावन और उसके संगी उस जगह पर पहुँचे जिसे 'अन्त्योदय-मेला' कहा गया था, उस समय आग बरसाती जेठ की दोपहरी के दो बज चुके थे। उन्होंने निगाह उठाकर देखा-वहाँ निगाह की पहुँच तक लोगों की उपस्थिति थी-मैदान में शामियाने लगाए गये थे, जिनके नीचे लोग बैठे-खड़े गोया किलबिलाते-से लग रहे थे। मैदान में एक ओर एक बड़े शामियाने के नीचे तीन ओर से कनातें लगाकर ऊँचा विशालाकार मंच बनाया गया था, जहाँ से माइक पर जो कहा जा रहा था वह मैदान में जगह-जगह लगाए गये लाउडस्पीकरों के माध्यम से वहाँ मौजूद लोगों के कानों तक पहुँच रहा था।

रामगनेस पस्त हो चुका था, और एक तरफ शामियाने की तनिक छाया पाकर लेट गया था। बिन्द्रावन उसकी बगल में खड़ा था और मंच की ओर टकटकी लगाकर देख रहा था। मंच पर उसे कोई दिखाई नहीं दे रहा था।

रामगनेस ने लेटे-लेटे ही बिन्द्रावन से कहा था, "बिन्द्रावन, पूछ तौ कऊ से कि मुख्यमन्त्री चले तौ नहीं गये?... का बात है?"

सुनकर बिन्द्रावन ने नजदीक में ही पहले से बैठे लोगों से पूछा, "काए भइया, मुख्यमन्त्री कहाँ हैं? मंच पै तो कोऊ दीखि नहीं रहौ?"

"मुख्यमन्त्री अबै आए कहाँ हैं...!" जवाब मिला था।

यह बात बिन्द्रावन ने जब रामगनेस को बताई, तो उसने राहत की साँस ली कि चलो, जैसे-तैसे टैम पर तो पहुँच गये!...

लाउडस्पीकर पर घोषणा हो रही थी, "माननीय मुख्यमन्त्री कुछ ही देर में हमारे बीच आनेवाले हैं...उसके बाद वे हितग्राहियों को उनके अधिकार अपने करकमलों से प्रदान करेंगे। आप सभी से निवेदन हैं कि शान्ति बनाए रक्खें।...आप लोगों के लिए भोजन और ठंडे पानी के पैकेटों की व्यवस्था है...जिनको प्राप्त करना है वे ले सकते हैं..."

"पर लें किस जगह से? जे भी तौ बताओ!" रामगनेस के पास बैठे लोगों में से एक ने चिढ़ते हुए कहा था, "सवेरे ते यहाँ बैठे-बैठे झख मार रहे हैं... लू-लपट और गरमी के मारे बुरा हाल है, और मुख्यमन्त्री का अभी तक अता-पता नहीं है...अब भोजन और पानी की बातें हो रही हैं..."

उस आदमी की चिढ़ भरी बातों में गोया वहाँ मौजूद उन तमाम लोगों की परेशानी व्यक्त हो रही थी, जिन्हें सवेरे-सवेरे ही घर से चल देना पड़ा था, और अब

जब दो बजे से ऊपर का समय हो रहा था तब भी इन्तजार करने के सिवाय कुछ भी हासिल नहीं हुआ था!

लाउडस्पीकर पर आई भोजन और पानी की सूचना से वहाँ मौजूद भीड़ के बीच जैसे एक लहर-सी उठी थी, जो एक अबूझ शोर में तब्दील होकर धीरे-धीरे तिरोहित भी हो गयी थी।

रामगनेस ने बिन्द्रावन से कहा था, "बिन्द्रावन, भूँक लगी होइ तौ देखि लै खाने के पैकेट कहाँ मिल रहे हैं...पानी तौ मैं ऊँ पिएँगो!"

बिन्द्रावन ने जवाब दिया, "पर देखि कहाँ लेंइ भइया?...इतनी भीड़ में...कछू पतौ-ठिकानों होइ तब ना कि कहाँ बटि रहौ ऐ खानों और पानी?...भूँक तौ लगि रही है ई...पर करें का?" उसने लाचारी जताई।

रामगनेस ने लेटे-लेटे उसकी बात से सहमति जताते हुए सिर हिलाया और कहा, "सो तौ है...भारी भीड़ ऐ...पर भूँक पै नारी तौ आइ ही गयी है...और मो पै तो अब बैठोऊ नहीं जाइ रहौ ऐ!"

गाँव में प्रचार तो यही किया गया था कि 'मेला' में पहुँचने वालों के खाने-पीने की भी व्यवस्था रहेगी। इसलिये रामगनेस, बिन्द्रावन और दूसरे तमाम लोगों में से कोई भी अपने साथ कुछ नहीं लाया था। अब उन्हें लग रहा था कि चार रोटी संग में बाँध लेते तो अभी खा लेते...भूखों तो न मरता पड़ता!

भीड़ के बीच से, इतने लम्बे इन्तजार और भूख-प्यास के कारण, रह-रहकर शोर-शराबे की लहरें-सी उठतीं और आहिस्ता-आहिस्ता ठंडी पड़ जाती थीं। इसी पसमंजर में समय आगे सरक रहा था; और मुख्यमन्त्री की आमद अभी तक नहीं हुई थी।

जिनकी कलाई पर घड़ी थी, उनकी निगाहें बार-बार घड़ी के काँटों पर जा पहुँचती थीं। काँटे चार से आगे खिसक चुके थे।

लोगों को अब भूख-प्यास, लपट-घाम ने ही नहीं, निराशा ने भी अपनी चपेट में लेना शुरू कर दिया था।

और घड़ी के काँटों ने पाँच बजा दिए थे...कि यकायक मंच से लाउडस्पीकर पर घोषण हुई, "भाइयों और बहनों, माननीय मुख्यमन्त्री जी पधार चुके हैं...वे कुछ ही पलों में मंच पर आपके सामने होंगे...आपका इन्तजार खत्म हुआ... शान्ति बनाए रक्खें..."

और इसके साथ ही मंच की सीढ़ियाँ चढ़ते हुए मुख्यमन्त्री को लोगों ने देखा। उनके साथ ही बीच-पच्चीस लोगों का समूह भी मंच पर चढ़ा। मंच पर अब तक खाली पड़ी कुर्सियों में से बीचवाली कुर्सी पर मुख्यमन्त्री बैठ गये। मुख्यमन्त्री के बैठते ही उनके साथ आए लोग भी अगल-बगल पड़ी कुर्सियों पर आसीन हो गये। साथ आए लोगों में ज़िले के प्रभारी मन्त्री, तीन स्थानीय विधायक, एक सांसद,

ज़िला-कलैक्टर, सी ई ओ ज़िला-पंचायत और कुछ रसूखदार पार्टीजन थे।

"भाइयों और बहनों," मंच से लाउडस्पीकर पर उत्साह भरी आवाज़ गूँजी, "माननीय मुख्यमन्त्री जी हमारे बीच आ चुके है...उनका हार्दिक स्वागत कीजिए... मैं माननीय मुख्यमन्त्री जी का माला पहनाकर स्वागत करने के लिए सबसे पहले आमन्त्रित करता हूँ श्री..."

और उसके बाद मंच-संचालक द्वारा, मुख्यमन्त्री को माला पहनाकर स्वागत करनेवालों को एक के बाद एक नाम ले-लेकर बुलाया जाता रहा। हर-एक स्वागतकर्त्ता मुस्कराता हुआ मुख्यमन्त्री के सामने पहुँच माला आगे बढ़ाकर फोटोग्राफरों की तरफ देखता और फोटो खिंचवाते हुए मुख्यमन्त्री के गले में माला पहनाकर खुश-खुश वापस लौटता। शहर के धन्नासेठों और रसूखदार नागरिकों द्वारा मुख्यमन्त्री का इस प्रकार स्वागत किए जाने में करीब आधा घंटा लग गया।

उसके बाद मंच-संचालक की आवाज़ लाउडस्पीकर पर गूँजी, "अब मैं प्रदेश के यशस्वी माननीय मुख्यमन्त्री जी से अनुरोध करता हूँ कि आज इस 'अन्त्योदय-मेला' के सुअवसर पर यहाँ आए हमारे ग्रामीण और किसान भाइयों को सम्बोधित कर अपने आशीर्वचन कहें...माननीय मुख्यमन्त्री जी..."

और मुख्यमन्त्री कुर्सी से उठकर डाइस पर पहुँचे। सबसे पहले उन्होंने डाइस के माइक को एडजस्ट किया उसके बाद अपने दोनों बाजू कोहनियों तक डाइस पर रख लिए और फिर सामने जमा भीड़ को देखा। मैदान में लगे शामियानों के नीचे दूर-दूर तक लोग ही लोग थे—खड़े-बैठे, किलिर-बिलिर करते! आगे लाउडस्पीकरों पर आवाज़ गूँजी, "मेरे प्यारे भाइयों-बहनों, आज मुझे अत्यंन्त प्रसन्नता है कि हमारी सरकार वह करने जा रही है जो आज तक किसी भी अन्य पार्टी की सरकार ने कभी नहीं किया!...आज आपकी सरकार आपके द्वार पर आई है!... आपके द्वार पर! कुछ लेने नहीं, आपको कुछ देने!...हम आपको वह देना चाहते हैं जो आपका हक है, पर जो आज तक आपको मिल नहीं सका है..." मुख्यमन्त्री अपने खिचड़ी बालोंवाले सिर को झटके देते और बारी-बारी से दोनों हाथ भाँजते हुए अपनी मसूड़े-दिखाऊ मुखमुद्रा के साथ अब लगभग चीख-चीखकर कह रहे थे, "हमारे जो भाई-बहन गरीबी रेखा से नीचे जीवन-यापन कर रहे हैं, किन्तु उन्हें किसी कारण से बी पी एल कार्ड नहीं मिला है, उनका हम बी पी एल कार्ड देंगे, जिसके द्वारा वे सरकारी योजनाओं में मिलनेवाले लाभ प्राप्त कर सकेंगे... हमारी सरकार गरीब पट्टेधारियों को उनकी जमीन के मालिकाना हक सम्बन्धी प्रमाण पत्र प्रदान करने जा रही है... हम इस मेले में अनुसूचित जाति-जनजाति वर्ग के उन लोगों को, जो किसी कारणवश अपने पैरों से चल-फिर नहीं सकते, उनको हाथ से चलाई जा सकनेवाली तिपहिया साइकलें प्रदान करेंगे... हम गरीब बीमार भाई-बहनों को

'दीनदयाल उपचार कार्ड' उपलब्ध कराएँगे, जिसका लाभ वे अपनी बीमारी के इलाज में ले सकेंगे... हम उन कारीगरों-कामगारों को, जो भिन्न-भिन्न प्रकार के काम करते हैं... जैसे बर्तन बनाने का काम, बढ़ईगिरी का काम, लोहारगीरी का काम, राजगीरी का काम...हम ऐसे सभी कारीगरों को उनके काम में उपयोग आनेवाले औजार प्रदान करेंगे...भाइयों और बहनों, हमारी सरकार अब तक की सबसे लोक कल्याणकारी सरकार है, जो हमेशा गरीबों, अन्त्यजों, अनुसूचित जाति-जनजाति के लोगों को ध्यान में रखकर योजनाएँ बनाती है...इन सब योजनाओं का लाभ दिलाने के लिए ही यह 'अन्त्योदय-मेला' आयोजित किया गया है!...इस तरह के अन्त्योदय-मेले प्रदेश भर में अलग-अलग स्थानों पर आयोजित कर अनुसूचित जाति-जनजाति और गरीब वर्ग के हितग्राहियों को मौके पर ही लाभान्वित करने की हमारी सरकार की यह अनूठी योजना है, जिसके अनुसार, सरकार स्वयं आपके द्वार पर आपको लाभ देने आई है!... अन्त में इतना ही कहकर मैं अपनी बात समाप्त करना चाहता हूँ कि बहनों-भाइयों, आप लोगों ने हमें जो प्यार, स्नेह और आशीर्वाद दिया है उसे हमेशा बनाए रखें... बोलिए भारतमाता की जय!...''

जवाब में मंच पर बैठे लोगों ने जोरदार 'जयकार' बुलन्द की; पर सामने की भीड़ के बीच एक मरियल-बिखरी हुई और डूबती-उतराती-सी 'जय' उभरी। सवेरे से इन्तज़ार करते बैठे लोगों में अब किसी भी 'जय' को बुलन्दी देने का उत्साह नहीं बचा था। लोग दिन भर भूख-प्यास, धूप-धूल, लू-लपट सहते हुए निढाल हो चुके थे; और जिन योजनाओं का लाभ प्राप्त करने के लिए उन्हें लाया गया था, उस लाभ को जल्दी से जल्दी अपने हाथों में देखने के लिए बैठे थे!

मुख्यमन्त्री अपना भाषण देकर अपनी कुर्सी पर जा बैठे थे।

तभी मंच के सामने मौजूद भीड़ ने देखा कि मंच पर कुछ कर्मचारी किस्म के लोग अपने हाथों में सफेद मारकीन के थैले और कुछ काग़ज़-पत्तर लिये पहुँचे; उनके साथ ही मंच पर एक हथठेला और तीन पहियों-वाली काले रंग की साइकल लाए गये।

और डाइस से मंच-संचालक की आवाज़ लाउड-स्पीकर पर गूँजी, ''अब मैं माननीय मुख्यमन्त्री जी से अनुरोध करूँगा कि वे अपने करकमलों से हितग्राहियों को उनको दिए जानेवाले हितलाभ समर्पित करें...''

सुनकर भीड़ ने अपने उत्साह को ध्वनिबद्ध किया था और वह ध्वनिबद्ध उत्साह भीड़ के समन्दर में लहर की तरह उभरता रहा।

मुख्यमन्त्री अपनी कुर्सी से खड़े हो गये। उनके बाद अन्य कुर्सियों पर बैठे लोग भी अपनी-अपनी कुर्सी से उठकर खड़े हो गये। उसके बाद मुख्यमन्त्री के सामने एक उजले-सुथरे कुरता-पाजामा पहने आदमी को लाया गया, जिसे मुख्यमन्त्री ने

अपने दोनों हाथों से एक 'पीला काग़ज़' सौंपा। काग़ज़ पानेवाला आदमी काग़ज़ लेने के बाद मुड़कर मंच से चला गया। उसके बाद मंच पर एक स्त्री को लाया गया, जिसे मुख्यमन्त्री ने अपने दोनों हाथों से एक लिफाफा दिया। स्त्री लिफाफा लेने के बाद मंच से चली गयी। उसके बाद मंच पर पैर भचकाकर चलता आदमी लाया गया, जिसे मुख्यमन्त्री ने वहाँ लाई गयी तिपहिया हथसाइकिल अपने हाथ से हैंडिल पकड़ाकर सौंपी। उसके बाद हथसाइकिल सहित उसे पानेवाला व्यक्ति मंच से उतार दिया गया। उसके बाद एक-एक कर दो आदमी मुख्यमन्त्री के सामने लाए गये, जिन्हें मुख्यमन्त्री ने मारकीन का एक-एक थैला सौंप दिया! वे दोनों आदमी मंच से अपना-अपना थैला लिये उतर गये। उनके बाद वे कर्मचारीनुमा लोग भी मंच से चले गये, जो थैले और काग़ज़-पत्तर लेकर आए थे!

उसके बाद डाइस से मंच-संचालक ने माइक पर कहा, "भाइयों और बहनों, माननीय मुख्यमन्त्री जी ने अपने अत्यन्त व्यस्त समय में से हमें अपना मूल्यवान समय दिया और हितग्राहियों को लाभान्वित किया, इसके लिए हम सब उनके आभारी हैं... भाइयों और बहनों, आप सब यहाँ आए... इतनी भारी संख्या में यहाँ आकर आपने यह 'अन्त्योदय-मेला' सफल बनाया, इसके लिए आप सब बहुत धन्यवाद के पात्र हैं ...हितग्राहियों को उनके हितलाभ उनके घर पर पहुँचा दिए जाएँगे..."

सुनकर भीड़ में शोरोगुल की लहर-सी उठी; और उसी के बीच अपनी जगह पर पसरे हुए लुंजे रामगनेस ने अपनी फटी आवाज़ में चिल्लाकर कहा, "तौ हमें झाँ ल्याये काये कों ए...?"

रामगनेस ने अपनी चीखती आवाज़ में जो सवाल जिन लोगों की ओर उछाला था, वह उन लोगों तक पहुँचा ही नहीं; क्योंकि वे बहुत दूरी और ऊँचाई पर बैठे थे! अलबत्ता उसके आसपास उसकी चीखती-फटी आवाज़ सुननेवालों के रोंगटे खड़े हो गये थे!

मुख्यमन्त्री और उनके साथवाले लोग मंच से प्रस्थान कर रहे थे। और डायस से अभी तक मुख्यमन्त्री के आभार में पुनः पुनः कसीदे काढ़ते हुए 'अन्त्योदय-मेला' सम्पन्न होने की घोषणा की जा रही थी।

'मेला' समाप्त हो चुका था।

उसके बाद, किसी को भी उन लोगों की परवाह न थी, जिन्हें वहाँ लाकर दिन भर बैठाए रखा गया था। अब उन्हें उनकी हालत पर छोड़ दिया गया था!

और लोग तो सिर्फ़ परेशानहाल घर लौटे थे; क्योंकि वे अपने पैरों पर थे; पर लुंजे रामगनेस की तो हालत खराब थी!...

बायीं कनपटी पर पड़ती लालटेन की पीली रौशनी में नारायणदा का बूढ़ा चेहरा तपता-सा लग रहा था। उनकी आवाज़ तुर्श थी,'' देखो निरंजन, कोई मुगालता हो तो निकाल फेंको अपने भीतर से! पोथियों में कितनी ही प्रतिज्ञाएँ लिखीं हों, पर सच्चाई यही है कि लोकतन्त्र में लोक के लिए कुछ भी नहीं होता! लोक के द्वारा लोकतन्त्र ज़रूर होता है! पर लोकतन्त्र लोक का नहीं होता, न ही लोक के लिए होता है!...इस्तेमाल होता है... बस, इस्तेमाल होता है, लोक का... और विडम्बना तो यह है कि जो जितना इस्तेमाल करने में माहिर होता है वह उतना ही 'बड़ा' माना जाता है!... गलतफहमियाँ निकाल दो अपने भीतर से निरंजन!'' लगभग चीखे थे नारायणदा।

निरंजन ने एक-एक शब्द गौर से सुना था उनका। और अब वह उन शब्दों की व्यंजना समझने की कोशिश करते हुए उनकी कनपटी पर पड़ती हुई रौशनी को देख रहा था...

5

अँधेरा रात का नहीं, समय का था; और सन्नाटा प्रकृति का नहीं, परिस्थितियों का!

रात के उस अन्धे सन्नाटे को हवेली के द्वार पर आकर रुकी 'सफारी' के घरघराटे ने झकझोर डाला था। 'सफारी' से अपने साथियों के साथ उतरे दलवीर चौधरी ने ज़मीन पर अपना पहला पैर टिकाते ही आवाज़ लगाई थी, ''सन्जुआऽऽ! चल ये सामान ले चल भीतर, कमरा में!''

सन्जू जैसे इसी आदेश के इन्तज़ार में कहीं खड़ा था, आया और गाड़ी से सामान उठाने लगा।

उन दिनों सन्जू हवेली का एक नौकर भर नहीं, बल्कि राधिकारमण चौधरी सहित दलवीर चौधरी, बलवीर चौधरी, विजयवीर चौधरी और रणवीर चौधरी-सभी का अकेला-कॉमन-व्यक्तिगत चाकर-अर्दली-गुलाम-भृत्य भी था। इस कारण उसके सामने इस बात का कोई ठिकाना नहीं होता था कि पता नहीं कौन कब आकर उससे कुछ करने को कहने लगेगा; इसलिये उसकी नींद उसके पास आने से कतराती थी। उसकी आँखें हमेशा खुली रहती थीं। वे कभी आसमान के तारों को ताकती रहती थीं, कभी दालान के पटियों को, और कभी अपने सामने के अँधेरे को!

हवेली के चाकर के रूप में अब उसका 'निवास' हवेली पर ही था-हवेली की बगलवाली दालान में! 'निवास' यानी एक पुरानी-फटी दरी, मिट्टी का एक उखटा घड़ा, और टिन का एक लोटा!...

सन्जू की दुनिया अब एक घेरे में बन्द थी, जहाँ उसका सिर्फ़ एक ही काम था-

काम करना, काम करना और काम करना! वह दिन और रात काम करता था। इसके अलावा उसे और कुछ भी करने की फुरसत नहीं रह गयी थी–यहाँ तक कि खाने-सोने और हगने–मूतने की भी! अब वह खाने के नाम पर टैम-बेटैम कहीं भी उकड़ूँ बैठकर जल्दी-जल्दी रूखा-सूखा खा-पीकर भरपेट-अधपेट हो लेता था; सोने के नाम पर खड़े-खड़े या बैठे-बैठे या कहीं भी टिककर झपकी ले लेता था; नहाने की उसे महीनों से फुरसत न मिली थी- उसकी देह के कपड़े मैल से चिकटकर अधफटे हो गये थे, जिनमें से जगह-जगह से उसका काला शरीर झाँकता था! अपने घर तक पहुँचने की न उसे फुरसत रह गयी थी न मोहलत–महीनों से वह अपनी घरवाली के संग नहीं सोया था! अरसे से उसे अपने माँ–बाप से रू-ब-रू होने का मौका नहीं मिला था!...बस एक बँधी हुई दिनचर्या लगातार उसे अपनी गिरफ्त में कसे रहती थी।...

'सफारी' से उसने, कुछ गत्ते के बन्द डिब्बे, बोतलों का एक टोकरा (क्रेट) और कुछ पॉलीथिन की थैलियों में बन्द सामान-एक के बाद एक ले जाकर कमरे में पहुँचा दिया, और उसके बाद वह वहीं एक ओर खड़ा हो गया।

दलवीर के संगी-साथी कमरे में पहुँचकर सोफों पर पर पसर गये। दलवीर भी एक खाली सोफे पर बैठ गया; तो गैस-बत्ती की दूधिया रौशनी में क्रेट से निकलकर बोतलें बीच की मेज पर नमूदार हो गयीं। ठकाठक गिलास सीधे किए गये। पहली बोतल खुली, गिलासों में गिरी, और टनाटन 'चीयर्स' के साथ साफ़-शफ्फाफ चेहरों के हलकों में उतरने लगी।

थोड़ी देर में दलवीर ने, अर्दली की तरह खड़े सन्जू की तरफ देखा और उससे कहा, "सन्जुआऽऽ! अरे, इधर आ बे; वहाँ काहे खड़ा है?... आ जा-यहाँ बैठ!" उसने बगल के सोफे की तरफ इशारा किया।

पर सन्जू 'बताई गयी जगह' पर बैठने के लिए आगे नहीं बढ़ा-जस का तस खड़ा रहा।

"अबे इधर आ! सुना नहीं तूने?" दलवीर ने भारी पलकों और तेज निगाहों से सन्जू की ओर देखते हुए एक छोटी-सी झिड़की दी।

सुनकर सन्जू कुछ क़दम चलकर दलवीर के पास आ खड़ा हुआ।

"अबे बैठ जा!" कहने के साथ-साथ दलवीर ने सन्जू का हाथ पकड़ उसे सोफे की तरफ खींचकर उस पर लगभग गिरा दिया। सन्जू सँभलकर सोफे के एक कोने पर सिमट गया।

दूसरी बोतल खुलने के साथ-साथ कमरा एक खट्टी और तीखी गन्ध से भर उठा था, और खद्दरी चेहरे अपने मुखौटों से बाहर झाँकने लगे थे! जुबानें लड़खड़ा-लड़खड़ाकर चल रही थीं; आँखें पलकों के बोझ से मुँद-मुँद जा रही थीं; हाथ

लटपटा रहे थे! कहकहे अँधेरे में उड़ते चमगादड़ों की तरह झपट रहे थे; जुमले उल्लुओं की डरावनी आवाज़ों की तरह फ़ज़ा में उभर रहे थे; ठहाके गीधों की उड़ान-ध्वनियों का आभास देते कमरे में मँडरा रहे थे! चेहरे केंचुलें छोड़ रहे थे!

इसी बीच यकायक दलवीर ने अपनी बगल में चुपचाप बैठे सन्जू की ओर देखा और उससे कहा, ''सन्जुआऽऽ, सुनते हैं तेरी लुगाई बड़ी मजेदार चीज है...''

सन्जू ने पल भर को मुँह उठाकर दलवीर चौधरी क चेहरे पर एक निगाह डाली, और वह फिर से पूर्ववत् हो गया।

दलवीर ने आगे कहा, ''देख संजू, तेरे से हम कोई काम नहीं कराएँगे...मजे करना तू...वही करती रहेगी थोड़ा-बहुत काम। ले आ उसको यहाँ। जा! ले आ उसको यहाँ!'' कहकर दलवीर ने सन्जू के कन्धे पर अपना पंजा रख दिया।

सुनकर सन्जू के शरीर में हल्की-सी जुम्बिश हुई और उसने एक बार फिर अपनी लाल रंग की आँखों से दलवीर चौधरी के चेहरे पर देखा, कहा कुछ नहीं।

''ले!'' दलवीर ने अपने हाथ का रंगीन द्रव से आधा भरा गिलास सन्जू की ओर बढ़ा दिया, ''ले, पी!''

सन्जू सिर्फ़ उसे देखता रहा।

''ले नाऽ!'' यकायक दलवीर की आवाज़ ऊँची हो गयी, और उसने गिलास सन्जू के होंठों से सटा दिया, ''पी इसको!''

पर सन्जू के होंठ बन्द रहे। गिलास में से दारू का बहुत-सा हिस्सा उसकी ठोड़ी, छाती पर फैल गया।

''लेऽलेऽ! पी ले इसको ब्हैनचोद!'' एक बहकती-चीखती दहाड़ के साथ गिलास जबरदस्ती सन्जू के होंठों पर उलट दिया गया। पर सन्जू की बत्तीसी नहीं खुली। गिलास की शराब उसकी नाक, ठोड़ी, छाती और टाँगों पर फैलकर रह गयी! कमरे में सन्नाटा पसर गया। सारे चेहरे शवों की तरह मानिन्द खौफनाक होकर मन्त्रबिद्ध-से अपनी-अपनी जगह ही स्थिर बने रहे।

और यकायक सन्जू के कन्धे पर एक ज़ोर का धक्का लगा और वह सोफे से ज़मीन पर मुँह के बल जा गिरा।

इसके साथ ही वहाँ मौजूद तमाम चेहरों से कहकहों का सैलाब बह उठा।

दलवीर को इतने भर से तसल्ली न हुई थी सो वह बौखलाया हुआ उठा, और उसने गिरे हुए सन्जू को, चढ़े हुए जूतों सहित लातों से मारना शुरू कर दिया! सन्जू की देह पर एक के बाद एक लातें मारते हुए वह कहे जा रहा था, ''मेरे बराबर बैठेगा सार!...चल यहाँ से... ढेड़ !...'' और वह लातें मारते-मारते हाँफ गया तो अपने सोफे की तरफ लौट पड़ा।

अनगिनती लातें खाकर भी सन्जू काँख या कराह नहीं रहा था!... वह काला

युवक अपने मजबूत शरीर को सँभालता हुआ सीधा खड़ा हो गया, और उसने अपनी लाल आँखों की एक भरपूर नज़र से वहाँ मौजूद तमाम चेहरों को देखा। उसके बाद वह दृढ़ कदमों से चलता हुआ कमरे से बाहर हो गया।

जब ज़रूरत से अधिक हो गयी लगी तो अगली बोतल नहीं खोली गयी। अब पैकेटों में बन्द खाद्य-सामग्री टेबिल पर आ गयी और उलटे-सीधे हाथों से भकोसी जाने लगी। बातें अब सिर्फ़ 'पार्टी' और राजनीति की थीं! फालतू कोई बात नहीं! मुद्दा यह था कि अब दलवीर चौधरी को हर हालत में किसी भी तरह से 'महामान्या' का विश्वास अर्जित कर लेना है! तभी आगामी चुनाव में उसे पार्टी का टिकट मिल सकेगा!

"देखो भइये! काम तो करना पड़ेगा-लोगों के बीच जाकर!...मेहनत करनी पड़ेगी!..." एक सलाह थी।

"अरे काम से कौन डरता है-काम करेंगे, जनता के बीच में भी जाएँगे...और आज भी जनता के बीच में ही काम कर रहे हैं!" दूसरे ने अपनी बात रखी।

"वो तो ठीक है!...पर काम, और नाम भी!... और इसके साथ ही दाम भी!" एक और सुझाव आया।

"काम तो समझ में आया यार, और दाम भी; पर यह नाम?... नाम का क्या मतलब?...बात साफ हो..." एक शंका खड़ी हुई।

"हाँऽऽ... नाम से मतलब यह कि कभी-कभी काम और दाम से जो बात नहीं बन पाती, वह नाम से बन जाती है..."

"वो कैसे?...अरे साफ-साफ कहो ना!"

"हाँ, साफ यह कि काम करने वाला होने की छवि भी बनानी पड़ती है—यही नाम होना है! नाम करना पड़ता है! यह भी पॉलिटिक्स का हिस्सा है! नाम यानी प्रसिद्धी!...बस यह बात प्रसिद्ध होनी चाहिए कि फलाँ आदमी जनता से जुड़ा हुआ है!... जनता के बीच काम करता है...बस!"

"तो इसका मतलब कि सिर्फ ढोंग कि..."

"अरे नहीं भइया, ढोंग काहे को?...इतना बड़ा 'समाज' है-सदियों से दबे-कुचले लोग हैं, उनकी समस्याएँ समझनी होंगीं, उनसे मिलना-जुलना होगा, और इनकी समस्याओं के समाधान के लिए कुछ करना होगा! तब नाम जरूर होगा!...और एक बार यह नाम हो जाए कि फलाँ आदमी जनता का पक्का आदमी है, तो बस सारे रास्ते अपने-आप खुलते चले जाते हैं...यह राजनीति का खेल ही ऐसा है!"

दलवीर अब तक चुपचाप अपने साथियों की बातचीत को सुन रहा था। अब उसने अपनी बात कहना जरूरी समझा। वह बोला, "देखो, इस बार पूरी उम्मीद है टिकट मिल जाने की!... सभी जानते-पहचानते हैं!... 'महामान्या' के भी चरण-

स्पर्श करने का एक बार मौका मिल चुका है–वर्मा जी ने डाइरेक्ट मिलवा दिया था–धाँसू परिचय दिया था उन्होंने!... वैसे अपने को काम तो करते रहना ही है!...पर किसी भी कीमत पर टिकट लेना है इस बार!''

''टिकट तो ले के रहेंगे!'' एक मजबूत समर्थक-स्वर उठा।

''अरे हाँ, तुम लोगों को बताना भूल गया मैं...'' यकायक दलवीर उत्साहित हो उठा, ''अभी दो-तीन दिन पहले की ही बात है... मैंने एक ऐसा अजीब सपना देखा कि मैं भी दंग रह गया था कि इसका क्या मतलब हो सकता है!...सपने में हुआ यह कि...मेरे शरीर पर खादी के कपड़े नहीं हैं बल्कि हीरे-मोतियों से सजे और सोने-चाँदी के तारों से बने कपड़े हैं—चकमते-दमकते!...पैरों में सुनहरी ज़री के काम और उठी हुई नोंकवाली जूतियाँ हैं...कमर पर चमचमाते म्याँन के भीतर तलवार लटकी हुई है!...और इतना ही नहीं, क्या देखा कि मेरे सिर पर काले लम्बे-चिकने बालों के ऊपर सोने का रत्न-जड़ित मुकुट बँधा हुआ है!...''

''बस हो गया काम समझो!...और क्या मतलब है इसका!...मतलब साफ है!'' सारे लोगों के चेहरे गैस-बत्ती की रौशनी में दमक उठे थे।

...रात धीरे-धीरे गहरी होती जा रही थी।

और दलवीर चौधरी के हाथों-लातों से पिटकर गये सन्जू की कैफ़ियत यह थी कि उस समूची रात उसकी आँखों में नींद का एक छींटा तक नमूदार न हुआ थ। उस रात दालान के अँधेरे में दरी पर बिफरे पड़े हुए उसके भीतर लगातार एक भयानक तूफान घरघराता रहा था!...''

...सन्जू को गाँव में आए लगभग चार साल, और राधिकारमण चौधरी उर्फ़ विधायक जी के काम पर लगे तकरीबन दो साल हुए थे। सन्जू वल्द राघौ कहार!

करीब चार साल पहले राघौ कहार अपने दूरदराज स्थित गाँव से अपने तीन और साथियों के साथ सिपौली में मजूरी करने आया था। उस समय उसने राधिकारमण चौधरी उर्फ़ विधायक जी के यहाँ मजूरी पाई थी। उनके खेत काटे थे, फिर खलिहान उठाया था। राधिकारमण चौधरी राघौ और उसके साथियों की मेहनत देखकर ऐसे खुश हुए थे कि उनके जाते वक़्त कहने लगे थे, 'रघुआ, तुम लोग यहीं काहे नहीं रह जाते?... काम करते रहना हमारे यहाँ तुम लोग...!''

यह सुनकर राघौ और उसके साथियों ने निगाह उठाकर राधिकारमण चौधरी के मुँह की ओर देखा था। राधिकारमण चौधरी कुर्सी पर बैठे हुए उन सबकी ओर ही देख रहे थे-जैसे उनके जवाब की बाट जोह रहे हों। यह देखकर राघौ ने कहा था, ''मालिक हमें तौ कहूँ मजूरी कन्नों और पेटु भन्नों, पै पीछें अपनी मेहरारू और

बाल-बच्चा छोड़ि कें आए रहे...!''

''अरे तो जाओ और उन्हें भी ले आओ यहीं!'' राधिकारमण चौधरी ने तुरन्त कहा, ''हमारे यहाँ काम की कमी नहीं रहेगी। वे भी लगे रहेंगे!''

सुनकर चारों ने एक-दूसरे की आँखों में देखा, और जैसे आँखों ही आँखों में एक-दूसरे से कह दिया था, 'ठीक ही तो कहि रहे हैं मालिक!'

और कुछ ही दिनों में औरतों-बच्चों के साथ आ गये थे वे चौधरी की शरण में। चौधरी ने उन्हें हवेली के पास पड़ी ज़मीन का एक कोना बस जाने के लिए बता दिया था। वे वहाँ कच्ची मँड़इयाँ उठाकर बस गये और चौधरी के स्थाई मजूर बन गये थे।

उसके बाद राघौ को राधिकारमण चौधरी के यहाँ काम करते अभी लगभग दो ही साल बीते थे कि उसे लगने लगा था कि वह बूढ़ा गया है! दरअसल मजूर की उम्र कहाँ गुज़रती है। उसकी तो देह गुजरती-छीजती-घिसती और मिटती है, और यही उसका बूढ़ा हो जाना होता है! राघौ के साथ भी यही हुआ था। वह भेड़-जैसी आँखोंवाला आदमी लगातार काम करता हुआ 'बूढ़ा' हो उठा था और उसे अपने 'बूढ़े' होने का अहसास भी होने लगा था। देह साथ न देती थी उसका!

पर उसे तसल्ली इस बात की थी कि उसका बेटा जवान हो गया था! उसका बेटा संजू!

सन्जू का रंग काला स्याह था। लगभग उलटे तवे के रंग-जैसा! और शरीर पत्थर की तरह मजबूत! कद मँझोले और औसत के बीच का। चेहरा भोला-जैसा बछड़े का होता है। उसके भोले चेहरे पर उसकी आँखें किसी काले पत्थर पर जड़े दो अंगारों की तरह लगती थीं! असल में जनम से ही उसकी आँखें लाल थीं। उसके माँ-बाप का रंग काला ही था, इसलिये उसका रंग उन्हें बिलकुल नागवार न लगा था! पर उसकी आँखें देखकर तो वे भी हैरान रह गये थे—ऐसी लाल आँखें, जैसे लाल मोती हों! मोती जो माला में डालकर गले में पहने जाते हैं!

तो ऐसा लाल आँखों वाला बेटा, माँ-बाप-खासकर बाप के लिए ख़ुशी का कारण था। सन्जू की उम्र जैसे-जैसे बढ़ती गयी थी वैसे-वैसे उसका शरीर पुष्ट और पुख्ता होता गया था-यह बाप के लिए ख़ास ख़ुशी की बात थी!

...और एक दिन सन्जू ने बाप की खुशी को साकार कर दिया था—बाप की जगह पर खुद चौधरी उर्फ विधायक जी के काम पर जाकर!

और कुछ ही समय में वह चौधरी की हवेली का पक्का कामगार हो गया था!

वह काम के मामले में अचूक निकला था। हर काम वह पूरा मन लगाकर करता था। जिस भी काम में उसे लगा दिया जाता था, उसमें वह घोड़े की तरह जुत जाता था और तब तक जुता रहता था जब तक उस काम को पूरा नहीं कर डालता था।

बेशक उस काम के खत्म होने के बाद उसे किसी दूसरे काम में जोत दिया जाता था; पर इस कारण से वह कोई हीला-हवाला न करता था और बाखुशी उस काम में जुत जाता था और तभी दम लेता था जब उस काम को भी तमाम कर लेता था।...

इस तरह से करीब एक साल बीत गया सन्जू को हवेली पर काम करते। उसकी उम्र उन दिनों पच्चीस के करीब थी। उसकी दाढ़ी-मूँछ आ चुकी थीं और बाँहों के माँस की मछलियाँ बन जाती थीं। वह प्रायः हवेली के किसी न किसी काम में लगा पाया जाता था, पर हवेली का काम जैसे उसके सामने बौना ही बना रहता था। यह देखकर उसके माँ-बाप अपना जीवन सकारथ मानते थे।

एक दिन सन्जू का बाप राघौ अपनी मँड़इया से चलकर, हवेली के द्वार पर कुर्सी पर बैठे राधिकारमण चौधरी की पाँयलागी के बाद उनके सामने जा बैठा; और कुछ देर बैठने के बाद उनसे बोला था, ''मालिक, अगर रुपइया-पइसा की बिवस्था है जाइ तौ सन्जू के ब्याह की जुगाड़ लगावें...मोंड़ा अब ब्याह लाइक है गऔ... औ हम दोऊ बूढ़े।...''

''कितना लगेगा?'' राधिकारमण चौधरी ने राघौ की तरफ देखते हुए कहा था।

इतना सुनना था कि राघौ की आँखों में खुशियों के फूल खिल उठे थे। मतलब वह समझ रहा था कि मालिक तैयार हैं।

''जादा की हैसियत कहाँ मालिक...बस्स...'' राघौ ने बता दिया था।

''हो जाएगा!'' राधिकारमण चौधरी ने कहा,'' पर लिखतम करना पड़ेगी!''

''ठीक है मालिक...''

और कुछ महीनों के भीतर ही सन्जू का ब्याह हो गया था। ब्याह के दिन सन्जू नीला पेन्ट और हरी बुश्शर्ट पहनकर, कन्धे पर पीला पिछौरा लटकाकर दूल्हा बना था, और कुछ बारातियों के साथ गाँव के बीच से निकला था। तब लोग उसे देख-देखकर खूब हँसे थे। काली देह और लाल आँखों के साथ दूल्हे की पोशाक में वह कुछ अजीब-सा लगा था लोगों को। पर अपनी देह और आँखों के बाबत उसका क्या कसूर था! दूल्हा बनने का मौका उसे उसके माँ-बाप ने दिया था और उससे पहले, उसकी शकल-सूरत भी उन्हीं की दी हुई थी!

बहरवाल, वह दूल्हा बनकर गया था, और अगले दिन एक लम्बी लाज काढ़े दुल्हन को लेकर वापस आ गया था।

दुल्हन लाज के भीतर थी, तब तक गनीमत थी; पर जब वह लाज के भीतर से निकली तो उसे देखकर वह दंग रह गया था। वह गोरी मैम तो न थी, पर कोई 'काली-कलूटी' भी न थी। वह गेहुँआ रंग की हूर थी जैसे! यही लगा था उसका मुँह देखकर उसे।

उसने कभी स्कूल नहीं देखा था; उसने कभी शहर नहीं देखा था; उसने कभी

सिनेमा नहीं देखा था; पर उसने औरत को देख लिया था! औरत, जिसकी खातिर गिरवी रख दिया था उसे–उसके बाप ने, चौधरी राधिकारमण के यहाँ!

और ब्याह के बाद सन्जू एक ऐसा 'चाकर' बन गया था, जिसके पैरों में बेड़ियाँ थीं...

6

पिछले कुछ समय से निरंजन के भीतर सवालों की भीड़ उमड़ रही थी; और उन सभी सवालों का सार अन्ततः एक सवाल में सिमट जाता था कि 'आखिर यह क्या हो गया है गाँव को... ?'

एक दिन जब उसने अपनी यह 'सवालिया मुश्किल' नारायणदा के सामने रखी, तो थोड़ी देर तक तो अपने–आप में खोए–से रहे थे वे; उसके बाद बोले थे, "देखो निरंजन, यह जो कुछ भी हो गया है गाँव को, वह समय के द्वारा किया गया है! समय के द्वारा किया गया परिवर्तन है यह! समय के साथ परिवर्तन तो होता ही है; उसमें कुछ भी विशेष बात नहीं होती...वह तो सहज होता है! पर समय के द्वारा किया गया परिवर्तन दिखाई देता है... मैंने सुना–पढ़ा है कि यह समय 'उत्तर आधुनिक' है... एक और शब्द पड़ता रहता हूँ—भूमंडलीकरण...ग्लोबलाइजेशन!... इन शब्दों के ठीक अर्थ तो मेरी समझ में नहीं आते! पर उससे क्या? जो दिखाई देता है, वह तो न समझ में आनेवाला नहीं है!... समय ने ही यह किया है कि गाँव की आत्मा मर गयी; और एक ढाँचा बचा रह गया है! गाँव सूना हो गया है! इसलिये नहीं सूना हो गया है कि इसमें आदमियों की कमी हो गयी है... यह तो आदमियों के रहते ही सूना हो गया है..."

सुनकर निरंजन को लगा था कि नारायणदा ने अपनी तरह से जैसे उसके ही भीतर की बात कही है...

गर्मियाँ निकलने के बाद, बरसात का चौमासा भी निकल गया था। इस साल वर्षा कुछ ऐसी हुई थी कि उसने किसानों को बीच–बीच में खेतों की जुताई करने का अवसर ही न दिया! आधे आषाढ़ से वर्षा होनी शुरु हुई तो उसके बाद क्वार लगते तक हर दूसरे–चौथे रोज़ होती रही; और खेतों की जुताई नहीं हो पाई। नतीजन खेती–किसानी करनेवालों के भीतर निराशा थी। किसान लोग जानते थे कि जितनी अधिक बार ज़मीन की जुताई हो जाती है, फ़सल उतनी ही अच्छी होती है! जुताई हो, फिर पानी बरसे, फिर जुताई हो, फिर पानी बरसे, फिर जुताई हो, फिर पानी बरसे, फिर जुताई हो...तो ज़मीन अपने भीतर अच्छी तरह से पानी धारण कर लेती है और उसकी नमी–धारण–क्षमता बढ़ जाती है; फलस्वरुप अच्छी फ़सल और

ज़्यादा पैदावार होती है; पर इस साल अच्छी फ़सल की सम्भावना न थी। लेकिन किसान के पास खेती करने के अलावा और कोई चारा भी तो नहीं होता–उसे मूँड़ तो धरती पर ही पटकना होता है। इसलिये निराशा के बावजूद गाँव के छोटे–बड़े सभी काश्तकारों ने ज़मीन को जैसे–तैसे सँभालकर–दो–तीन बार जुताई कर, पाटा चलाकर—उसमें सरसों की बोनी कर दी थी!...

चर्चा चलने पर निरंजन से एक दिन नारायणदा कह रहे थे, ''किसानों की मेहनत का अन्दाज़ा शायद तुम्हें भी नहीं होगा...आज से पच्चीस–तीस साल पहले तक किसानी बहुत मेहनत का काम थी...उस समय सारे काम किसान को अपने हाथों से करने पड़ते थे और उसकी मेहनत के साथी होते थे बैल, और हल–बखर जैसे औज़ार!... इसीलिये किसान साल में एक बार दिवाली के त्योहारी दिनों में हल–बखर और बैलों की पूजा करता था...हल–बखर को बाकायदा हल्दी–रोली लगाकर और पुआ–पूड़ी देकर पूजा जाता था–पुआ–पूड़ी हल की फाल और बखर के दतुओं में बेधकर उन्हें अर्पित किए जाते थे। और बैलों की पूजा उनके सींग रँगकर, उन्हें सजाकर और उन्हें पुआ–पूड़ी खिलाकर, उनके माथे पर हल्दी–रोली का तिलक लगाकर की जाती थी। असल में किसान द्वारा अपने हल–बखर एवं बैलों की 'पूजा' करना कोई कर्मकांड–जैसी चीज नहीं थी, बल्कि यह इस देश की कृषि–संस्कृति का एक आभारपूर्ण आयोजन होता था, जिसमें कृषि–उपकरणों सहित उन पशुओं तक का आभार मानने की बात थी, जो मनुष्य यानी किसान के उसके कार्य में सहायक थे!...पर अब किसान के भीतर वह कृषि–संस्कृति रही नहीं! अब तुम्हें गाँव भर में ढूँढ़े से एक बैल भी नहीं मिलेगा! हल–बखर लोगों ने जलावन के काम ले लिये!..सारा खेती का काम मशीन पर निर्भर हो गया है अब। बैलों और हल–बखर की जगह ट्रैक्टर आ गया!... तुम सोच रहे होगे कि ट्रैक्टर आने से काम आसान हो गया, यह अच्छी बात है! पर यह उसका एक पहलू है; दूसरा पहलू यह है कि इस मशीन के आने से किसान आलसी हो गया, मेहनत से जी चुराने लगा! छोटे–छोटे दो–दो चार–चार बीघा के किसान भी अब भाड़े पर ट्रैक्टर लेकर खेती कराते हैं। यह खेती करना नहीं,कराना है! और इस कराने की वजह से खेती की लागत बढ़ गयी है! देख तो रहे हो, डीज़ल के भाव कहाँ पहुँच गये हैं! डीज़ल के भाव बढ़ने के साथ ट्रैक्टर का भाड़ा बढ़ा है!...बढ़ेगा ही! डीज़ल के भाव बढ़ने के साथ खेती की लागत बढ़ती है! बैलों के साथ खेती करने में डीज़ल के बढ़ते भाव की समस्या नहीं थी। बैलों को चारा भी खेतों और मेंड़ों से मिल जाता था...और किसी खेत के कोने या मेंड़ किनारे जोत आ जाने पर, पहले किसान अपने हल–बैल लेकर उतनी ही जगह जोत आता था, पर ट्रैक्टर तो खेत को जोतने के लिए तभी ले जाया जाता है जब पूरे खेत में जोत पड़ी हो! ट्रैक्टर छोटे किसानों के लिए मुफीद है

ही नहीं, वह तो उन किसानों के लिए है जो किसान के नाम पर 'ज़मींदार' हैं; यानी सैकड़ों बीघा खेती के किसान हैं!..."

अब अगहन का महीना चल रहा था। इन दिनों खेती-किसानी का कोई काम नहीं चलता, इसलिये हर साल मज़दूर वर्ग के लोग काम की तलाश में शहर जाने लगते हैं। इस साल फ़सल के रंग-ढंग ठीक नहीं थे, इसलिये मज़दूर ही नहीं, भविष्य की चिन्ता से ग्रस्त दो-दो चार-चार बीघा काश्तवाले छोटे किसान भी शहर में मज़दूरी करने के लिए चले गये थे। इसलिये गाँव में सूनापन व्यापा रहता था।

निरंजन को लगता था कि गाँव जैसे 'उजाड़' हो चुका है! ईंट-पत्थरों, चूना-सीमेंट, माटी-गारे से बने मकानों-मँड़इयों की उपस्थिति मात्र! इनसानी उपस्थिति कम तो हुई ही थी; अलबत्ता जितनी थी वह भी इनसानी रस और गर्मजोशी से कोसों दूर लगती थी उसे।

गाँव में इन दिनों बिजली नहीं थी। मजे की बात यह कि अब से तकरीबन बीस-पच्चीस साल पहले गाँव में बिजली आती थी। उन दिनों गाँव भर में खड़े खम्भों पर खिंचे तारों में रात-दिन बिजली की धारा बहती थी, जिससे घरों में बल्ब जलते थे, और कुछ घरों में 'रामायण' और बाद में 'महाभारत' देखे जाते थे! खम्भे तो अभी भी गाँव भर में गड़े थे, पर उन पर अटके तार कहाँ चले गये, किसी को पता नहीं!

किसी समय माधौ पांडे के जिस घर में गाँव के लोगों ने ब्लैक एंड व्हाइट टी वी पर 'रामायण' और 'महाभारत' देखे थे; उस घर के बाहरी दालान में अब माधौ पांडे का पोता, छत पर लगवाये गये 'सौर ऊर्जा संयन्त्र' से चार्जित बैटरी से चलनेवाले रंगीन 21 इंची स्क्रीनवाले टी वी सेट पर सी डी प्लेयर के माध्यम से फ़िल्में दिखाने का धन्धा करता था—एडल्ट फिल्में! दस रुपये फ़ी हैड की शुल्क दर पर रोज़ रात गये चलनेवाली फ़िल्मों को देखनेवालों का टोटा नहीं पड़ता था। माधौ पांडे के पुत्र गौटू पांडे का सुपुत्र बंटी पांडे रोज मोटरसाइकिल से शहर जाता था और बदल-बदलकर सी डी लाता था। रात को उसके दालान में रखे टीवी के सामने बैठनेवालों से दालान का कोना तक भर जाता था। दर्शक होते थे 16-17 से लेकर 30-35 साल के जवान, नौजवान! यह गाँव का वह अनपढ़-कुपढ़ भविष्य था जो सस्ते मोबाइल-फोन-सैटों से जुड़े डिवाइस की घुप्पियाँ कानों में फँसाए फिल्मी गाने सुनते हुए, दिन भर शहर में बेलदारी करता था; और शाम को मजूरी के डेढ़-दो सौ रुपये जेब में डालकर गाँव लौटता था; अथवा किसी आसूदा परिवार का होने के चलते दिन में गाँजे की चिलम लगाने के अड्डों पर मिलता था और दिन मुँदते ही देसी दारू का 'पाउच' काट गले के भीतर उँड़ेल लेता था...

दारू के ऐसे गुप्त और अवैध अड्डे गाँव में धड़ल्ले से चल रहे थे, जिन पर

निकटतम ठेके से, पेटियाँ पहुँचाई जाती थीं। शराब का यह गुप्त और अवैध कारोबार गाँव में गाहे-ब-गाहे दौरा करनेवाले स्थानीय थाने के थानेदार—दीवान-हवलदार-सिपाही की पुलिसिया आवभगत के साथ फल-फूल रहा था!...

रामगनेस जाटव 'अन्त्योदय-मेला' से लौटने के बाद से ही बीमार पड़ा हुआ था। 'मेला' से लौटते ही उसने खाट पकड़ ली थी जिसे अब तक नहीं छोड़ पाया था। उसे 'मेले' में मिलनेवाली तिपहिया हथसाइकल (ट्रायसाइकिल) अभी तक नहीं मिली थी। वह खाट में पड़ा हुआ, सरकार के नाम पर खरी-खोटी सुनाता और लोगों को गालियाँ बकता रहता था!

टुंडा भोई, गोपा तेली, रूपा पंडित और बिटोलीबाई जाटव को भी उनके बी पी एल कार्ड अभी तक नहीं मिले थे! अलबत्ता गाँव के सरपंच निहालसिंह के छोटे बेटे जरदान सिंह और राधिकारमण चौधरी के तीसरे बेटे विजयवीर चौधरी सहित उन सात लोगों को बी पी एल कार्ड मिल गये थे, जिनके परिवार के पास पक्के मकान, बन्दूक, मोटरसाइकल, ट्रैक्टर और 'फोर व्हीलर' सवारी वाहन तक थे। इस तरह के 'सम्पन्न' लोग अपने परिवार के किसी व्यक्ति को बी पी एल कार्ड दिलवाने हेतु ऐसी युक्ति का इस्तेमाल करते थे कि 'साँप भी मर जाइ, और लाठी भी न टूटे!' मसलन उस व्यक्ति की रिहाइश, 'हवेली' या 'पक्के मकान' में होने के बावजूद, मकान के आसपास बनी किसी खपरैल या मँड़ईया अर्थात कच्चे घर में बता बता दी जाती थी; एवं परिवार के पास करोड़ों की सम्पत्ति होने के बावजूद, उसे किसी भी सम्पत्ति का मालिक नहीं होना साबित किया जाता; जिससे वह 'ग्रामीण क्षेत्र में गरीबी रेखा के नीचे जीवन यापन करनेवाले परिवारों' के लिए बनने वाली प्राप्तांक आधारित सूची में जगह पाने का पात्र बन जाता!...

...'अन्त्योदय मेला' के अगले दिन, स्कूल के शिक्षकों ने पीले-पतले कागज पर छपे 'प्रमाण-पत्र', जो उन्हें प्रशिक्षणवाले दिन ही उपलब्ध करा दिए गये थे, सम्बन्धित हितग्राहियों को दे दिए थे—जैसी कि उन्हें हिदायत दी गयी थी...

'प्रमाण-पत्र' लेते वक़्त कइयों ने उनसे शिकायती लहज़े में कहा कि जब ये प्रमाण-पत्र यहीं देने थे तो वहाँ (अन्त्योदय-मेला में) काहे को ले गये थे? ...तो चारों शिक्षकों में से अकेले रामलखन माट्साब अपराध-बोध से भरी विनम्रता ओढ़कर जवाब देते थे, "क्या कहें भैया, हमें सब मालूम था कि मेला में किसी को कुछ मिलनेवाला नहीं है...भीड़ जुटाने की कवायद है सब!...पर हम क्या करते? हमारे भी बाल-बच्चे हैं, तो नौकरी तो करनी ही है, सो हमें तो जैसा आदेश मिला था, हमने तो उसी का पालन किया...सरकारी कर्मचारी हैं, सरकार से तनखा पाते हैं, तो सरकार की बजानी पड़ेगी कि नहीं!" कहते हुए खिसियाहट में उनके दाँत दिखाई देने लगते थे।

'प्रमाण पत्र' पानेवाला, अपने 'प्रमाण-पत्र' में छपी-लिखी इबारत को पढ़ता या पढ़वाता था जो (हितग्राही के नाम और पिता के नाम आदि के अलावा) इस प्रकार थी :

न्यायालय तहसीलदार तहसील................

जिला..................

ग्राम में आबादी के भूखंडधारक का

प्रमाण पत्र

एतद् द्वारा यह प्रमाणित किया जाता है कि ....पुत्र.......................... निवासी ग्राम .... पटवारी हल्का क्रमांक................ तहसील.................. जिला.......................... को ग्राम.............................. पटवारी हल्का क्रमांक................तहसील..................में स्थित आबादी खसरा क्रमांक..............में नीचे लिखे भूखंड का भूमिस्वामी अधिकार प्राप्त है।

यह स्थल उसके द्वारा या उसके उत्तराधिकारियों एवं स्वत्वाधिकारियों द्वारा ....भूराजस्व संहिता 1959 (1956 का क्रमांक 20) के उपबन्धों के अधीन धारण किया जाएगा। यह प्रमाणपत्र भविष्य में ग्राम की आबादी के विस्तृत राजस्व सर्वेक्षण होने पर तैयार अभिलेख के अध्यधीन होगा।

भूखंड की चतुर्सीमा	क्षेत्रफल (वर्गमीटर में)	लम्बाई-चौड़ाई (मीटर में)
पूरव में ...	....	....
पश्चिम में...		
उत्तर में...		
दक्षिण में...		

दिनांक...

मुद्रा : राजस्व निरीक्षक पटवारी तहसीलदार

लोगों को दिए गये उक्त 'प्रमाण-पत्र' नामवाले 'कागजों' के लिए कुछ पीले-पतले कागजों और उस पर छपाई के अलावा शासन का कुछ भी खर्च नहीं हुआ था! क्योंकि गाँव में अपने-अपने घर में हर कोई बाप-दादा के जमाने से पुश्त-दर-पुश्त रहता आया था और उन पर काबिज होकर मालिकाना हक रखता था! भले ही अब तक किसी के पास मालिकाना हक सम्बन्धी 'प्रमाण-पत्र' न था; फिर भी इस कारण किसी ने किसी को बेदखल नहीं कर दिया था! तो सत्ताधारी हुक्मरान ने यह सोचकर कि 'हल्दी लगे न फिटकरी और रंग चोखा आ जाए', गाँव में पुश्तों से अपने-अपने घर में रहनेवालों को एक पीले-पतले कागज पर काली स्याही से छपा 'प्रमाणपत्र' नाम का एक पुरजा पकड़ा दिया था कि लो 'अब तुम इस भूखंड के मालिक हो'; जैसे पहले मालिक नहीं, किरायेदार थे!...वाह!...

स्कूल के दो शिक्षक हैरान थे कि उनके पास एक-एक ऐसा 'प्रमाणपत्र' बचा

रह गया था, जिसमें लिखे हुए नामोंवाले हितग्राही सिपौली गाँव में थे ही नहीं! जबकि उन प्रमाणपत्रों को भी तहसीलदार, राजस्व निरीक्षक और पटवारी के हस्ताक्षरों के साथ जारी किया गया था। गाँव के लोगों से दरयाफ्त करने पर, उन्हें बताया गया था कि इन नामों के तो कोई आदमी न वर्तमान में गाँव में हैं, न ही दस-बीस साल पहले गाँव में थे!

निरंजन को लगता था कि गाँव जैसे किसी जंगल में तब्दील हो गया है, जहाँ या तो शिकार होते हैं या शिकारी! जो ताकतवर होता है वह अपने से कम ताकतवर को अपना 'शिकार' मानता है। सम्भवतः शहर अभी इतना 'जंगल' नहीं हुआ है, जितना गाँव! शहर की दूसरी समस्याएँ और खामियाँ हैं। मसलन, शहर में रहनेवाला आदमी अपने ऊपर एक खोल चढ़ा कर रहता है—पड़ोस में खड़े-पड़े आदमी से भी निरपेक्ष -राग-विराग से दूर। पर यहाँ शिकारी और शिकार; शिकार और शिकारी...!

7

अब अखिलेश पंडा 'श्रीरामजानकी सरकार' था! और 'महाराज जी' के नाम से सम्बोधित होता था। अब उसके पास 'मारुति 800' के स्थान पर नयी 'स्कॉर्पियो' थी। उसकी एयरकंडीशंड' स्कॉर्पियो जब भी आश्रम उर्फ़ 'श्रीरामजानकी धाम' पर पहुँचती थी, तब वह भक्तों की भीड़ से घिरी होती थी। सिपौली का ही मूल निवासी और शहर में एक बड़ी प्रॉपर्टी पर काबिज़ अखिलेश पंडा उर्फ़ 'रामजानकी सरकार' की शहर और गाँव के बीच आवाजाही अमूमन दूसरे-तीसरे रोज होती रहती थी। इसके साथ 'स्कार्पियो' में चार-छह मुस्टंडे किस्म के लोग हमेशा होते थे, जिनमें से ज्यादातर राइफल या रिवॉल्वर धारी होते थे। अब ऊँचा रसूख था अखिलेश पंडा के पास। क्षेत्र के विधायक, सांसद, जिले के क्लैक्टर, पुलिस कप्तान से लेकर प्रदेश के मन्त्रियों ही नहीं, मुख्यमन्त्री तक का सम्पर्की था वह। कोई न कोई मन्त्री तो आए दिन उसके 'आश्रम' पर आता ही रहता था। दो-तीन बार तो मुख्यमन्त्री भी 'आश्रम' का दौरा कर चुके थे! अखिलेश पंडा उर्फ़ 'श्रीरामजानकी सरकार' यदि किसी व्यक्ति का कोई काम मुख्यमन्त्री से भी कह देता तो मुख्यमन्त्री को वह काम करना ही होता था। किसी भी विभाग के मन्त्री को अखिलेश पंडा का एक फोन कर देना ही काम हो जाने की गारंटी होता था। सम्भाग या जिले के आला अधिकारी तो उसे अपना शरण्य ही मानते थे। किसी भी आला अफसर का ट्रांसफर होना या रुकना उसके एक इशारे भर से सम्भव हो जाता था। अफसरों की हाज़िरी गाहे-बे-गाहे आश्रम पर होती ही रहती थी। क्षेत्र के लोगों के लिए सर्वाधिक प्रतिष्ठापूर्ण मगर मुश्किल काम था बन्दूक या पिस्टल या रिवाल्वर का लाइसेंस प्राप्त

करना! वह काम अखिलेश पंडा के इशारे भर से आसान हो जाता था। 'भक्त' लोगों के और भी अनेक तरह के मसले अखिलेश पंडा चुटकियों में हल करने की सामर्थ्य रखता था। इसीलिये 'भक्तों' का जमावड़ा हमेशा उसके साथ और आसपास बना रहता था। अब देखने में किसी सन्त-महात्मा—जैसा ही लगता था अखिलेश पंडा। शरीर पर रेशमी-पीली धोती और बारहबन्दी; पैरों में गद्दी के चप्पलें; सिर पर खुले रँगे-लम्बे पीछे को लटकते स्याह केश; उजले-गोरे माथे पर चन्दन का तिलक और बारहबन्दी के कॉलर तक तराशी हुई दाढ़ी! यह था अखिलेश पंडा उर्फ़ 'श्रीरामजानकी सरकार' का दैहिक व्यक्तित्व!

एक समय जिस राजनैतिक दल के एक कार्यकर्त्ता के तौर पर कोई ऊँची हैसियत पाने के लिए अखिलेश पंडा ने तरह-तरह के पापड़ बेले थे, अब उसी राजनैतिक दल की सरकार के लिए वह 'श्रीरामजानकी सरकार' की हैसियत में था!

ऐसा किसी चमत्कार के कारण नहीं हो गया था, बल्कि एक प्रकार के अदृश्य-अघोषित समझौते के तहत हुआ था। राजनीति अखिलेश पंडा का, और अखिलेश पंडा राजनीति का—परस्पर इस्तेमाल कर रहे थे! राजनीति अपनी वोट-बटोरू 'प्रमेय' को हल करने के लिए अखिलेश पंडा का 'सूत्र' की तरह उपयोग कर रही थी; और अखिलेश पंडा अपनी 'औक़ात' बढ़ाने के 'फॉर्मूले' के तौर पर राजनीति का उपयोग कर रहा था। 'धर्मप्रेमियों'; बल्कि 'धर्मभीरुओं' के इस देश की 'राजनीति' कभी किसी 'धर्म' के विरुद्ध नहीं जाती-भले ही वह 'धर्म', धर्म का मुखैटा ही क्यों न हो! इस देश की 'राजनीति' के लिए 'धर्म' भी एक वोट-बैंक का काम करता है! प्रदेश की सत्तासीन 'राजनीति' जानती थी कि अखिलेश पंडा के नये अवतार उर्फ़ 'श्रीरामजानकी सरकार' का धर्मान्ध और भुक्खड़ जनता के बीच रसूख 'यज्ञ' और 'भंडारे' के बाद इतना बढ़ गया है कि उसकी एक पुकार पर सत्तर-पचहत्तर फ़ीसदी इलाका उसके पीछे खड़ा हो सकता है! और बस, एक अघोषित-अदृश्य समझौता लागू था—'राजनीति' अपना काम कर रही थी; और अखिलेश पंडा अपना काम कर रहा था!...

एक दिन चर्चा निकलने पर नारायणदा ने अखिलेश पंडा के बारे में निरंजन को बताया था, "जिस आश्रम पर इसने कब्जा कर रहा है, वहाँ एक जमाने में भक्ति-भजन और पूजा-प्रार्थना का ऐसा वातावरण हुआ करता था कि गाँव के लोग भूल गये थे कि मन्दिरों में मूर्तियाँ रहती हैं! उन्हें तो मन्दिरों में साक्षात भगवान ही बसते नज़र आते थे!...और जो बाबा वहाँ रहते थे उनके बारे में एक किम्वदन्ती प्रचलित थी इलाके में कि वे तीन साल की उम्र में ही वैरागी हो गये थे और उसके बाद कई बरसों तक जंगल में जाकर तपस्या करते रहे थे! तभी एक दिन उन्हें हनुमान जी ने साक्षात दर्शन दिए और उनसे कहा था, 'तुम्हारी भक्ति से मैं प्रसन्न हूँ और मैं प्रसन्न

तभी होता हूँ जब मेरे स्वामी श्रीराम जी प्रसन्न होते हैं, तुमने मेरे स्वामी की बहुत भक्ति की है इसलिये उन्होंने मुझे तुम्हारे पास भेजा है कि मैं तुम्हें उनकी इच्छा बताऊँ...श्रीरामजी की इच्छा है कि तुम सिपौली नाम के गाँव में जाकर वहाँ के ग्रामवासियों के सहयोग से एक मन्दिर बनवाओ, जिसमें श्रीरामजी, श्री लखनलालजी और श्री सीताजी के विग्रह होंगे! और उस मन्दिर के पास ही बनवाओ हनुमान-गढ़ी, जिसमें मेरा विग्रह होगा! और मेरा नाम होगा 'चिन्ताहरण हनुमान'।...मैं पूरे गाँव के वासियों की चिन्ता दूर करूँगा!...और आज से तुम्हारा नाम हुआ 'रामजानकी दास'!' और इतना कहकर हनुमान जी अन्तर्धान हो गये थे। उसके बाद बाबाजी यहाँ आ गये थे—रामजानकीदास बनकर। फिर जो हुआ वह आश्रम के रूप में सबके सामने आया.. बाबा रामाजनकीदास का कुछ ऐसा भक्ति-प्रताप गाँव और इलाके पर रहा कि आश्रम के साथ धन-सम्पत्ति और ज़मीनें जुड़ती चली गयीं। बाबा रामजानकी-दास ने लोगों से प्राप्त दान-दक्षिणा से आश्रम के आसपास की कई बीघा जमीन खरीद ली, जिसका मालिकाना हक जिला पंजीयक कार्यालय की पंजिका में 'श्रीरामजानकी' के नाम पर दर्ज है!...अब 'श्रीरामजानकी' तो मन्दिर में स्थापित मूर्तियों के नाम हैं—किसी इन्सान के नहीं!...तो इस अखिलेश पंडा की निगाह उस ज़मीन-जायदाद और सम्पत्ति पर थी जिसके मालिक 'श्रीरामजानकी' थे! और उसने युक्ति भी ऐसी लगाई कि इस 'हड़प-नीति' पर किसी ने चूँ तक नहीं की..."

...बाबा रामजानकीदास जब वृद्धावस्था से जर्जर-जीर्ण और बीमार होकर आश्रम की अपनी 'विश्रान्ति' में बिछे तख्त के गद्देदार बिस्तर पर ही मल-मूत्र त्यागने की अशक्तावस्था में पहुँच गये, तब एक दिन अखिलेश पंडा की 'मारुति 800' आश्रम के द्वार पर आकर रुकी थी; और अखिलेश पंडा ने अपने-आपको बाबा की 'सेवा' में समर्पित कर दिया था! बाबा के अन्य सेवकों के बीच वह जैसे उनका प्रमुख सेवक बन बैठा था! 'मारुति 800' रोज शहर जाती और बाबा की सेवा-सुश्रूषा के साधन लेकर आश्रम आती रही; और अखिलेश पंडा ने बाबा का तख्त नहीं छोड़ा। लगभग पन्द्रह-बीस दिनों तक इसी तरह चलता रहा। उसके बाद अखिलेश पंडा बाबा को अपनी 'मारुति 800' में डाल कर इलाज कराने के लिए शहर ले गया था। सभी से यह कहकर कि 'अब बाबा की इलाज शहर के किसी अच्छे अस्पताल में करवाऊँगा!'

उसके बाद बाबा आश्रम पर कभी नहीं लौटे। अलबत्ता तकरीबन महीना भर बाद उनकी मृत देह आश्रम पर लाई गयी थी। उसके बाद वैष्णव सम्प्रदाय की रीति-अनुसार उनकी पार्थिव देह का अन्तिम संस्कार किया गया था। उसके बाद उनका श्राद्ध-भंडारा भी अखिलेश पंडा ने ही कराया था। भंडारे के दिन ही अखिलेश पंडा ने बाबा रामजानकीदास की एक वसीयत गाँववालों को दिखाई थी, जिसके अनुसार

उन्होंने अपना उत्तराधिकारी अखिलेश आत्मज हरनारायण पंडा को बनाया था!

बाबा रामजानकीदास के श्राद्ध-भंडारे के निबटान के लगभग हफ्ते भर बाद अखिलेश पंडा शहर स्थित अपने निवास पर था...

उस वक्त वह अपने कुछ विश्वस्त साथियों के इन्तजार में था।

उस इन्तजार के बीच उसने कलाई उलटकर घड़ी में टाइम देखा और अपनी देह पर पहले से पहने हुए कुरते को उतारकर खूँटी पर टाँग दिया और दूसरा-इस्तरीशुदा शफ़्फ़ाफ़ सफेद कुरता पहन लिया था। पाजामा उसे ठीक लगा था। और पैरों में पहने हुए काले जूतों को उसने ब्रश मारकर चमका लिया था। उसके बाद वह ऊपरी मंजिल से जीना उतरकर मकान की तल-मंजिल पर सड़क की तरफ खुलनेवाले उस लम्बे बरामदेनुमा कमरे में जा पहुँचा था, जिसका इस्तेमाल 'इधर-उधर के, तरह-तरह के' लोगों के साथ बैठने और विचार-विमर्श करने के लिए किया जाता था। उस कमरे में कुछ प्लास्टिक-केन की बुनी लोहे के पाइपवाली और कुछ वी आई पी की मोल्डेड कुर्सियाँ पड़ी रहती थीं। उसने कुर्सियों का जायजा लिया था कि वे आनेवालों के बैठने के लिए पर्याप्त होंगी या नहीं! उसके बाद वह खुद एक कुर्सी पर बैठ गया था। कुर्सी पर बैठने के बाद उसने एक बार फिर अपने बगुलिया सफेद कुरते-पाजामे पर नज़र डाली थी और पैरों में पहने जूतों की चमक को देखा था। वह सन्तुष्ट हुआ था कि कुरता-पाजामा कलफ़ से कड़क और झक्क थे और जूते भी चमक रहे थे।

तभी बाहर किसी मोटरसाइकल के रुकने की आहट हुई थी और आनन-फानन में दो चेहरों ने धड़धड़ाते हुए कमरे में प्रवेश किया था। अखिलेश पंडा ने उनके पहुँचते ही अपनी कलाई पर बँधी घड़ी में टाइम देखा और प्रसन्नता के साथ कहा था, "भई, बड़े टाइम के पाबन्द हो...सही चार बज रहे हैं...बैठो!..." कहकर उसने कुर्सियों की तरफ इशारा किया।

उनमें से एक ने कहा, "टाइम का तो ख्याल रखना पड़ता है।" और वह एक कुर्सी पर बैठ गया था। दूसरे ने उसकी बगलवाली कुर्सी ले ली थी।

उसके बाद वहाँ लोगों का आना शुरु हुआ तो देखते ही देखते कमरे की कुर्सियाँ आबाद हो गयी थीं।

अखिलेश पंडा यों तो एक अरसे से देश-दुनिया को देख रहा था। पर उसे अपनी मनचाही जगह अभी तक नहीं मिली थी। उसे लगता था कि अपने लिये जो जगह वह चाह रहा था वह 'राजनीति' में ही हो सकती थी। इसलिये वह राजनीति के अखाड़े में उतरा हुआ था। और एक अरसे तक वहाँ उसने बहुत हाथ-पाँव मारे थे। पर बात मंडल स्तर के कार्यकर्त्ता होने से आगे नहीं बढ़ी थी। कई बरसों में शहर के एक छोटे-से मंडल का लगभग अनाम-जैसा 'कार्यकर्त्ता'! जबकि उसके पास

सब कुछ था : शहर में एक बड़ा मकान, 'मारुति-800' कार, दो मोटरसाइकलें, एक ट्रैक्टर, गाँव में लगभग पचास बीघा रकबा कृषि-भूमि—जिसमें शहर के बैठे-बैठे ट्रैक्टर और नौकर-मजदूरों के द्वारा खेती की जाती थी और अच्छी खासी उपज होती थी; इन सबके साथ-साथ उसके संगी-साथियों की बड़ी संख्या! और उसने वह सब भी खूब किया था, जो राजनीति करने अर्थात नेता बनने के लिए करना पड़ता है : सभाओं, रैलियों, धरनों, प्रदर्शनों में शिरकत! पार्टी द्वारा आयोजित हर एक सभा, रैली, धरना-प्रदर्शन आदि में वह बढ़-चढ़कर हिस्सा लेता था। इसके अलावा आए दिन राजधानी अथवा अन्य जगहों से शहर में आनेवाले मन्त्रियों-नेताओं की अगवानी के लिए रेलवे-स्टेशन, हवाई-अड्डा पर उपस्थित कार्यकताओं की भीड़ का हिस्सा भी वह रहता आया था। यों तो स्वागतार्थी नेताओं का आगमन प्राय: दिन के समय ही होता है, ताकि उनके स्वागत के लिए एक बड़ी भीड़ आ सके और दिखाई दे सके! पर कभी-कभार किसी खास कारण से रात बिरात दो-ढाई बजे भी आनेवाले नेता या मन्त्री के स्वागत में पहुँचने में उसने कभी कोई कोताही नहीं बरती थी। लेकिन इस सबके बावजूद वह मंडल के एक कार्यकर्त्ता से आगे की हैसियत नहीं पा सका था!...तो गाहे-ब-गाहे वह सोचने लगता था कि राजनीति में सफलता काम (कर्तव्य) के कारण मिलती है या भाग्य (नियति) के कारण? और यह सोचते हुए वह अन्तत: इसी नतीजे पर पहुँचता था कि राजनीति में सफलता के पीछे कर्तव्य नहीं बल्कि सौ फीसदी नियति का ही हाथ होता है! अपने इस निष्कर्ष को साबित करते कई उदाहरण उसे दिखाई देते थे। एक उदाहरण तो उसके सामने उसके अपने ही शहर का था : कॉलेज में उससे एक साल सीनियर ब्रजेन्द्र बुन्देला कॉलेज-छात्र-संघ का अध्यक्ष चुना गया था और वह सह-सचिव। बाद में कॉलेज के बाद ब्रजेन्द्र बुन्देला लगभग सड़क पर था। वह प्राय: बाजार की कुछ ऐसी दुकानों पर अड्डा जमाए देखा जाता था, जो फुरसत का कारोबार करती थीं! अरसे तक ऐसा ही चलता रहा...पर अचानक ही जैसे एक झटके में नजारा बदल गया था—वह एक दिन शहर में आए मुख्यमन्त्री की निगाह में आ गया—'वी आई पी रेस्टहाउस' में आव-भगत के दौरान, और उसके चार-छह महीनों बाद उसे प्रादेशिक कार्यकारिणी में जगह मिल गयी। इससे उसकी राजधानी में आवाजाही बढ़ी। कुछ समय बाद उसे पार्टी में प्रदेश का महासचिव बना दिया गया, और अगले विधानसभा-चुनाव में उसे पार्टी ने टिकट ही दे दिया! वह चुनाव भी जीत गया; और पहली ही बार में चुने गये विधायक के पुरस्कार स्वरूप उसे राज्यमन्त्री बना दिया गया था। उसके बाद, सड़क पर चप्पलें चटकाने और बाजार की कुछ दुकानों पर अड़ी जमाए बैठे दिखनेवाले ब्रजेन्द्र बुन्देला के शहर-आगमन पर उसके आगे-पीछे गाड़ियाँ-चलतीं, और उसके आसपास लोगों की भीड़ जुटी रहती थी!...अखिलेश

पंडा को लगता था कि यह नियति का ही कारनामा था कि एक आदमी अचानक सड़क से सिंहासन पर जा पहुँचा! नियति के अलावा अगर राजनीति में सफलता का कोई और रास्ता उसे नजर आता था तो उस रास्ते का नाम था 'विरासत'। वह देखता आया था कि एक नेता का बेटा बिना किसी परेशानी के नेता बन जाता है—ऐसा किसी नेता की मृत्यु के बाद तो होता ही है; कभी-कभार नेता-पिता अपने जीते-जी अपने पुत्र या पुत्री को 'राजनीति' में 'लांच' कर देते हैं!...ये सब बातें सोचते हुए अखिलेश पंडा दिमाग चलाता था कि ऐसी स्थिति में और क्या किया जाए कि...

ऐसे ही सोच-विचार के दरमियान उसके जेहन में सिपौली के 'आश्रम' और उसके बीमार बाबा का 'आइडिया' आया था जिसे उसने देखते-देखते 'इम्प्लीमेंट' कर डाला था...! वजह यही कि उसके शातिर दिमाग के भीतर यह बात बैठी हुई थी कि 'राजनीति' के अलावा, ऊँचा रसूख रखनेवाली यदि कोई दूसरी संस्था है तो वह 'धर्म' नाम से जानी जाती है! यह धर्म नाम की संस्था रसूख के मामले में कभी-कभार तो राजनीति को भी पीछे छोड़ देती है! बस, जरूरत होती है उचित 'मैनेजमेंट' की!

और अपनी इसी शातिर जहनियत के तहत उसने अपने शहरवाले मकान की तल-मंजिल के लम्बे कमरे में अपने राजनैतिक संगी-साथियों की मीटिंग रखी थी...

थोड़ी ही देर में, एक के बाद एक आए लोगों से बरामदेनुमा कमरे में पड़ी कुर्सियाँ भर गयी थीं। अखिलेश पंडा ने निगाह उठाकर कमरे में देखा कि बुलाए गये तकरीबन सभी लोग आ गये हैं, तो उसने कुर्सी से खड़े होकर अपने कलफशुदा कड़क कुरते के कॉलर को सतर करते हुए, वहाँ मौजूद और बातों में मशगूल अपने साथियों को सम्बोधित किया था, "भइये, हम सब यहाँ एक विशेष कारण से इकट्ठा हुए हैं...पहले मैं सभी को उस कारण को बताना चाहता हूँ, उसके बाद तुम सबकी राय जानना चाहूँगा..."

अखिलेश पंडा के इतना कहते कमरे में शान्ति बन गयी थी। अब वहाँ मौजूद सभी आगे की बात सुनने के लिए उत्सुक और दत्तचित्त उसकी ओर देख रहे थे।

"देखो भइये, काम कुछ बड़ा है, इसलिये मुझे इस काम में तुम सबके सहयोग की जरूरत पड़ेगी..." अखिलेश पंडा ने आगे कहा था, जिसके फौरी जवाब में वहाँ मौजूद लोगों में से अधिकांश ने कहा था, "बताओ...बताओ..."

"बात यह है कि हम अपने गाँव सिपौली के 'आश्रम' पर एक 'यज्ञ' करवाना चाहते हैं... यह एक बहुत बड़ा काम है...यज्ञ के दौरान एक लाख शिवलिंग स्थापना का संकल्प हमने लिया है!...और यज्ञ की पूर्णाहुति के बाद लगभग एक लाख लोगों के भोजन की व्यवस्था होगी..." अखिलेश पंडा कह रहा था, और कमरे में

सन्नाटा खिंचा हुआ था; चूंकि एक लाख संख्या दो बार आई थी—एक बार शिवलिंग के लिए, दूसरी बार 'भोजन करनेवालों' के लिए! "इस आयोजन का सारा खर्चा मैं उठाऊँगा!...तुम सब लोगों को बस व्यवस्था की अपनी-अपनी जिम्मेदारी सम्हालनी है...मैं इस विषय में तुम सब लोगों की राय जानना चाहता हूँ।" कहने के बाद अखिलेश पंडा ने कमरे में मौजूद सभी पर नज़र फेरी थी।

और मामला अखिलेश पंडा की सहमति में आने में तनिक भी देर नहीं लगी; क्योंकि वहाँ मौजूद लोगों में ज़्यादातर अखिलेश पंडा के हमउम्र और बाकी युवा थे जो ऐसे मामलों में ज्यादा सोच-विचार करने को अपनी हेठी समझते थे। अलबत्ता सभी एक अरसे में राजनीति के क्षेत्र में उसके संग-संग रहनेवाले ही थे!

अखिलेश पंडा के दिमाग़ में सब कुछ साफ़ था कि यह अठारहवीं नहीं, बल्कि इक्कीसवीं सदी है, जिसमें सब कुछ बिकता है! यहाँ तक कि 'धर्म' भी! वह 'धर्म' को एक कॉर्पोरेट स्वरूप देने की अपनी सुचिन्तित योजना को फलीभूत करने के लिए यह सब करने जा रहा था! वह अपने अनुभव से मुतमइन था कि 'धर्म' को 'कार्पोरेट' में बदलते देर नहीं लगेगी; क्योंकि इस बात की तस्दीक करते एक-दो उदाहरण उसकी निगाह में थे। इसके साथ ही वह जानता था कि इस देश में 'धर्म' नाम की संस्था को हमेशा बड़ा समर्थन मिलता है—बड़ा और अन्धा समर्थन! खास बात यह कि इस देश की बहुसंख्यक जनता धर्म के नाम पर होनेवाले किसी भी काम का विरोध करने की हिम्मत नहीं जुटा पाती, क्योंकि ऐसा करना वह 'पाप' मानती है!

और कुछ दिनों बाद, सिपौली का 'आश्रम' गोया एक मेले मे तब्दील हो गया था—मेला, जिसकी सूचना देता एक बोर्ड 'आश्रम' से लगे खेत की मेड़ पर गाड़ दिया गया था। बोर्ड पर पेंट से लिखा था—

लोक कल्याण यज्ञ

एवं

श्री शिवपुराण कथा

श्री रामजानकीधाम—सिपौली

आयोजक : श्रीरामजानकी सरकार

'आश्रम' पर आते-जाते लोग खेत की मेड़ पर गाड़े गये आइरन-ऐंगिल्स के दो पैरोंवाले टीन के बोर्ड पर चमकदार पेंट से लिखी इबारत को पढ़ते और समझने की कोशिश करते। 'यज्ञ' के बारे में सबको खबर थी और 'शिवपुराण-कथा' के बारे में भी। स्थान के नाम, 'रामजानकी मन्दिर' या 'आश्रम' को 'श्रीरामजानकी धाम' लिखा गया था। पर समझ में न आनेवाली बात यह थी कि आयोजनकर्त्ता तो अखिलेश पंडा है, फिर यह 'श्रीरामजानकी सरकार, क्यों लिखा गया है?'

जिस दिन बोर्ड गाड़ा गया था, उसी दिन से 'आश्रम' पर मेले-जैसी आमद-रफ़्त शुरु हो गयी थी! ...सबसे पहले, 'आश्रम' से लगे खेत में, ट्रैक्टर-ट्राली पर लदे पानी के टैंक से पानी छिड़कने के बाद पाटा चलाकर ढेलों को फोड़ा गया था; उसके बाद खेत में ट्रैक्टर चला-चलाकर उसका समतलीकरण किया गया था।

अगले दिन, लोडिंग वाहनों में भर-भरकर शहर से पंडाल लगाने का सामान आने लगा था। उसके बाद समतल खेत में लोहे के पाइप गाड़-गाड़कर पंडाल खड़ा किया जाने लगा था...

अखिलेश पंडा दिन में एक बार अपने साथियों के साथ आकर काम का मुआइना कर जाता था।

और देखते-देखते, आश्रम के पास का विशालाकार खेत पंडालों ने ढँक लिया था—दूर-दूर तक पंडालों की छाया में गुम खेत! और पंडालों की छाया के नीचे ज़मीन पर लोगों के बैठने के लिए बड़ी-बड़ी दरियाँ बिछाई गयी थी। पंडालों के आखिरी छोर पर वह मंच सज-धजकर तैयार था, जिस पर बैठकर कथावाचक पंडितजी शिवपुराण की कथा सुनानेवाले थे। पंडालों के भीतर लोहे के पाइपों पर जगह-जगह लाउडस्पीकर बाँधे गये थे, जो अभी से, कैसेट-प्लेयर पर बजते भजनों को फुल वॉल्यूम के साथ दूर-दूर तक सुनाने लगे थे। ये लाउडस्पीकर्स लोगों का ध्यान 'आश्रम' की ओर खींचने के लिए इस्तेमाल किए जा रहे थे। और इस हो-हल्ला के कारण सिपौली और आसपास के गाँवों के लोगों की आवाजाही आश्रम पर दिन भर बनी रहती थी। अवाजों-भजनों से आकर्षित होकर लोग इस जिज्ञासा, उत्कंठा और उत्सुकता के साथ आश्रम की ओर चल देते थे कि चलो देखें तो सही वहाँ क्या हो रहा है! लोग आते और पंडाल, बिछावन एवं सारी तामझाम को देखने के बाद लौट जाते थे! ताँता लगा रहता था दिन भर...

और एक दिन वहाँ कथा शुरू हो गयी थी—शिवपुराण की कथा! कथावाचक पंडितजी गौर वर्ण, काँधे तक छहराते-लम्बे-रँगे बालोंवाले थे। माथे पर लम्बा तिलक लगाते थे। उम्र चालीस-पैंतालीस के आसपास। चेहरा क्लीन शेव्ड। कमर से ऊपर उघारी-गोरी देह पर पीली-रेशमी उत्तरीय डालते थे। बोलते हुए ऐसा लगता था जैसे मुस्करा रहे हों। कथावाचन के बीच यथावसर गाने का भी सहारा लेते थे-गाते समय बगल में रखी पेटी (हारमोनियम) पर उँगलियाँ चलाते थे। पुराण के कथा-तत्त्व में, कला-तत्व मिलाकर वे उसे रोचक और रसदार बना देते थे। इसलिये श्रोताओं के रूप में उनके सामने बैठी भीड़ 'अश्-अश्' करती हुई मन लगाकर सुनती थी।

ग्यारह दिनों के लिए आयोजित शिवुपराण-कथा के तीसरे-चौथे दिन पंडाल श्रोताओं से खचाखच भरने लगे थे। हजारों की तादाद में आनेवाले श्रोता सिपौली

और आसपास के गाँवों से चलकर आते थे। पंडालों के भीतर, और पंडालों के बाहर भी बँधे लाउडस्पीकरों से अब पंडितजी की पुराणवाणी दूर-दूर तक सुनाई देती थी। इसलिये दिन भर कथा सुननेवालों के रेले उमड़ते रहते थे। इससे पहले लोगों ने प्राय: 'भागवत' अर्थात 'श्रीमद् भागवतपुराण' की ही कथा सुनी थी, जो सप्ताह भर चलती थी और जिसमें भगवान श्रीकृष्ण से सम्बन्धित कथाएँ होती थीं; पर शिवपुराण की कथाएँ लोगों के लिए बिल्कुल नयी थीं, इसलिये प्रतिदिन कथा के आरम्भ समय पूर्वाह्न ग्यारह बजे से समाप्ति-समय अपराह्न पाँच बजे तक स्त्री-पुरुष श्रोताओं की भीड़ पंडालों को भरे रहती थी। 'यज्ञ' और 'कथा' के बारे में सुन-सुनकर, तिलक और त्रिपुंडधारी तरह-तरह के साधु-बाबाओं की रोज-ब-रोज बढ़ती आमद श्रोताओं की संख्या में और इजाफा कर रही थी। पंडालों के भीतर बार-बार लम्बे-लम्बे जयकारे गूँजते थे: 'बोलिए शंकर भगवान की जय!!! बोलिए भगवान भोलेनाथ की जय!!!!...' बोलिए देवाधिदेव भगवान शिवशंकर की जय!!! और मुख्य यजमान के रूप में अखिलेश पंडा सफेद धोती और पीला कुरता पहने हुए कथा-मंच के सामने प्रथम पंक्ति में अपने आसन पर बैठा होता था...

इस समय धूल उड़ाती लू और झुलसाती गर्मी का महीना जेठ चल रहा था। इसलिये लोगों की प्यास बुझाने के लिए ट्रैक्टर-टॉली पर पानी की टंकी रखी गयी थी-दो हजार लीटर की टंकी में एक सिल्ली बर्फ की डाल दी जाती थी। इसलिये श्रोता दिन भर ठंडा पानी पीते और कथा सुनते थे। व्यवस्था में लगे लोगों और साधु बाबा-बैरागियों के लिए आश्रम पर दो समय भोजन की व्यवस्था की गयी थी—सुबह नौ-दस बजे के बीच और शाम को छह बजे के बाद आश्रम पर भोजन करनेवालों की पंगत बैठती थी। भोजन बनाने के लिए शहर से केटरर की व्यवस्था की गयी थी।

प्रबन्ध और देखरेख का जिम्मा अखिलेश पंडा के शहरवाले संगी-साथियों ने सँभाल रखा था। उन सबके जेहन में यज्ञ, कथा और धर्म तो कम था, अलबत्ता 'राजनीति' मुकम्मल थी। उनके तईं वहाँ चल रहा सब कुछ प्राथमिक तौर पर एक राजनैतिक कार्यवाही थी, बाद में कुछ और! अखिलेश पंडा ने उनकी सुख-सुविधा का पूरा ख्याल रखा हुआ था। उसकी 'मारुति 800' दिन में दो-तीन चक्कर शहर और गाँव के बीच लगाती थी। उसके संगी-साथियों के लिए आश्रम की रात सुहावनी होती थी : देर रात, जब तक आश्रम में मौजूद साधु-बैरागी अपनी-अपनी चटाइयों-चादरों पर निद्रामग्न हो चुके होते थे, 'मारुति 800' की डिक्की से 'क्रेट' निकाला जाता था और 'रामजानकी मन्दिर' के पीछे के सूने में खोल दिया जाता था। उसके बाद शान्ति और मुस्तैदी के साथ तमाम साथी अपने-अपने गिलासों के साथ होते थे—अपनी-अपनी पसन्द के हिसाब से व्हिस्की, बीयर, सोडा लेते हुए!

लगभग घंटे भर में उनका यह आयोजन सम्पन्न हो जाता था, उसके बाद वे खाना खाते थे और आश्रम पर रुकने के इच्छुक आश्रम पर रुक जाते थे, शहर जाने के इच्छुक 'मारुति 800' एवं अन्य वाहनों से शहर चले जाते थे। शहर चले जानेवाले सुबह नौ-दस बजे लौटकर फिर आश्रम पर आ जाते थे, क्योंकि सभी को अपनी-अपनी जिम्मेदारी का अहसास था कि इतने बड़े आयोजन की व्यवस्थाओं की जिम्मेदारी सबकी साझा थी। और जैसे-जैसे कथा के दिन गुजरते जा रहे थे, उनकी यह जिम्मेदारी बढ़ती जा रही थी। ग्यारहवें दिन कथा-समाप्ति के बाद यज्ञ की पूर्णाहुति होगी, उसके अगले दिन लगभग एक लाख लोगों के भोजन की व्यवस्था! भोजन का 'मैन्यू' तय था-मीठे में बेसन की बूँदी; सब्जी आलू की और पूड़ी गेहूँ के आटे की। बूँदी बनाने का काम तीन दिन पहले से शुरू होगा—पचास हलवाई बूँदी छाँटेंगे, चासनी में डुबोएँगे और तैयार हो जाने पर इसी के लिए तैयार किए गये विशेष पंडाल में ढेर लगाएँगे। सवा सौ बोरी शक्कर लगेगी। सौ बोरी बेसन लगेगा। तीन सौ बोरी आटा लगेगा। दो सौ क्विंटल आलुओं की सब्जी बनेगी-इसी हिसाब से तेल, मसाले, घी और अन्य सामान आएँगे। पत्तलें-सकोरे आदि आएँगे। हलवाइयों के साथ दो सौ कामगार आएँगे। पाँच सौ परोस करनेवाले आएँगे। तीन दिन पहले से बूँदी, दो दिन पहले से पूड़ियाँ और एक दिन पहले से सब्जी बनने की शुरुआत होगी! भोजन का सारा सामान खरीदा जा चुका है, जो चार दिन पहले ट्रकों से आश्रम पर पहुँचेगा!... इस सब व्यवस्था की जिम्मेदारी सब संगी-साथियों की ही तो थी...

आश्रम के भीतर बनाए गये हवन-कुंड के पार्श्व में पहले ही दिन से 'शिवलिंग' बनाए जाने का काम चल रहा था। शहर से आए कारीगर मिट्टी के छोटे-छोटे शिवलिंग बनाने में लगे हुए थे। वे शिवलिंग की आकृतियाँ बनाते जा रहे थे, साथ ही उनको कतारों में स्थापित करते जा रहे थे। उन्हें एक लाख 'शिवलिंग' की आकृतियाँ बनानी थीं...

और अन्ततः शिवपुराण-कथा सम्पन्न होने के बाद, यज्ञ-आरम्भ हुआ और उसी दिन पूर्णाहुति हुई थी।

अगले दिन अखिलेश पंडा के 'लोक कल्याण-यज्ञ' का भंडारा हुआ; उस दिन 'आश्रम' उर्फ़ 'श्रीरामजानकीधाम सिपौली' पर भोजनार्थियों की भीड़ का नजारा दर्शनीय था!...व्यवस्थाओं पर पैसा पानी की तरह बहाया था अखिलेश पंडा ने।

नतीजन, 'लोक कल्याण यज्ञ' और भंडारे के बाद अखिलेश पंडा अपने नये अवतार में लोगों के सामने था : अब अखिलेश पंडा' 'श्रीरामजानकी सरकार' था!

और उसके बाद अखिलेश पंडा उर्फ़ श्रीरामजानकी सरकार ने कुछ ही समय में आश्रम अर्थात 'श्रीरामजानकी धाम' की कायापलट कर दी थी। आश्रम अब न सिर्फ 'श्रीरामजानकीधाम' कहलाता था, बल्कि दिखता भी था! तकरीबन तीस बीघा रकबा को घेरे हुए ऊँची बाउंड्री-वॉल के भीतर था अब आश्रम उर्फ़ 'श्रीरामजानकी धाम'; जिसके परिसर में अब न सिर्फ एक डिग्री कॉलेज संचालित था बल्कि एक इंजीनियरिंग कॉलेज भी चल रहा था। डिग्री कॉलेज का नाम था 'श्रीरामजानकी कला एवं वाणिज्य महाविद्यालय' एवं इंजीनियरिंग कॉलेज 'श्रीरामजानकी अभियान्त्रिकी एवं सूचना प्रौद्योगिकी महाविद्यालय' कहलाता था। 'श्रीरामजानकी कला एवं वाणिज्य महाविद्यालय' में आर्ट और कॉमर्स विषय पढ़ाए जाते थे एवं 'श्रीरामजानकी अभियान्त्रिकी एवं सूचना प्रौद्योगिकी महाविद्यालय' में इंजीनियरिंग एवं इन्फॉर्मेशन टेक्नोलॉजी की शिक्षा दी जाती थी।

उस समय, जब इन शिक्षा की दुकानों के लिए 'श्रीरामजानकी धाम' परिसर को ऊँची बाउंड्री-वॉल से घेरा जाने लगा था तो लोगों को यह एक साधारण-सी बात लगी थी। पर जब बाउंड्री-वॉल के भीतर सीमेंट-सरियों का जंगल उगने लगा, तो एकबारगी लोगों की समझ में न आया था कि आखिर यह बन क्या रहा है। पर धीरे-धीरे जब वहाँ ऊँची-ऊँची, भव्य बिल्डिंगें दिखाई देने लगीं और परिसर के मुख्य गेट पर कॉलेजों के नाम के बोर्ड लग गये, तब लोगों की समझ में आया था कि जो बिल्डिंगें बन रही थीं वे किसलिये थीं।

बाउंड्री-वॉल और बिल्डिंगों के निर्माण से पहले एक बाधा दरपेश थी अखिलेश पंडा के सामने, जिसको उसने अपने 'तरीके' से निबटा लिया था। दरअसल आश्रम से लगे चार खेत जिनका रकबा करीब सत्ताईस-अट्ठाईस बीघा था बाबा रामजानकीदास के ही समय से 'श्रीरामजानकी' के नाम पर इन्दराज होकर आश्रम की सम्पत्ति थे। इन खेतों में बाबा रामजानकीदास के द्वारा भाड़े से काम करा कर कर सरसों-चना-मटर आदि की खेती की जाती थी। इन चार खेतों के बीच दो-सवा-दो बीघा का एक खेत गाँव के ग्यादीन बाढ़ई का फँसा हुआ था, जिसमें ग्यादीन खुद हल-बखर से खेती करता था। ग्यादीन एक छोटा किसान था, जिसके पास इस खेत के साथ-साथ तीन बीघा का एक और खेत मौजे में ही दूसरी जगह पर था-बस! ग्यादीन के दो शादीशुदा बेटे थे जो खेती में हाथ बँटाते थे और मज़दूरी वगैरह करते थे; और जैसे-तैसे ग्यादीन की गिरस्ती चल रही थी। यह बाधा थी अखिलेश पंडा के उस ड्रीम-प्रॉजेक्ट के आकार ग्रहण करने में, जिसके तहत वह धर्म और शिक्षा का 'कॉर्पोरेट' खड़ा करना चाहता था! आश्रम के खेतों के बीच एक खेत किसी और का है, तो उसको हथियाए बिना उसका प्रॉजेक्ट आगे बढ़नेवाला नहीं था। इसलिये उसने एक दिन अपना आदमी 'डील' के लिए ग्यादीन के पास भेजा। आदमी गाँव

का न था, शहरी था—ग्यादीन का अपरिचित। जिस समय वह मोटरसाइकल से ग्यादीन के दरवाजे पर पहुँचा, तब ग्यादीन द्वार पर ही खाट पर बैठा बीड़ी पी रहा था। आदमी ने खाट पर बैठे ग्यादीन के सामने पहुँचकर उससे पूछा कि उसे ग्यादीन गौड़ से मिलना है; वे कहाँ मिलेंगे? तो ग्यादीन ने उसे अपना नाम बताया; और उसे खाट पर बैठा कर उससे पूछा था कि उससे उसे क्या काम है? वह आदमी कुछ इधर-उधर की बातें करने के बाद सीधा मुद्दे पर आ गया था, "असल में गौड़ सा'ब, बात ये है कि हम आपके गाँव में कुछ जमीन खरीदना चाह रहे हैं...हमें पता लगा है कि आप अपना 'आश्रम' के पासवाला खेत बेचना चाहते हैं, इसलिये हम आपके पास आए हैं...

सुनकर ग्यादीन ने उसे टका-सा जवाब दिया था, "वैसे ही उड़ाई है काऊ ने! हम अपनों खेत काये को बेचेंगे? खेत बेच देंगे तो खाएँगे का?"

पर आदमी ने हिम्मत नहीं हारी थी। उसने ग्यादीन को समझाया था, "देखो गौड़ सा'ब, बेचना न बेचना आपकी मरजी है, पर ये बात समझ लो कि आजकल खेती किसानी कितनी मँहगी पड़ रही है...उस खेत में जितना पैदा होता होगा, उससे ज्यादा तो हर साल उसकी कीमत की रकम के ब्याज से मिलता रहेगा, अगर बैंक में जमा करके रखो तो!"

"अरे नहीं भइया" ग्यादीन ने फिर दो टूक कहा था, "हम अपने खेत ऐ नहीं बेचेंगे...पुरखनि की जमीन-जादाद है...काऊ ने गलत खबरि दई ऐ तुम्हें..."

सुनकर आदमी ने अपना आखिरी दाँव चला था, जैसा कि उसे अखिलेश पंडा ने समझाकर भेजा था कि किसी भी कीमत पर वह खेत उसे चाहिए—किसी भी कीमत पर! आदमी ने ग्यादीन से कहा था, "देखो गौड़ सा'ब, पछताना नहीं पड़ेगा आपको...मुँह से माँग लो आप, जो रेट माँगना हो, बता दो!"

यह सुनकर तनिक उखड़ गया था ग्यादीन "अरे जब कहि रहे हैं कि नहीं बेचनों, तौ काहे कों इतनी माथापच्ची कर रहे हौ!... अपनों काम देखौ..."

सुनकर वह आदमी अपना-सा मुँह लिये लौट गया था।

उसने शहर जाकर सारी बात अखिलेश पंडा को बताई थी तो कुछ देर के लिए अखिलेश पंडा के माथे पर सलवटें पड़ी रही थीं; फिर प्रकृतिस्थ होकर उसने कहा था, "ठीक है...देखते हैं..."

उसके बाद लगभग दो-ढाई महीने गुज़र गये थे। खेतवाली बात आई-गयी हो गयी लगती थी। पर आई-गयी हुई नहीं थी।

इसीलिये एक दिन अखिलेश पंडा की 'स्कॉर्पियो' आश्रम अर्थात् 'श्रीरामजानकी धाम' पहुँची; और वहाँ से लौटते हुए सिपौली के गलियों-मौहल्लों से गुज़रती हुई ग्यादीन बाढ़ई के दरवाजे पर जा रुकी थी।

भादों का बरसाती महीना था। दो-तीन दिन पहले पानी बरसा था। इसलिये खेती-किसानी का कोई काम नहीं चल रहा था और गाँव में लोग अपने घरों-द्वारों पर ही थे। ग्यादीन भी अपने द्वार पर ही था-उसके दोनों बेटे—बड़ा मेवाराम और छोटा सखाराम—भी घर पर ही थे।

घर पर आकर रुकी 'स्कार्पियो' से अखिलेश पंडा उर्फ़ 'श्रीरामजानकी सरकार' उतरा। पीली धोती और पीली रेशमी बारहबन्दी में लम्बे काले केशों के मध्य चमकते ललाट पर लम्बे तिलक और होंठों पर आशीर्वादी मुस्कान के साथ। अखिलेश पंडा के साथ, जैसी कि रवायत बन गयी थी, आठ-दस लोग और थे, जो उसके गाड़ी से उतरते ही उतरकर खड़े हो गये थे।

अखिलेश पंडा उर्फ़ 'श्रीरामजानकी सरकार' को देखकर तकरीबन पचास वर्षीय ग्यादीन खाट से उठ खड़ा हुआ और आगे बढ़कर अखिलेश पंडा उर्फ़ 'श्रीरामजानकी सरकार' के गद्‌देदार पीली चप्पलों में फँसे पैरों में झुका और उसने उन्हें अपने दोनों हाथों से छुआ था।

जवाब में अखिलेश पंडा ने उसके सिर पर हाथ छुआते हुए कहा था, ''ग्यादीन, आज बड़ा शुभ दिन है...!''

मटमैला पंचा-कुरता पहने खड़े ग्यादीन ने हाथ जोड़ दिए थे। वह तो उस समय ऐसा हक्का-बक्का होकर रह गया था कि द्वार पर आए अखिलेश पंडा उर्फ़ 'श्रीरामजानकी सरकार' को बैठने के लिए कहना भी भूल गया था।

देखकर अखिलेश पंडा ने ही उससे कहा था, ''हम तुम्हारे ही यहाँ आए हैं ग्यादीन...बैठने के लिए नहीं कहोगे क्या?''

सुनकर ग्यादीन ने खिसियाहट के साथ कहा था, ''महाराज जी, बड़ी किरपा करी...आ जाउ...बैठ जाउ...'' उसने द्वार पर बिछी उस खाट की तरफ इशारा किया, जिस पर थोड़ी देर पहले वह खुद बैठा हुआ था।

इस बीच घर से निकलकर उसके दोनों बेटे भी बाहर आ गये थे। उन्हें देखकर उसने कहा था, ''अरे मेवा, देखि का रहे हौ, दो-तीन खाटें बाहिर और डार देउ! बैठेंगे सिब जने...''

सुनकर लड़कों ने लाकर दो खाटें पहले से पड़ी खाट के पास डाल दी थीं।

देखकर ग्यादीन फिर लड़कों से मुखातिब था, ''भीतर से कछू गदेला दरी ल्याऊ खाटिनि पै बिछाइवे कों...''

लड़के भीतर गये और तीन खाटों के लिए तीन नये-नकोर-जैसे गद्‌दे उठा लाए और उन्होंने तीनों खाटों पर गद्‌दे बिछा दिए।

''बैठौ महाराजजी अब...'' ग्यादीन ने अखिलेश पंडा उर्फ़ 'श्रीरामजानकी सरकार' की ओर देखकर कहा था।

अखिलेश पंडा एक खाट पर बैठ गया था। उसके बाद बची दो ख.टों पर उसके साथ आए लोग बैठ गये थे।

ग्यादीन का घर बाहर से पक्का था, भीतर कच्चा। बाहरी तरफ के दो कमरे पत्थर-चूने की चिनाई के बने थे, जिन पर चढ़ी पटियों के ऊपर चूने की छत पड़ी थी। दीवारों पर पलस्तर नहीं था, इसलिये पत्थर के चिने हुए खंडे दिखाई देते थे। दोनों कमरों के बाहर की तरफ खुलनेवाले द्वारों में चिकनाई-पुते किवाड़ लगे थे और दोनों कमरों के आगे लम्बाई में बना चबूतरा था। चबूतरे से आगे खुली जगह में एक नीमरी (नीम का छोटा पेड़) खड़ी थी, जिसके नीचे वे खाटें डाली गयी थीं जिन पर अखिलेश पंडा और उसके साथी बैठे थे।

खाट पर बैठ जाने के बाद अखिलेश पंडा ने ग्यादीन से कहा, ''अरे ग्यादीन जी, खड़े क्यों हो, बैठो यहाँ!'' कहते हुए उसने खाट पर अपनी बग़ल में पड़ी जगह की ओर इशारा किया था।

''अरे नहीं महाराज जी...'' कहते हुए ग्यादीन जहाँ खड़ा था वहीं ज़मीन पर बैठ गया था।

इस बीच आसपास के कुछ लोग भी चबूतरे पर आकर बैठ गये थे। ग्यादीन के दोनों लड़के भी चबूतरे पर उन्हीं के पास बैठ गये थे।

ग्यादीन ने जमीन पर बैठे-बैठे एक बार फिर हाथ जोड़कर अखिलेश पंडा उर्फ़ 'श्रीरामजानकी सरकार' से कहा, ''महाराजजी, बड़े भाग है हमारे, जो आप दरवज्जे पर आए हैं...का सेवाकरें आपकी... ?''

सुनकर अखिलेश पंडा ने अपने दाँये हाथ को ग्यादीन की तरफ वरद मुद्रा में उठा दिया और कहा, ''ग्यादीन, हम कोई सेवा कराने यहाँ नहीं आए हैं,'' कहते हुए उसने अपनी मुस्कान को तनिक रहस्यमय बना दिया, ''हमारे यहाँ आने का प्रयोजन तुमको एक विशेष सूचना देना है...''

''सूचना!...'' सुनकर ग्यादीन ने हैरत से देखा अखिलेश पंडा उर्फ़ 'श्रीरामजानकी सरकार' के मुँह की ओर।

''हाँ,'' अखिलेश पंडा ने होंठों पर मुस्कान बरकरार रखते हुए कहा, ''सूचना तुम्हारे लिये अच्छी है...बड़े भाग्यशालियों को ही ऐसा अवसर मिलता है, जैसा तुम्हें मिला है...''

ग्यादीन अखिलेश पंडा के मुँह की ओर देखे जा रहा था।

''आज रात को जब हम विश्राम कर रहे थे कि अचानक सामने श्रीरामजी आ खड़े हुए और बोले, 'हमको ग्यादीन गौड़ के खेत में स्थाई निवास चाहिए—उस खेत में जो आश्रम के पास है!'...और इतना कहने के बाद श्रीरामजी अन्तर्ध्यान हो गये। इसलिये हम तुम्हें यह सूचना देने आए हैं कि श्रीरामजी तुमसे तुम्हारा खेत माँग

रहे हैं—रहने के लिए...'' अखिलेश पंडा ने सूचना का खुलासा किया ग्यादीन के सामने।

सुनकर ग्यादीन एकबारगी आँखें फाड़े बैठा रह गया, और माहौल में सन्नाटा पसर गया था। उस सन्नाटे में शताब्दियों लम्बी गूँज थी–गूँज संस्कारों की–आस्था की, विश्वास की–अविश्वास की, अतिविश्वास की–अन्धविश्वास की...। सन्नाटे का वह वक़्फ़ा वहाँ मौजूद सभी पर भारी पड़ रहा था। क्योंकि उस वक़्फ़े में शब्द—गतिहीन अदृश्य 'युद्ध' चल रहा था—सभी के भीतर! और तकरीबन आठ–दस मिनटों तक चले उस अनदीखते 'युद्ध' में 'अतिविश्वास'—जो अन्धविश्वास का जुड़वाँ भाई था—अविश्वास पर भारी पड़ा था! और सन्नाटा टूट गया था ग्यादीन के मुँह से निकले शब्दों के द्वारा, ''रामजी की मरजी के बिना तौ संसार में एक पत्ताऊ नहीं खरकि सकतु...अब बिनकी ऐसी मरजी है कि वे मेरे खेत में बसन चाहतएँ तौ मैं को होतुओं नाहीं करिबे वारौ...''

सुनकर अखिलेश पंडा के चेहरे पर जमी तनाव की परत ऐसे गायब हो गयी, जैसे रौशनी के होते ही अँधेरा गायब हो जाता है! पर ग्यादीन के दोनों बेटों—मेवाराम और सखाराम–के चेहरे फक्क हो गये। अखिलेश पंडा की निगाहों ने यह देखा, इसलिये उसने फौरन ग्यादीन से कहा, ''ग्यादीनजी, शास्त्रों के वचन हैं कि दान–अर्पण पूरे मन से करना चाहिए! तभी उसका पुण्य–लाभ प्राप्त होता है...साफ–साफ कहो, क्या आपने अपने आश्रम के पासवाले खेत को श्रीरामजी को अर्पण किया?''

''हहाँ महाराज जी...'' ग्यादीन ने अखिलेश पंडा उर्फ़ 'श्रीरामजानकी सरकार' की ओर देखते हुए कहा था।

''तो आपको श्रीरामजानकी के नाम दान–पत्र लिखना पड़ेगा।''

''जो कहौ सो करि देंगे...'' ग्यादीन ने कहा था।

''धन्य हो, धन्य हो, ग्यादीनजी आप!'' अखिलेश पंडा के मुँह से प्रसन्नता छलकी पड़ रही थी, ''आज के इस इक्कीसवीं सदी के युग में भी आपके–जैसे सतजुगी भक्त इस संसार में मौजूद हैं। धन्य हो। धन्य हो!'' कहते हुए अखिलेश पंडा खाट से उठ खड़ा हुआ था। उसके खड़े होने के साथ ही उसके साथी भी उठकर खड़े हो गये थे।

और वहाँ से चलते–चलते अखिलेश पंडा ने ग्यादीन की तरफ वरद मुद्रा में हाथ उठाकर कहा था, ''शुभ काम में देरी नहीं करनी चाहिए ग्यादीन!... कल शहर चलकर दान–पत्र लिख दो, और अपने कर्तव्य की इतिश्री करो...''

''ठीक है महाराज जी!'' ग्यादीन ने हाथ जोड़कर कहा था।

''कल सवेरे तुम्हें लेने गाड़ी आएगी, उसमें बैठकर आ जाना...''

"ठीक है महाराज जी!"

और उसके बाद अखिलेश पंडा अपने साथियों सहित 'स्कॉर्पियो' में बैठकर शहर चला गया था।

तब तक गाँव में कोई नहीं जानता था कि 'आश्रम' के खेतों और ग्यादीन के खेत का अखिलेश पंडा क्या करनेवाला है! लोग यही सोचते थे कि अब श्रीरामजानकी का बड़ा और भव्य मन्दिर बनेगा, जिसके लिए ग्यादीन बाढ़ई के खेत की भूमि निश्चित की गयी है; इसलिये मन्दिर के लिए ग्यादीन अपने खेत को दान कर रहा है!

पर अखिलेश पंडा और उसके साथियों और गाँव के लोगों के चले जाने के बाद, ग्यादीन के दोनों बेटों ने उसके निर्णय पर अपनी असहमति जताई थी।

मेवाराम ने कहा था, "दादा, जे का कर रहे हो...?"

"हाँ दादा..." सखाराम ने भी अपने भाई के सवाल में खुद को शामिल किया था।

ग्यादीन ने अपने दोनों लड़कों के चेहरों को देखा और कहा था, "भगवान की जैसी मरजी..."

"भगवान की मरजी...पर हमारी ऊ तौ कछू फिकिर होइगी तुम्हें?" मेवाराम ने अगला सवाल उठाया था।

"तानें चोंच दई ऐ वो चुँगौ ऊ देइगो... अब महाराजजी खुद दरवज्जे पै आए...उन्हें भगवान ने दरसन दए और कही कि बिन्हें हमारौ खेत चाहिऐ...तौ भगवान की जो इच्छा होइ बाइ कोऊ टारि सकतु ऐ का?" ग्यादीन ने कहा था।

ग्यादीन के दोनों लड़के सीधे-सादे थे; ज्यादा पढ़े-लिखे भी न थे—वही दूसरी-चौथी पास थे। मेहनत-मजूरी करते थे। पर उनके गले के नीचे बात उतर नहीं रही थी। मेवा कह रहा था, "हमें तौ जे बात समझ में नहीं आइ रही है कि भगवान ऐ हमारौ ही खेत काए चाहिए रहौ है? मौजे में औरऊ तौ खेत हैं..."

"जै बात कछू समझ में नहीं आउति कि भगवान नें दरसन दये..."

"अब तुम महाराजजी पै संका कर रहे हौ, काए?" ग्यादीन ने अपने दोनों लड़कों के मुँह की ओर देखते हुए कहा, "अबै कितनी बड़ी जग्य करी है बिन्नें! लाखनि आदमिन को भंडारौ करौ...जानें कितने लाख रुपइया खर्च करे हैं जग्य में...कऊ ते एक नऔ पइसा नहीं लऔ...सारौ खरचा खुद करौ ऐ!...और अब बड़े-बड़े अफसर अहलकार-ऐमेले-मन्त्री पाँयनि में गिन्तएँ बिनकें...ऐसे आदमी पै शंका कोऊ नहीं करि सकतु..."

जग्य, भंडारे, लाखों रुपइयन के खर्च और अफसर-मन्त्रियों द्वारा अखिलेश पंडा उर्फ़ 'श्रीरामजानकी सरकार' महाराज के पैरों को छूनेवाली बाप की बात दोनों बेटों को भी सही लगी, इसलिये वे अपने भीतर की तमाम शंकाओं के बावजूद चुप हो गये थे।

अगले दिन अखिलेश पंडा का ड्राइवर 'स्कॉर्पियो' लेकर ग्यादीन के दरवाजे पर पहुँचा था; जिसमें बैठकर ग्यादीन को शहर में रजिस्ट्रार-ऑफिस ले जाया गया था। रजिस्ट्रार-ऑफिस में अखिलेश पंडा पहले से मौजूद था। वहाँ उसके साथ हलके का पटवारी भी ग्यादीन के खाते की खसरा-खतौनी की नकल और उस खेत का खसरा नम्बर और अक्स लिये उपस्थित था; जिसका दान-पत्र रजिस्टर्ड होना था। उस दिन ग्यादीन ने अपने खेत का 'श्रीरामजानकी' के नाम दान-पत्र लिख दिया था, जिसे रजिस्टर्ड करवा दिया गया था।

'दान-पत्र' रजिस्टर्ड हो जाने के बाद अखिलेश पंडा ने ग्यादीन को एक मिठाई की दुकान पर ले जाकर भरपेट मिठाई खिलाई थी। उसके बाद ड्राइवर को उसे गाँव छोड़ आने की हिदायत दी थी।

ड्राइवर, ग्यादीन को गाँव के 'शासकीय माध्यमिक विद्यालय...' के सामने तक छोड़ गया था।

उसके कुछ ही महीनों बाद, 'श्रीरामजानकी धाम-सिपौली' की बाउंड्री-वॉल का निर्माण-कार्य शुरु हो गया था-ग्यादीन के दान किए गये खेत सहित आश्रम के सभी खेतों को घेरते हुए।

बाउंड्री-वॉल के बन जाने के बाद, उन बिल्डिंगों का निर्माण होने लगा था, जो आगे चलकर 'श्रीरामजानकी कला एवं वाणिज्य महाविद्यालय' और 'श्रीरामजानकी अभियान्त्रिकी एवं सूचना प्रौद्योगिकी महाविद्यालय' कही जाने लगी थीं।

दोनों महाविद्यालयों की जब शुरुआत हुई थी तो उनका औपचारिक उद्घाटन करने हेतु एक भव्य आयोजन, 'श्रीरामजानकी धाम-सिपौली' पर किया गया था, जिसमें प्रदेश के शिक्षा-मन्त्री आए थे।

और अब 'श्री रामजानकी कला एवं वाणिज्य महाविद्यालय, श्री रामजानकी धाम सिपौली' तथा 'श्रीरामजानकी अभियान्त्रिकी एवं सूचना प्रौद्योगिकी महाविद्यालय, श्रीरामजानकी धाम-सिपौली' शिक्षा के नाम पर ऐसे कॉर्पोरेट बन चुके थे, जिनमें पंजीकृत छात्र-छात्राओं का आँकड़ा हजारों में बताया जाता था...!

8

नारायणदा की ओ सी डी पूरी तरह ठीक नहीं हुई थी-ओसीडी अर्थात उनकी बीमारी 'ऑब्सेसिव कम्पल्सिव डिसऑर्डर!' वे खाना खाने के पहले अब भी दो-तीन बार हाथ ज़रूर धोते थे! यकीनन, जैसा कि डॉक्टर ने कहा था कि 'इस रोग में आदमी एक ही काम बार-बार करने लगता है, यानी दोहराने लगता है!...उस काम को करते हुए उसे भ्रम होता है कि उसने वह काम किया है या नहीं, इसलिये उस काम

को सुनिश्चित करने के लिए वह उसे दोहराता है!...', नारायणदा को हाथ धोते हुए लगता था कि हाथ अभी ठीक-से साफ़ नहीं हुए हैं, इसलिये वे उन्हें बार-बार धोते थे! वजह साफ़ थी कि उनकी ओ सी डी अभी पूरी तरह ठीक नहीं हुई थी। दरअसल वे इलाज ही लगातार नहीं चला सके थे; क्योंकि दवाइयाँ भी खासी महँगी थीं; और फिर तीन-चार गोलियाँ दिन में तीन बार खानी पड़ती थीं, जो उन्हें एक झंझट-जैसा लगता था! और फिर उन्हें लगता था कि यह बीमारी बनी भी रहेगी, तो इसके कारण उनकी जान को ख़तरा तो है नहीं-बस, हाथ धोने की दो-तीन-चार बार की जहमत की ही तो बात है, और कोई बड़ी परेशानी नहीं!...कुछ समय तक तो निरंजन ने उनका गोलियाँ समय से खाते रहने के बारे में मुस्तैदी से ध्यान रखा था; किन्तु वह ऐसा कब तक करता! वह कोई सारे दिन तो नारायणदा के पास बना नहीं रह सकता था; और नारायणदा ने अपने मर्ज को कभी गम्भीरता से लिया ही नहीं; इसलिये मर्ज़ बना रहा था...

निरंजन उन्हें खाना खाने से पहले हाथ धोने की क्रिया को दोहराते-तिहराते देखता था। एक दिन उसने उनसे कहा, "लगता है आपने दवाई बन्दकर दी...असल में गलती तो मेरी भी है कि मैं ही ध्यान नहीं रख पा..."

नारायणदा ने निरंजन की बात के अधबीच में ही कहा था, "कोई ग़लती नहीं है...क्या फ़र्क पड़ता है..." उन्होंने आगे के अपने शब्दों पर खासा जोर डालते हुए कहा था, "मुझे तो सिर्फ ओ सी डी है, पर इस देश को तो पी पी डी हो गया है!"

"पी पी डी?" सुनने के बाद हठात निरंजन के मुँह से निकला था, और वह नारायणदा के मुँह की ओर देखने लगा था।

"हाँ, पीपीडी!" नारायणदा ने कहा था, "'पीपुल्स पोल डिसऑर्डर' जैसे कि मेरी ओसीडी का पुल फॉर्म 'आब्सेसिव कमापल्सिव डिसऑर्डर' है, पीपीडी का फुल फॉर्म 'पीपुल्स पोल डिसऑर्डर' है!" नारायणदा ने निरंजन की आँखों में देखा था।

अब निरंजन के पास फिलहाल चुप रहकर सोचने के अलावा और कोई चारा नहीं था।

नारायणदा ने किसी गम्भीर मुद्दे पर—जिसमें देश का उल्लेख था-पहली बार इस तरह वक्रोक्ति में बात की थी; अन्यथा वे ऐसे मुद्दों पर अक्सर सीधे-सीधे बात रखते थे। उसे उनकी वक्रोक्ति का अर्थ कुछ-कुछ समझ में आ रहा था। अभी इसी साल देश के कई प्रदेशों में विधानसभा चुनाव हुए थे, जिनके नतीजे भी वैसे ही रहे थे जैसे परम्परा से रहते आए थे—वही ढाक के तीन पात! निरंजन के सामने नारायणदा के कहे 'पीपीडी' का अर्थ खुलता जा रहा था। उन्होंने अपनी बीमारी 'ओसीडी' की तर्ज़ पर पीपीडी कहा, जिसका मतलब यही कि जिस तरह उनकी

बीमारी एक मुकम्मल इलाज के अभाव में पूरी तरह ठीक नहीं हो सकी; उसी तरह से देश की बीमारी पी पी डी का यथोचित इलाज नहीं हो पाता, और बीमारी पूरी तरह से ठीक नहीं हो पाती, जिसके चलते जनता एक ही काम बार-बार दोहराती रहती है-वोट करने का काम! यही है। पीपुल्स पोल डिसऑर्डर! देश की बीमारी-'पीपीडी'।...

सोच रहा था निरंजन कि कितना सही-सटीक नाम बताया है नारायणदा ने देश की बीमारी का! यदि इस देश के पीपुल (लोग) चाहें तो देश की बीमारी को ठीक कर सकते हैं; पर लोगों के पोल (चुनाव) का ही तो डिसऑर्डर है कि देश ठीक नहीं हो पाता—होते रहते हैं बार-बार चुनाव! पीपीडी! पीपुल्स पोल डिसआर्डर!

एक अरसे से निरंजन को लगता रहा था कि जो कुछ देखने में आता है, सुनने में आता है, वह एक भ्रमजाल ही साबित होता है! मृगतृष्णा! तपती दोपहरी में वातावरण के भीतर जो गर्मी की झाइयाँ नजर आती हैं, प्यासा हिरन उन्हें पानी समझ लेता है और दौड़ पड़ता है उनकी तरफ कि अब उसकी प्यास बुझ जाएगी; पर वहाँ पानी होता ही नहीं है—बस पानी का भ्रम होता है; तो वह दूसरी तरफ को दौड़ने लगता है—झाइयाँ देखकर, पर वहाँ भी उसे पानी नहीं मिलता...! मिले कैसे? पानी तो वहाँ होता ही नहीं!...

कुछ समय पहले निरंजन ने, एक आदमी की चमकदार उपस्थिति देखी थी—देश के नक्शे पर। उस आदमी का नाम था अन्ना! अन्ना हजारे! उसके पहले देश के अधिकतर लोगों ने उसका नाम तक नहीं सुना था। पर अचानक सुना कि देश को 'अन्ना हजारे' नाम का एक और 'गांधी' मिल गया है, जो लोगों की समस्याओं के निराकरण हेतु शान्ति और अहिंसा के द्वारा 'सरकार' को झुका देता है। इसलिये लोग दौड़ पड़े थे उसकी तरफ—पहले 'जन्तर-मन्तर' पर पहुँचे; उसके बाद 'रामलीला मैदान' पर! देश की राजधानी के इन स्थानों पर अलग-अलग समय पर अनशन रत रहे अन्ना हजारे नाम के उस आदमी की ओर हजारों नहीं, लाखों लोग दौड़ते देखे गये। गोया पानी की ओर दौड़ते प्यासे हिरन-हिरनियाँ!...और खबरों में छा गया अन्ना हजारे नाम का वह आदमी—देश ही नहीं, दुनिया भर में!...खबरों के शीर्षक कुछ इस तरह के बने थे : 'एक आदमी जिसने सरकार को झुका दिया'...'एक बूढ़े आदमी के शान्तिपूर्ण अहिंसात्मक आन्दोलन के सामने सत्ता नतमस्तक'...'देश को मिला दूसरा गांधी'...''राजघाट' पर अन्ना...'...'इंडियागेट पर...'

पर कुछ ही महीनों बाद, अन्ना हजारे नाम के उस आदमी का, जो 'आन्दोलनकारी' था—'अनशनकारी' था, कहीं अता-पता नहीं था—उसकी कहीं कोई छोटी-सी भी खबर नहीं थी!...हिरन-हिरनियाँ दौड़ रहे थे—गर्मी की झाइयों को पानी समझकर...पर प्यासे के प्यासे थे...

नारायणदा के पास समाचार जानने का साधन रेडियो था, जो चार बैटरी-सैलों से चलता था! रंगीन टीवी, इंटरनेट, ई-मेल, ट्विटर, फेसबुक आदि के समय में नारायणदा को अपने रेडियो से ही समाचार सुनने का काम करना पड़ता था; क्योंकि गाँव में अरसे से बिजली ही नहीं थी। कभीकभार, शहर जाने पर निरंजन उस दिन का अखबार जरूर लेकर आता तो नारायणदा उसे पूरा पढ़ डालते थे...

ये 'समाचार' ही थे जो नारायणदा को प्रतिक्रियायित कर देते थे। देश के चार-पाँच प्रदेशों में हुए चुनावों के नतीजों के 'समाचार' ने ही तो उनसे कहलवाया था, 'मुझे तो सिर्फ ओसीडी है, पर इस देश को तो पीपीडी हो गया है।...पीपीडी का फुल फॉर्म पीपुल्स पोल डिसऑर्डर...'

इन्हीं चुनावों में, राधिकारमण चौधरी का बड़ा बेटा दलवीर चौधरी विधायक चुना गया था...कौन नहीं जानता कि उसके विधायक चुने जाने के कुछ ही महीने पहले उसके घर के नौकर सन्जू के साथ क्या हुआ था...

...हवेली के दालान में लेटे-लेटे सन्जू ने उस रात अनुमान लगाया था कि करीब साल भर होने को आ गया। और बात साल या दो साल होने की नहीं, ज़रूरत की थी! इनसान की देह पाकर आदमी इनसानी देह की ज़रूरतों से कैसे बचा रह सकता है!

उस रात सन्जू ने सोचा कि वह आज मँड़इया पर जाएगा; और बस, जल्दी ही लौटकर यहाँ दालान में आ जाएगा!...

और जैसे ही सोता पड़ गया और रात गहरा गयी, वह अपनी घरवाली के पास जाने के लिए उठ खड़ा हुआ था।

वह रात सिर्फ रात न थी, बल्कि घनघोर अँधेरी रात थी। गाँव लगभग बीरान-सा था—बिला आवाज़ सोया हुआ। हवेली की तरफ भी कहीं कोई आहट न थी। बस, किसी गली से एक कुत्ते के भौंकने की आवाज़ सन्नाटे की काली चादर को किसी पैनी छुरी की तरह फाड़ रही थी। कभी-कभार दूर खेतों की तरफ से आती किसी स्यार के रोने की आवाज़ गाँव के कुत्ते की भौंक से मिलकर अँधेरे को हौलनाक बना रही थी।

उसे मौका सही लगा था। उसने एक बार अपने आसपास की पड़ताल की, जैसे वह कोई चोरी करने जा रहा हो! और जब वह पूरी तरह आश्वस्त हो गया, तो हवेली को बाएँ बाजू छोड़, सीधा अपनी मँड़इया की ओर लपक उठा था। उस वक्त अँधेरे में चलना उसके लिए किसी भी प्रकार की बाधा पैदा नहीं कर रहा था।

और कुछ ही देर में वह अपनी मँड़इया के छोटे-से दरवाजे के सामने था! वह सिर झुकाकर धीरे-से भीतर घुसा, तो वहाँ उसे एक फुसफुसाहट-सी सुनाई दी; जो तत्काल गुम भी हो गयी। उसने पल भर ठहर कर टोह ली। फिर सोचा कि वह

उसका वहम था, और कुछ नहीं। फिर वह एकाग्र हुआ कि किधर होगी उसकी घरवाली? और अचानक उसे ख्याल आया कि घर में खाट तो सिर्फ एक ही है, जो ब्याह में मिली थी और जिसे उस समय 'पलका' कहा गया था! पहली रात घरवाली के साथ उसी पर सोया था वह। वह खाट उसकी घरवाली का 'पलका' थी। बाप और महतारी हमेशा से धरती पर ही सोते आए थे।...अब तक स्थिर हो गये अँधेरे में उसने मँड़इया में 'पलका' की उपस्थिति का आभास लिया, और दबे पाँव उसकी तरफ बढ़ गया। उसके पास पहुँचकर वह खुश था। अगले ही पल उसने अपनी औरत को टटोलने के लिए अपना उतावला हाथ आगे बढ़ाया तो वह हाथ किसी मर्द-देह की पीठ पर जा पड़ा। वह अचानक बिजली का झटका खाए हुए की तरह हिल-दहल गया-यह सोचकर कि उसकी घरवाली किसी गैर मर्द के नीचे है!

और इसके आगे कुछ भी सोचने की उसे मोहलत न मिली; क्योंकि आनन-फानन में 'पलका' से उठकर एक साया उसकी ओर लपका और उसने अँधेरे में ही झपटकर इसकी छाती से छड़ी जैसी कोई नोंकीली और कड़ी चीज सटा दी थी; और साथ ही एक गुर्राहट उभरी थी "लौट के सीधा हवेली पै जा सन्जुआ!...ज्यादा तीन-तपड़ की तो गाँड़ में से धुँआ निकाल देंगे तेरी!...छह निकलती है इसमें से, समझा!..."

और तब सन्जू साफ़-साफ़ समझ गया था कि उसकी छाती पर उस समय दलवीर चौधरी की छोटी बन्दूक (रिवॉल्वर) की नली तनी हैं!...छोटी बन्दूक ने उसे एक जोरदार धक्के से पीछे की ओर ठेलते हुए कहा, "जा लौट के वहीं मादरचोद!"

ठीक तभी झोंपड़ी के दूसरे कोने की तरफ से काँखती-कराहती दो बूढ़ी आवाज़ों ने अपनी मजबूरी और मौजूदगी दर्ज कराई थी।

रात का अँधेरा आदमखोर हो उठा था।

सन्जू हवेली के दालान में लौट आया था, और अपनी दरी पर लेटकर 'सपने' में चला गया था! 'सपने' उसने पहले भी देखे थे-चलते-फिरते-काम करते हुए-खुली आँखों से-जीवित सपने। वे सपने उसके माँ-बाप से सम्बन्धित होते थे, उसकी घरवाली से सम्बन्धित होते थे, और खुद से सम्बन्धित होते थे। पर इस बार वह जिस 'सपने' में चला गया था, वह सपना एक अलग तरह का सपना था—उस सपने में वह अपनी घरवाली से मिलने गया था और उसकी खाट के पास पहुँचकर उसे छूना चाह रहा था कि उसी समय एक अदृश्य हाथ ने उसकी गर्दन चाँप ली और उसे उठाकर एक ऐसी खौफ़नाक गहरी खाई में फेंक दिया कि जिसकी गहराइयों में से निकलकर ऊपर आ पाना दुश्वार ही नहीं, असम्भव था। पर उस सपने में वह उस दुर्गम खाई से बाहर निकलने की कोशिश करने लगा था; मगर तमाम जद्दोजहद

और मशक्कत करने के बावजूद उस दुर्लंघ्य खाई से बाहर नहीं निकल सका था—वह थक गया था, और...

...अगली सुबह मुँहअँधेरे सन्जू हवेली के मुख्य दरवाजे के बीचोबीच खड़ा था गोया–एक ही जगह! टस से मस न होता हुआ। जैसे उसने दरवाजे के बीचोबीच खड़े और अड़े रहने की कसम खा रखी हो!

उस झुटपुटे के बीच, दिशा मैदान को जाने के लिए चौधरी राधिकारमण हवेली के भीतर से निकल कर पौर में पहुँचे, तो उन्होंने हवेली के बीच दरवाजे में सन्जू को खड़ा देखा। वे सोचने लगे कि 'यह सन्जुआ यहाँ क्या कर रहा है!' और दरवाजे की ओर आगे बढ़े। पर सन्जू दरवाजे से नहीं हटा। यह देखकर उनके भीतर आग-सी जल उठी, 'इसकी ऐसी हिम्मत कि हमारे लिये रास्ता नहीं छोड़ रहा है कमीन!' और उन्होंने अपने सन्जुआ नाम के गुलाम को उसकी इस हिमाकत की सजा देना जरूरी समझा। और तब उन्होंने पैर से जूता उतारने की जहमत न उठाते हुए, तमक कर जूते सहित लात उसके चूतड़ों में दे मारी थी। पर उनका गुलाम और नौकर सन्जुआ लात खाकर भी उनके रास्ते से नहीं हटा था। वह बस अपनी जगह से हिलकर फिर जस-का-तस खड़ा हो गया था! यह देखकर राधिकारमण को चेत आया। उन्होंने अब गौर से सन्जुआ को देखा, तो वे उसे देखते रह गये!...अब तक उन्होंने उसकी काली देह देखी थी, उसकी लाल आँखें देखी थीं; पर उस समय वे उसकी सफेद जीभ को देख रहे थे जो उसके मुँह से बाहर निकली लटक रही थी, उसकी आँखों के उस लाल रंग को देख रहे थे जो उसके चेहरे पर चुचुआया हुआ था! इस बात पर तो उनका ध्यान सबसे बाद में गया कि उसके पैर ज़मीन से लगभग दो इंच ऊपर लटके थे, और उसके गले में कसी हुई चारा ढोनेवाली प्लास्टिक की रस्सी दरवाज़े के कुन्दे से बँधी थी!...

यह देखकर, राधिकारमण के पैरों में जैसे हज़ार वोल्टेज का करंट प्रवाहित हो उठा हो, वे हवेली के भीतर की ओर दौड़े। हवेली में तत्काल जाग हो गयी। उस वक़्त वहाँ मौजूद अपने दो बेटों–बलवीर और विजयवीर–से उन्होंने एक संक्षिप्त विमर्श किया। उसके बाद सारे कार्य जैसे अपने-आप होने लग गये।

हवेली के दो विश्वस्त नौकरों की मदद से सन्जू को रस्सी सहित नीचे उतार दिया गया। उसके गले से रस्सी अलग कर दी गयी। अपने ठीये पर खड़ा हवेली का 'फोर्ड 3600' गुर्राया, और आगे बढ़ा। उसके पीछे ट्राली जुड़ गयी, जो हवेली के दरवाजे के ठीक सामने जा लगी! ट्राली का पिछला पल्ला खुलकर नीचे को लटक गया। और दोनों नौकरों ने सन्जू को उसके हाथ-पैरों से टंगियाकर ट्रॉली के भीतर फेंक दिया! 'फोर्ड 3600' एक बार फिर गुर्राया और शहर की ओर दौड़ चला।

सूरज उगने से पहले 'फोर्ड 3600' गाँव से ओझल हो चुका था, और सूरज

डूबने से पहले लौटकर हवेली के द्वार पर आ गया था। अब स्थिति निरापद थी। चौधरी राधिकारमण लोगों के सामने अपना मलाल प्रकटकर रहे थे कि पता नहीं ऐसी कौन-सी बीमारी थी कि तमाम कोशिशों के बाद भी सन्जुआ को बचाया न जा सका। परमात्मा का विधान बड़ा विचित्र है, आखिर उसे कोई कैसे पलट सकता है?

राघौ को दिन चढ़े खबर कर दी गयी थी कि सन्जू अचानक बीमार हो गया तो बलवीर और विजयवीर उसे ट्रैक्टर से शहर ले गये हैं—इलाज के लिए।

...शाम के झुटपुटे में राघौ को हवेली पर ही बुला लिया गया था। अब उसका बेटा इस दुनिया में नहीं था। अब उसकी मिट्टी शेष थी। बूढ़े माँ-बाप सुनकर बदहवास हो गये थे। उनका इकलौता बेटा था सन्जू। बूढ़ा बाप आकर अपने बेटे की मुर्दा देह पर गिर पड़ा, और माँ ने अपने कुरलाते विलाप से हवेली के ईंट-पत्थरों तक को हिला डाला था।

चौधरी राधिकारमण को 'नसैनी' वगैरह के झंझट में पड़ने की जरूरत नहीं लगी, इसलिये उनके हुकुम पर, सन्जू की मुर्दा देह ट्रॉली से ही श्मशान की ओर रवाना की गयी—साथ में भर दिए गये कंडों-लकड़ियों के बीच।

और एक दुर्लभ शान्ति और मशीनी मुस्तैदी से उसे आग के हवाले कर दिया गया था।

उस दिन की रात हुई थी; और सिपौली के ऊपर रात का काला अँधेरा पसरा हुआ था।

उस अँधेरी रात में सन्जू हवेली के उस दालान में नहीं था, जिसमें वह हुआ करता था। कुछ घंटों पहले गाँव की एक बाजू में हाहाकारी लपटों के साथ जलती उसकी चिता अब ठंडी हो रही थी; और राघौ की मँड़इया से रुक-रुककर करुण विलाप और कातर सिसकियों की आवाजें आ रही थीं।

और उस रात, हवेली के भीतर राधिकारमण चौधरी चैन की नींदे सोए हुए थे। देर रात आया उनका नेता होता बेटा दलवीर चौधरी भी हवेली के भीतर सोया हुआ अपने सपने में डूबा हुआ था। उसकी 'सफारी' हवेली के द्वार पर रखी हुई थी। सुबह उसे 'पार्टी' की ज़रूरी मीटिंग में पहुँचना था, जो आगामी कुछ ही महीनों के भीतर होने जा रहे विधानसभा चुनाव के टिकट-वितरण के हेतु बुलाई गयी थी...

...निरंजन के कानों में बार-बार गूँज रहा था, 'मुझे तो सिर्फ ओ सी डी है, पर इस देश को तो पी पी डी हो गया है!... पी पी डी का फुल फॉर्म 'पीपुल्स पोल डिसऑर्डर'... पी पी डी का फुल फॉर्म था 'पीपुल्स पोल डिसऑर्डर'...'

9

ठंडें आ गयी थीं। लोगों का अनुभव रहा है कि आम तौर पर दीवाली के बाद से ही थोड़ी ठंड पड़ना शुरु हो जाती है; पर इस बार देर से पड़ना शुरु हुई थी। दीवाली को निकले लगभग महीना भर हो गया था। अब ठंड झमकने लगी थी।

कुछ दिनों से नारायणदा अपने आप को रोके हुए थे; अन्यथा सामना होते ही निरंजन से यह पूछने की इच्छा होती थी उनकी कि 'सच-सच बताओ निरंजन, क्या बात है? मुझसे कुछ भी मत छिपाना...जो भी बात है, साफ़-साफ़ बताओ...कोई समस्या हो तो उसके लिए शायद मैं कुछ कर सकूँ!' पर पूछते-पूछते रह जाते थे वे।...यों तो पहली मुलाकात में निरंजन की बातों से ही उनको अहसास था कि उसके साथ जरूर ऐसा कुछ हुआ है कि जिसकी प्रतिक्रिया उसके भीतर इस कदर बेलाग मौजूद है। उस पहली बार की मुलाकात में ही कहे हुए उसके शब्द उनके कानों में गूँजते थे, 'जिस किसी भी काम के करने से दुनिया में कुछ भी बदले नहीं वह कोई काम है—ऐसा मैं नहीं मानता! काम तो वही होता है, जो कहीं न कहीं...दुनिया को थोड़ा-बहुत बदल देता है...' उस दिन यह सुनने के बाद जब उन्होंने उससे पूछा था कि 'पर इसके लिए तुम करना क्या और कैसा काम चाहते हो?' तो जवाब में उसने जो कहा था उसे सुनकर वे एकबारगी सकते में आ गये थे।

और पिछले कुछ समय से तो नारायणदा साफ़ देख रहे थे कि निरंजन के भीतर की बेचैनी उसके चेहरे पर नुमायाँ रह रही थी। फिर भी वे उससे कुछ भी पूछने से रोक लेते थे अपने-आप को।

मंगर अन्ततः एक दिन वे अपने-आप को रोक नहीं पाए थे और उन्होंने पूछ ही लिया था उससे। उस दिन शाम को वह उनका खाना लेकर आया था। उन्होंने रोज की तरह खाना खाया था। उस दौरान भी उससे हस्बेमामूल बातें होती रही थीं। खाने से निबटने के बाद, उनहोंने टिफिन एक तरफ सरका दिया था, और निरंजन के मुँह की ओर देखते हुए कहा था, "निरंजन, बहुत दिनों से तुमसे पूछना चाह रहा था...तुम कुछ तो मुझे अपना मानते ही हो कि मेरे लिए यह सब कर रहे हो", कहते हुए उन्होंने हाथ से टिफिन की ओर इशारा किया था, "मेरी हर तरह से परवाह करते हो...तो अब मुझे साफ़-साफ़ बताओ कि क्या बात है...मुझसे कुछ भी मत छिपाना...मैं तुम्हारे भीतर की बेचैनी तुम्हारे चेहरे पर देखता हूँ हमेशा...बताओ, बात क्या है कि तुम इस कदर बेचैन रहते हो?"

सुनकर निरंजन को एक बार फिर हैरानी हुई थी कि नारायणदा की बूढ़ी आँखों में कितनी गहरी रौशनी है कि जिससे दबा-ढँका कुछ नहीं रह पाता है!

दरअसल निरंजन के जेहन में बार-बार एक दृश्य आकार लेता रहता है—कल्पना में देखा गया एक दुर्द्धर्ष दृश्य!...क्यों? जानता है निरंजन इस 'क्यों' का

जवाब : एक तरफ निर्बल-दुर्बल मनुष्य-अस्मिता; और दूसरी तरफ मनुष्य के होने को—उसकी निबलई और दुर्बलता के चलते किसी कीड़े-मकोड़े की मानिन्द मानने और कुचल डालने पर आमादा सत्ता, शक्ति, प्रतिष्ठा और पद का दर्प! यह द्वन्द्व ही है उस दुर्द्धर्ष दृश्य के निरंजन के जेहन में बार-बार आकार लेने का कारण, जिसे हर बार वह उस स्प्रिंगवाले खिलौने गुड्डे की तरह दबाकर डिब्बे में बन्द कर देता है जो डिब्बे में बन्द होने के बावजूद हर दम ढक्कन को उचकाकर बाहर निकल आने को आतुर रहता है!...

...ख्यालीराम जाटव नाम के मज़दूर बाप का बेटा निरंजन नियति ने ही मेधावान पैदा किया था। ख्याली को तो नोंन-तेल-लकड़ी के लिए मेहनत-मजूरी करने से ही फुरसत नहीं थी। पर उसका बेटा स्कूल जाने लगा था-मौहल्ले के दूसरे लड़कों की देखा-देखी। और तब स्कूल-मास्टरों ने देखी थी उसकी मेधा। चीजों को फटाफट समझ लेना उसकी फितरत थी जैसे! और यह देखकर स्कूल-मास्टर खुश थे—खासकर मास्टर नारायणप्रसाद तिवारी।

एक दिन स्कूल में मास्टरजी अर्थात नारायण प्रसाद तिवारी ने निरंजन से कहा था, "निरंजन जा; अपने पिताजी को बुलाके ले आ!"

निरंजन ने मास्टरजी का हुक्म सुनकर अपने घर की ओर दौड़ लगा दी थी; और वह कुछ ही देर में अपने पिता के साथ लौटकर मास्टरजी के सामने हाजिर था।

मास्टर नारायण प्रसाद तिवारी ख्याली से मुख़ातिब खुश थे, "ख्याली, तुमको मैंने यह बताने के लिए बुलाया है कि तुम्हारा बेटा होनहार है; बहुत होशियार है! इसकी पढ़ाई के लिए कुछ भी करना, पर इसकी पढ़ाई बन्द मत करना तुम!...बस यही बात कहने के लिए मैंने तुमको बुलाया था...अब तुम अपना काम देखो..."

मास्टरजी के मुँह से अपने बेटे के बारे में ऐसी अच्छी बात सुनकर ख्याली का सँवलाया चेहरा खुशी से दमक उठा था। उसने मास्टरजी की ओर दोनों हाथ जोड़ दिए और कहा था, "सिब आपकी किरपा है मास्साब...पढ़ाऊँगा मैं इसे जितनों जे चाहै..."

"हाँऽऽ..." मास्टर नारायण प्रसाद तिवारी ने सिर हिलाते हुए कहा था।

और उस दिन ख्याली खुशियों के रंग में सराबोर घर लौटा था। वहाँ उसने मास्टर नारायण प्रसाद तिवारी की कही बात अपनी घरवाली को भी बताई थी। सुनकर वह भी खुश हुई थी। और उस दिन उन दोनों ने यह निश्चय किया था कि चाहे कितनी भी मेहनत-मजूरी करनी पड़े, पर निरंजन की पढ़ाई बन्द नहीं करेंगे।

उसके बाद उन दोनों ने मेहनत-मजूरी के लिए जैसे कमर कस ली थी। उनकी कमाई और रोजी-रोटी का जरिया मेहनत मजूरी के अलावा और कुछ न था। निरंजन ने अपने माँ-बाप को हमेशा मेहनत-मजूरी करते देखा था। उनकी मेहनत-मजूरी के

बल पर ही उसकी पढ़ाई आगे बढ़ती रही—प्राइमरी स्कूल से मिडिल स्कूल, उसके बाद शहर का हायर सेकंडरी स्कूल उसने पास किया; और फिर अन्ततः अपने माँ-बाप के सीमित साधनों के ही साथ उसने कॉलेज की डिग्री हासिल कर ली थी—वह बी ए हो गया था।

बी ए पास कर लेने के बाद उसने खुद ही, आगे न पढ़ने और अपनी स्नातक डिग्री के आधार पर ही कोई नौकरी ढूँढ़ने का फैसला किया था। वह अपने माँ-बाप के कष्टों को जानता था, जिन्होंने सिर्फ अपने पसीने की कमाई से ही उसे बी ए पास करा दिया था। अब वह कोई नौकरी करके, उन्हें थोड़े-से आराम की जिन्दगी जीते देखना चाहता था।

नौकरी के लिए उसने शहर के जिला रोजगार-कार्यालय में अपना पंजीयन करवा दिया था। रह वह गाँव में ही रहा था, पर हम तीसरे-चौथे दिन साइकल से शहर जाकर अखबार वगैरह देख आता और 'न्यूज एजेंसी' नाम की अखबारों की दुकान पर नौकरी की खाली जगहों के बारे में पूछताछ कर आता था।

एक दिन उसने शहर जाकर 'न्यूज एजेंसी' पर पूछा, तो दुकानदार गेंदालाल ने बताया था कि अखबार में शिक्षाकर्मियों की भर्ती के बारे में विज्ञप्ति निकली है। तो उसने अखबार खरीद लिया था और उसमें छपी 'विज्ञप्ति' को पढ़ा था। 'शिक्षाकर्मी' नाम के पद के बारे में, इसके पहले कभी उसने पढ़ा-सुना नहीं था। 'शिक्षक', 'सहायक शिक्षक', 'उपशिक्षक' आदि पदनामों की तो उसे जानकारी थी, पर 'शिक्षाकर्मी' पदनाम की जानकारी से वह पहली बार वाबस्ता हुआ था।

असल में, तब तक प्रदेश में 'पंचायत राज एवं ग्राम स्वराज अधिनियम' लागू हो चुका था, और उसके तहत प्रदेश के प्रत्येक जिले में त्रिस्तरीय पंचायत प्रणाली लागू हो चुकी थी। त्रिस्तरीय अर्थात ग्राम स्तर पर 'ग्राम पंचायत', जनपद स्तर पर 'जनपद पंचायत' और जिला स्तर पर 'जिला पंचायत'! तो प्रदेश सरकार ने पंचायत प्रणाली के अधीन 'शिक्षाकर्मी' नाम का नया पद सृजित किया था, जिसे कार्य तो सरकारी स्कूल में शिक्षण का ही करना था, पर जो 'शिक्षक' नहीं था। 'शिक्षक' की जगह 'शिक्षाकर्मी' पदनाम देने के पीछे सरकार की मन्शा स्पष्ट थी कि पदनाम बदलकर, 'शिक्षाकर्मी' को पंचायत के अधीन रखकर; प्रदेश सरकार के अधीन 'शिक्षक', 'सहायक शिक्षक', 'उपशिक्षक' के समान अधिकारों और वेतन-भत्तों आदि का पात्रता से वंचित रखा जाए! भले ही दोनों के कार्य एक समान हों! इसलिये वेतन आदि में बड़े अन्तर के साथ-बहुत कम वेतन पर—'शिक्षाकर्मी' नामक पद के लिए विज्ञप्ति निकाली गयी थी।

फिर भी 'शिक्षाकर्मी' नाम के पद के लिए निकली विज्ञप्ति पढ़कर निरंजन को खुशी हुई थी।

उसने अख़बार में छपी विज्ञप्ति को दो-तीन बार गौर से पढ़ा था; उसके बाद निश्चय कर लिया था कि वह उस पद के लिए आवेदन करेगा!

शिक्षाकर्मी पद के तीन वर्ग थे: शिक्षाकर्मी वर्ग-1, शिक्षाकर्मी वर्ग-2, शिक्षाकर्मी वर्ग-3। शिक्षाकर्मी वर्ग-1 के लिए आवश्यक शैक्षणिक योग्यता थी स्नातकोत्तर; शिक्षाकर्मी वर्ग-2 के लिए स्नातक, और शिक्षाकर्मी वर्ग-3 के लिए हायर सेकंडरी।

निरंजन ने अपनी शैक्षणिक योग्यता-स्नातक-को ध्यान में रखते हुए शिक्षाकर्मी वर्ग-2 एवं शिक्षाकर्मी वर्ग-3 के लिए अलग-अलग आवेदन-पत्र भरे थे और चाहे गये डॉक्यूमेंट्स की सत्यापित छायाप्रतियाँ संलग्न कर उन्हें जमा कर दिया था। शिक्षाकर्मी वर्ग-2 का आवेदन-पत्र जमा कराया गया था जिला-पंचायत कार्यालय में; और शिक्षाकर्मी वर्ग-3 का आवेदन-पत्र जमा कराया गया था जनपद-पंचायत कार्यालय में।

आवेदन-पत्र जमा करने के बाद वह प्रतीक्षा करता और शहर जाता-आता रहा था। नियुक्ति के आधार, उसे विज्ञप्ति के मार्फ़त मालूम थे, जिनमें अर्हतादायी परीक्षा में प्राप्तांकों का प्रतिशत और सम्बन्धित जनपद-पंचायत-क्षेत्र का मूल निवासी होना मुख्य थे। वह इन दोनों आधारों के कारण अपनी नियुक्ति के प्रति लगभग आश्वस्त था क्योंकि हायर सेकंडरी और बी ए की परीक्षाओं में उसके प्राप्तांक बहुत अच्छे थे; साथ ही वह जनपद क्षेत्र का मूल निवासी था ही!

कुछ समय बाद, जिला-पंचायत और जनपद-पंचायत के कार्यालयों के सूचना-पटलों पर चयनित उम्मीदवारों की सूचियाँ चस्पां होने की उसे जानकारी मिली, तो वह उन्हें देखने पहुँचा था। ज़िला-पंचायत कार्यालय के सूचना-पटल पर शिक्षाकर्मी वर्ग-1 एवं शिक्षाकर्मी-2 के साक्षात्कार हेतु चयनित उम्मीदवारों की सूचियाँ चस्पां थीं। शिक्षाकर्मी वर्ग-2 वाली सूची को उसने दो बार पढ़ा था, पर उसमें उसका नाम नहीं था। उसके बाद वह जनपद-पंचायत-कार्यालय पर चस्पाँ शिक्षाकर्मी वर्ग-3 के साक्षात्कार हेतु चयनित उम्मीदवारों की सूची देखने पहुँचा, और जब उसने उसे पढ़ा तो वह खुशी के रोमांच से भर उठा था। उस सूची में दूसरे ही क्रम पर उसका नाम था: निरंजन प्रसाद जाटव पुत्र श्री ख्यालीराम जाटव। उसी सूची के निचले हिस्से में साक्षात्कार का दिनांक, समय और स्थान लिखा गया था।

साक्षात्कार के लिए निर्धारित तारीख को निरंजन जनपद-पंचायत-कार्यालय पर साक्षात्कार-कर्त्ता पैनल के समक्ष प्रस्तुत हुआ था। कक्ष में बड़ी टेबिल के पीछे कुर्सियों पर पाँच लोग बैठे थे। इनके द्वारा साक्षात्कार में जो प्रश्न पूछे गये और निरंजन के द्वारा जो उत्तर दिए गये वे इस प्रकार थे :

"आपका नाम क्या है?"

"जी, मेरा नाम निरंजन प्रसाद जाटव है।"

"आप शिक्षाकर्मी क्यों बनना चाहते हैं—तीन कारण बताइए?"

"जी, पहला कारण तो यही है कि इससे मैं बेरोजगार नहीं रह जाऊँगा। दूसरा कारण यह है कि बच्चों को शिक्षा देने का अवसर मिलेगा और मेरे विचार में शिक्षा लेना और शिक्षा देना दोनों ही महत्त्वपूर्ण काम हैं। इन दो कारणों के अलावा तीसरा और कोई कारण इस वक़्त मुझे समझ में नहीं आ रहा है।"

बाकी तीन साक्षात्कार-कर्त्ताओं ने भी उससे एक-एक प्रश्न पूछे थे, जो क्रमशः प्रदेश के शिक्षा मन्त्री, देश के मानव संसाधन विकास मन्त्री और देश के उपराष्ट्रपति के बारे में थे; जिनके उसने बेअटके तुरन्त जवाब दिए थे।

उसके बाद उसे साक्षात्कार-कर्त्ताओं ने जाने के लिए कह दिया था।

वह कक्ष के बाहर निकल आया था। और शाम तक अपने गाँव लौट आया था।

उसके कुछ समय बाद शिक्षाकर्मी वर्ग-3 के चयनित अभ्यर्थियों की अन्तिम सूची जनपद-पंचायत-कार्यालय के पटल पर चप्पां कर दी गयी थी। वह उस सूची को देखने पहुँचा था और अपने भीतर यह विश्वास लिये लौटा था कि अभी कहीं सच और ईमानदारी का कुछ हिस्सा बचा हुआ है : उस सूची में उसका नाम भी था!

उसने अपने गाँव लौटकर 'खुशख़बरी' अपने माँ-बाप को सुनाई थी। सुनकर उनके चेहरों पर भी खुशी की रौनक छा गयी थी।

उसके बाद वह अपने पदांकन-आदेश का इन्तज़ार करने लगा था।

एक महीना बीता, दूसरा बीता, फिर तीसरा भी बीत गया; पर उसे पदांकन-आदेश नहीं मिला। तो वह एक दिन जनपद-पंचायत-कार्यालय पर उस बारे में जानकारी लेने जा पहुँचा था।

पदांकन सम्बन्धी कार्य को देख रहे बाबू के बारे में उसे बताया गया, "सदानन्द बाबू से मिल लो!"

वह पूछता हुआ सदानन्द बाबू की टेबिल के सामने पहुँचा। उसके पीछे बैठे व्यक्ति से उसने पूछा, "सर, सदानन्द जी आप ही हैं?"

बाबू सदानन्द ने सुनकर उसकी ओर देखा और आहिस्ता से सिर हिलाकर कहा था, "कहो!"

सदानन्द गोरा-चिट्टा और क्लीनशेव्ड था। उसकी शर्ट उजली थी। उसके माथे पर पीला तिलक लगा हुआ था। उसकी कुर्सी की बगल में रखे स्टूल पर काँच के भीतर मढ़ी हुई हनुमान जी की तस्वीर दीवार से टिकी रखी थी, जिसके सामने रखे पीतल के छोटे-से अगरबत्ती-स्टैंड के छेदों में बुझी हुई अगरबत्तियों के ठूँठ फँसे थे।

निरंजन ने बाबू सदानन्द के 'कहो' के जवाब में कहा था, "सर, मेरा नाम निरंजन प्रसाद है...शिक्षाकर्मी-3 की चयन सूची में मेरा नाम है..पर मुझे अभी तक

कहीं पदांकित नहीं किया गया है...''

निरंजन के कहने के दौरान बाबू सदानन्द उसके मुँह की ओर ताकता रहा था, और जैसे ही निरंजन अपनी बात कहकर चुप हुआ, सदानन्द ने उससे कहा, ''पूरा नाम और पिता का नाम?''

''पूरा नाम निरंजन प्रसाद जाटव और पिता का नाम श्री ख्यालीराम जाटव है सर।'' निरंजन ने बताया था।

''हूँ...ठीक है...'' कहकर बाबू सदानन्द टेबिल पर रखी फाइल के काग़ज़ उलटने-पलटने लगा था।

निरंजन उसे ऐसा करते हुए कुछ देर तक देखता रहा, फिर उसने उससे पूछा, ''सर, मेरा पदांकन-अदेश मुझे कब तक मिल जाएगा?''

''मिल जाएगा...और इन्तजार करो'' ''बाबू सदानन्द ने कहा।

''पर सर, उस सूची के मेरे साथवालों की तो किसी न किसी स्कूल में पोस्टिंग हो चुकी है, फिर मेरी क्यों नहीं हुई?'' निरंजन ने पूछा।

''हो जाएगी...हो जाएगी।'' जवाब में बाबू सदानन्द ने कहा था।

''ठीक है सर।'' निरंजन, बाबू सदानन्द के कहे 'हो जाएगी' को आश्वासन मानकर, यह उम्मीद लिये घर लौट आया था कि अब कुछ दिनों में उसे पदांकन-आदेश-पत्र मिल जाएगा।

किन्तु उसके बाद एक-एक दिन इन्तज़ार करते हुए पूरा एक महीना बीत गया। तो निरंजन फिर जनपद-पंचायत-कार्यालय जाकर बाबू सदानन्द से मिला था। उस समय ऑफिस खुल ही रहा था और सदानन्द बाबू धुले-साफ-इस्त्रीशुदा पैन्ट-शर्ट पहने, अपने दोनों हाथों की उँगलियों से पकड़ी एक सुलगती-महकती अगरबत्ती को स्टूल पर रखी हनुमान जी की तस्वीर के सामने वृत्ताकार घुमाते हुए मुँह ही मुँह में कुछ बुदबुदाता हुआ अपने कार्यालयी दिन की शुरुआत कर रहा था। जब उसने अपना वह कार्य सम्पन्न करके अगरबत्ती पीतल के स्टैंड में खोंसने के बाद अपनी कुर्सी पर बैठने का रुख किया तो उसे टेबिल के पास खड़ा निरंजन दिखा। उसने उसकी ओर एक तिरछी नज़र देखकर कुर्सी पर बैठते हुए कहा, ''कहोऽ?...कैसेऽ?''

बाबू सदानन्द ने मात्र दो ही शब्द कहे थे: पर उन दो शब्दों की कहन में निरंजन को मिठास और कड़वाहट के दो नितान्त विपरीत भाव इस कदर गड्डमड्ड मिले हुए महसूस हुए कि वह किसी नतीजे पर नहीं पहुँच सका...पर वह वहाँ जिस काम के लिए पहुँचा था वह उसने बाबू सदानन्द को बता दिया, ''सर, मेरा पदांकन अभी तक कहीं नहीं हुआ है, इसीलिये...''

''हूँऽऽ...'' बाबू सदानन्द ने जैसे निरपेक्ष भाव से कहा था,'' पदांकन!...और इन्तजार करलो...हो जाएगा...जाएगा कहाँ पदांकन?''

"पर सर, कब तक होगा?...उसी लिस्ट के अन्य लोगों का पदांकन कहीं न कहीं हो चुका है...फिर मेरा ही क्यों नहीं हुआ है?" निरंजन ने शाइस्तगी के साथ अपनी उलझन बाबू के सामने रखी थी।

"तो फिर जिन लोगों का हो गया है, उन्हीं से क्यों नहीं पूछते कि उनका कैसे हो गया और तुम्हारा क्यों नहीं हुआ!" बाबू ने टेबिल पर काग़ज़ों को उलटते-पलटते हुए बिना निरंजन की ओर देखे कहा था।

सुनकर एकबारगी तो निरंजन कुछ नहीं समझ पाया—वह जस का तस खड़ा, सामने कुर्सी पर बैठे बाबू सदानन्द की ओर देखता रहा था। फिर उसे लगा था कि कुछ गड़बड़ ज़रूर है; जिसका पता लगाना पड़ेगा! और वह चुपचाप वहाँ से लौट पड़ा था।

निरंजन के कक्ष से बाहर जाते ही बाबू सदानन्द ने सिर ऊपर उठाया, और उसी कक्ष में दूसरे कोने पर अपनी कुर्सी-टेबिल जमाये बैठे सहकर्मी बाबू राकेश गोयल की ओर देखते हुए लगभग उपहास के अन्दाज़ में कहा था, "प्रसाद!...नाम है निरंजन प्रसाद...पूरा नाम निरंजन प्रसाद जाटव!...पिता का नाम ख्यालीराम जाटव!...अब सरकार ने रिजर्वेशन दे दिया है, तो हम भी दे दें!"

"अरे, साफ बता देते कि..." बाबू राकेश गोयल ने अपनी कुर्सी पर बैठे-बैठे ही अपना मत प्रकट करने की कोशिश की कि उसकी बात के अधबीच में ही सदानन्द बोल उठा, "अरे याऽऽर, घूमने दो...जाएगा कहाँ? घूम-फिरकर आएगा तो यहीं..."

सुनकर राकेश गोयल चुपचाप मुस्कराता रहा था।

निरंजन ने शिक्षाकर्मी-3 के चयनितों की सूची में से नाम देखकर कुछ लोगों से सम्पर्क किया, तो यह जानकर उसके पैरों के नीचे से ज़मीन खिसक गयी कि पदांकन-आदेश-पत्र पाने के लिए हर एक को खर्चा करना पड़ा था—किसी को पन्द्रह हज़ार का, किसी को बारह हज़ार का, किसी को बीस हज़ार तक का खर्चा! उसने जब पूछा कि कैसे...? किसको...? तो बताया गया कि सीधे बाबू सदानन्द को...! और उसे यह भी बताया गया कि खर्चा नहीं करोगे, तो घूमते रहोगे ऐसे ही, कुछ नहीं होगा, मामला पड़ा रहेगा ठंडे बस्ते में!

यह सब जानकर निरंजन इस चिन्ता में पड़ गया कि इतनी रकम की व्यवस्था कैसे और कहाँ से होगी! उसके परिवार की हालत तो रोज कुआँ खोदकर पानी पीने की थी! और फिर इतनी कम तनख्वाह की, अनेक तरह की शर्तों से बँधी 'अस्थाई' कही गयी नौकरी! वह कुछ दिनों तक यह सब सोचते हुए ऊहापोह में बना रहा। अन्त में उसने यह बात अपने माँ-बाप को बताना उचित समझा था।

ख्याली ने निरंजन से पूरी समस्या सुनने के बाद इतना ही कहा "आजकल

बिना घूँस दएँ कौन सौ काम होतु ऐ!...करेंगे कछू...कैसे ऊँ न कैसे ऊँ...तेरी नौकरी के काजें कछू न कछू जरूर करेंगे!''

''क्या करौगे कक्का?'' निरंजन ने पूछा था।

''इतने रुपइया तौ बन्धुआ चाकरी पै ई मिल सकत ऐं...जैसें मजूरी कत्तएँ वैसें कऊकी चाकरी बजावेंगे...'' ख्याली ने कहा था।

''नहीं कक्का, मेरी नौकरी के काजें तुम्हें कऊकौ बन्धुआ बनिवे की जरुरत नहीं है...नहीं...'' निरंजन ने सिर हिलाया था।

''तौ फिर और का करें...?'' ख्याली ने निरंजन के मुँह की ओर देखा था।

''अगर मेरी पोस्टिंग नहीं करेंगे तो कोर्ट है...मैं कोर्ट में जाऊँगा...'' निरंजन ने अपने बाप को आश्वस्त किया था, ''वहाँ से तो न्याय मिलेगा...''

सुनकर ख्याली चुप होकर निरंजन के मुँह की ओर देखता रहा था।

अगले दिन निरंजन ने शहर जाकर अपने काग़ज़ात के साथ एक वकील से सलाह ली थी।

वकील ने उसके सारे काग़ज़ात उलटते-पलटते हुए सरसरी नजर से देख लेने के बाद कहा था, ''हाँ, आपकी पोस्टिंग तो उन्हें करनी पड़ेगी...प्रकरण फाइल कर देते हैं...'' कहते हुए उसने निरंजन के चेहरे पर देखा था,'' दस हजार रुपये का खर्चा आएगा...पाँच हजार पहले जमा करने होंगे...बाकी बाद में...!''

सुनकर निरंजन हैरान था, उसके मुँह से निकला, ''दस हजार!''

''हाँ,'' वकील ने सिर हिलाकर कहा था, ''दस हज़ार का ही खर्चा आएगा...सोच लो!'' कहकर उसने काग़ज़ात निरंजन की ओर सरका दिए थे।

निरंजन को लगा था कि उसके सामने काला कोट पहने वकील के पेशेवाला आदमी नहीं बैठा है; बल्कि उसकी आँखों के सामने साक्षात अन्धकार (अन्धेर) बैठा है! और न्याय पाने का रास्ता इसी 'बीच के अन्धकार' से होकर जाता है! उसने अपने काग़ज़ात समेटकर बैग में डाले और वह 'अन्धकार को नमस्कार'कर वहाँ से लौट पड़ा था।

उसके बाद उसकी किसी अन्य वकील के पास जाने की हिम्मत नहीं हुई थी। वह सीधा अपने गाँव लौट आया था।

घर लौटने के बाद वह अनमना था। यह देखकर ख्याली ने पूछा था, ''का बात ऐ निरंजन?''

जवाब में उसने उसी अनमनेपन के साथ कहा था, ''नहीं कक्का, कोर्ट नहीं जा सकते हम...बिना पैसे के न्याय भी नहीं मिल सकता! दस हज़ार माँग रहा था वकील...'' कहते हुए निरंजन जैसे अपने-आप में ही डूबा जा रहा था, ''जो न्याय पैसे के बिना नहीं मिलता, उसे न्याय कैसे कह सकते हैं!...''

ख्याली चुपचाप उसकी बात सुनता रहा था।

और अन्त में वही हुआ, जो ख्याली ने पहले प्रस्तावित किया था। ख्याली ने राम भजन चौधरी के यहाँ खुद को एक साल के लिए बन्धक रखकर बीस हज़ार रुपये लिये थे; और लाकर निरंजन के हाथ में रख दिए थे।

वे रुपये हाथ में लेकर उस दिन निरंजन अपने भीतर ही भीतर एक अजीब किस्म के अपराध-बोध से घिर गया था!

पर वह अपनी लगी-लगाई नौकरी हाथ से नहीं जाने देना चाहता था। इसलिये अगले दिन जनपद-पंचायत कार्यालय पहुँचकर उसने बाबू सदानन्द से मोलभाव करने के बाद पदांकन-आदेश-पत्र की कीमत उसकी टेबिल पर रख दी थी!...

और उस दिन निरंजन खुशी के साथ-साथ पंखों पर उड़ने-जैसी अनुभूति से भर उठा था, जिस दिन वह 'शासकीय प्राथमिक विद्यालय, बारसेन' में शिक्षाकर्मी वर्ग-3 के रूप में ज्वाइन करने के बाद पहली बार कक्षा तीन के बच्चों को पढ़ाने क्लास में पहुँचा था। उस दिन उसको लगा था कि उसे दुनिया का सबसे अच्छा काम करने को मिल गया है: बच्चों को पढ़ाने का काम...!

और उसके बाद के दिनों में वह सब कुछ भूलकर उस काम से 'जुड़' गया था, जो उसे 'शिक्षाकर्मी' नाम के पद की नौकरी के तहत मिला था। पढ़ाने का काम आन्तरिक खुशी देता था उसे।

वह रोज़ सिपौली से साइकिल पर बारसेन गाँव को निकलता और स्कूल के समय से पाँच-दस मिनट पहले विद्यालय पर पहुँच जाता था। वहाँ टाइम-टेबिल के हिसाब से पढ़ाने का काम करता; और स्कूल-समय के बाद साइकिल से लौटकर सिपौली अपने घर आ जाता था।

सिपौली से बारसेन गाँव की दूरी करीब सात-आठ किलोमीटर थी, जो साइकिल से जाते-आते अखरनेवाली न थी। निरंजन रोज सवेरे नहा-धोकर तैयार होता, तब तक उसकी माँ रोटी तैयार कर देती। वह दो रोटियाँ खाकर साइकिल उठा स्कूल के लिए निकल पड़ता, दिन भर स्कूल पर अपना काम करता और छुट्टी के बाद घर लौटकर शाम को भरपेट खाना खाता था। अवकाशवाले दिनों के अलावा यह उसकी दिनचर्या और आदत बन चुकी थी।

धीरे-धीरे समय गुज़रता रहा और एक साल बीत गया। इस दरमियान निरंजन स्कूल, विभाग और शिक्षण-कार्य के अनुभवों से समृद्ध हुआ था, और साल बीतने के बाद ख्याली, राम भजन चौधरी की बन्धुआ चाकरी से मुक्त हो गया था; क्योंकि साल भर काम करने पर उसका कर्जा चुकता हो गया था।...

अब चौथा साल चल रहा था निरंजन की नौकरी का। वह नियम से बिला नागा स्कूल जाता रहा था। इस दरमियान उसने कभी एक भी अवकाश नहीं लिया था। अवकाश की उसे जरूरत ही नहीं पड़ी थी। वह अपने काम से काम रखता था। सिपौली से सीधे स्कूल जाना और स्कूल से सीधे सिपौली आना। बारसेन गाँव से इसके अलावा उसने कोई वास्ता नहीं रखा था। अपनी गैल जाना, अपनी गैल आना उसका उसूल था।

बारसेन गाँव में यों तो लगभग सभी जातियों के लोग रहते थे; पर बहुतायत ठाकुरों और ब्राह्मणों की थी। ठाकुर सबसे ज़्यादा, उनके बाद ब्राह्मण, फिर अन्य जातियाँ!

स्कूल-'शासकीय प्राथमिक विद्यालय बारसेन' गाँव के बीच में था। इसलिये निरंजन को गाँव के बीच से होकर स्कूल तक पहुँचना होता था। गाँव के बीच के उस रास्ते की एक तरफ बने पक्के मकानों में से एक मकान के नीचेवाले बाहर को खुलनेवाले एक कमरे में एक दुकान खुली हुई थी; जिसके आगे छप्पर पड़ा था। उस छप्पर के नीचे हमेशा दो-चार लोग बैठे-गपियाते रहते थे। दुकान तो वह बीड़ी-सिगरेट-माचिस-रेबड़ी-लाइचीदाने- साबुन-पुड़िया- गुटखा वगैरह की ही थी; पर मूलत: वह गाँजा पीनेवालों का अड्डा थी। उस दुकान और घर का मालिक ज्ञानू शर्मा था—जिसका पूरा नाम ज्ञान प्रकाश शर्मा था, पर वह ज्ञानू शर्मा ही पुकारा जाता था। वह गाँजे का नशा करने का लती था और दिन भर दुकान के सामने छप्पर के नीचे बैठा गाँजे की चिलम लगाता रहता था। उसके साथ गाँव के अन्य गँजेड़ी भी दम लगाते-आते-जाते दुकान के सामने की उस जगह को आबाद किए रहते थे। ज्ञानू शर्मा दमभाइयों के बीच बैठा चिलम लगाता, कभी-कभार आनेवाले ग्राहक को भी उसकी माँगी हुई चीज, उठकर दुकान से दे देता और फिर दमभाइयों की महफिल में आ बैठता था। छप्पर के नीचे जमनेवाली उस महफिल में हमेशा अलर-बलर तरह की बातें और आवाज़ें होती रहती थीं। यह वहाँ का रोजाना और दिन भर का मामूल था।

निरंजन स्कूल तक पहुँचने के लिए वहाँ से साइकिल पर निकलता था। वह वहाँ बैठे रहनेवाले नशैलचियों की तरफ देखे बिना सीधा निकल जाता था। इस बात को वहाँ बैठनेवाले अन्य लोग भी देखते थे और ज्ञानू शर्मा भी। ज्ञानू शर्मा की आवाज़ लगातार और लम्बे समय से गाँजा पीने के कारण फटे बाँस के बजने की तरह खरखरी हो गयी थी। एक दिन निरंजन वहाँ से साइकिल चलाता हुआ स्कूल की तरफ निकला था; और अभी वह वहाँ बैठे लोगों को साइकल चलाता हुआ गली में आगे बढ़ता दिखाई दे रहा था कि ज्ञानू शर्मा ने नशे से रक्तिम अपनी आँखों से उसकी तरफ इंगित करते हुए अपनी फटी-सी आवाज़ में अपने संगियों से कहा था,

''जे मास्टर देखि रहे हौ...असली चमट्टा है...झाँ ते रोजु निकत्तुऐ; पर कबहूँ राम-राम श्याम-श्याम नहीं कत्तु!... बड़ौ घमंडु ऐ जा ढेड़ ऐ!...''

यह बात सुनकर वहाँ मौजूद दमभाइयों ने अपनी-अपनी तरह से अपनी बात कही थी और प्रतिक्रियास्वरुप बारी आने पर चिलम का गहरा सुट्टा मारा था। ज्ञानू शर्मा के हाथ में चिलम पहुँचने पर उसने चिलम को मुँह से लगाकर ऐसा कश लगाया था कि चिलम के ऊपरी हिस्से में आग की लौ उठ गयी थी! उसके साथ ही 'वाह-वाह' की एक मिली-जुली ध्वनि हुई थी और नशैला धुआँ चारों ओर छितरा उठा था...

उन दिनों प्रदेश में चुनाव के जरिये पुरानी सरकार को अपदस्थ कर नयी पार्टी की सरकार आई थी। उस नयी सरकार का मुखिया कुछ ज़्यादा ही उत्साही था। उसने कुर्सी पर बैठते ही अनेक प्रकार की योजनाओं की घोषणा की थी; उन योजनाओं का क्रियान्वयन सुनिश्चित करने हेतु कुछ 'कार्यक्रमों' का आदेश दिया था—जिनमें से एक था : ज़िले के अधिकारियों का गाँव में 'रात्रि-विश्राम कार्यक्रम'!

तो प्रदेश-सरकार के नये मुखिया के फरमान के पालन में प्रदेश के गाँवों में अधिकारियों के 'रात्रि-विश्राम कार्यक्रम' चल रहे थे।

उसी कड़ी में एक दिन शाम के समय ग्राम बारसेन के स्कूल-प्रांगण के सामने एक सफेद 'ऍम्बेसडर' कार आकर रुकी; और उसके पीछे-पीछे कुछ जीपें और मोटरसाइकिलें भी आकर खड़ी हो गयी थीं।

वह मई का महीना था। इसलिये स्कूल का ग्रीष्मावकाश चल रहा था और स्कूल बन्द था। पर स्कूल के ताले लगे कमरों के सामने मैदान में चार-पाँच खाटें बिछाई गयी थीं जिनके ऊपर रुई से भरे रंग-बिरंगे गद्दे डाले गये थे। खाटों से बची जगह में लाल-काली धारियोंवाले खेस बिछाए गये थे और कुछ लाल रंग की प्लास्टिक की कुर्सियाँ डाली गयी थीं। स्कूल के कमरों के पास दो नये-नकोर मिट्टी के घड़ों में पानी भरकर रखा गया था और घड़ों के पास एक काठ की टेबिल पर एक ट्रे में चार काँच के गिलास और घड़ों में से पानी निकालने के लिए एक डंडीदार डोंगा रखा गया था। यह सारी व्यवस्था गाँव के पंचायत-सचिव और हलके के पटवारी ने गाँव के चौकीदार की मदद से की हुई थी।

'ऍम्बेसडर' के रुकते ही ड्राइवर ने उतर कर कार का पिछला पल्ला खोला; तो कार के भीतर से एक गोरा, स्वस्थ और दरमियानी कद-काठी का तकरीबन पैंतीस साला व्यक्ति निकला। वह ज़िले का कलैक्टर था! डी एम! उसके पीछे-पीछे आई जीपों में से एस डी एम, तहसीलदार, नायब तहसीलदार, ज़िला शिक्षा अधिकारी,

थाना-प्रभारी आदि अन्यान्य विभागों के अधिकारी-कर्मचारी फटाफट उतरे और कलैक्टर के इर्द-गिर्द आ खड़े हुए। कलैक्टर ने स्कूल-भवन की ओर देखा और वह उसकी ओर बढ़ा, तो अन्य सभी अधिकारियों के कदम उसके पीछे-पीछे हो लिये थे। चन्द क़दम चलने के बाद ही कलैक्टर बिछी हुई खाटों आदि के पास पहुँचा था। उसने एक नज़र आसपास का मुआइना-सा किया, और उसके बाद वह एक खाट पर बिछे गद्दे पर बैठ गया। उसके बाद अन्य अधिकारियों-कर्मचारियों का अमला-फैला भी अन्य खाटों और कुर्सियों पर बैठ गया था।

और यह सब होते-होते वहाँ पहले से मौजूद पंचायत-सचिव, पटवारी और चौकीदार अफ़रा-तफ़री में आ गये थे। चौकीदार ने दौड़कर गिलासों में पानी भरा और वह उन्हें ट्रे में रखे हुए कलैक्टर एवं अन्य अधिकारियों को प्रस्तुत करने लगा था; पंचायत-सचिव दौड़कर गाँव की तरफ गया और थोड़ी देर में चाय बनवाकर कपों के साथ हाजिर हुआ था; पटवारी वहाँ पहले से मौजूद एवं आते जा रहे गाँववालों को सामने बिछे खेसों पर बैठने की हिदायत देता हुआ व्यवस्था कायम करने में लगा था।...

तब तक अँधेरा घिर गया था। इसलिये गैस-लालटेन जलवाकर एक ऊँचे तिपाहिए पर रख दी गयी। लालटेन के सफेद उजाले के कारण स्कूल-प्रांगण उजास भरे एक छोटे-से टापू-सा नज़र आने लगा था; क्योंकि आसपास चारों ओर उस समय घोर अँधेरा था।

और गैस-लालटेन की दूधिया रौशनी में खाटों-कुर्सियों पर बैठा कलैक्टर और अन्य अफसरों का अमला चाय की चुस्कियाँ ले रहा था। सामने के खेसों पर बैठे हुए गाँववाले उन्हें ऐसा करते हुए चुपचाप, शान्त और तनिक भयजदा चेहरों से देख रहे थे।

थोड़ी देर बाद, चाय-पान का वह 'स्वागत-कार्यक्रम' सम्पन्न हो गया; तो कलैक्टर ने सामने ज़मीन पर बिछे खेसों पर बैठे गाँववालों पर निगाह डाली और कहा, ''देखिए, हम यहाँ आपके गाँव में, 'रात्रि-विश्राम'करने इसलिये आए हैं कि आपके साथ रहे बिना आपकी समस्याओं को नहीं समझा जा सकता...इसलिये ज़िला-प्रशासन आज की रात आपके साथ रहेगा और आपकी समस्याओं को सुनेगा-समझेगा... माननीय मुख्यमन्त्री महोदय की मन्शा के अनुसार हम सब आज रात आपके बीच रहेंगे... यहाँ मेरे साथ सभी विभागों के जिम्मेदार अधिकारी-कर्मचारी मौजूद हैं...आप हमें बताएँ कि आपकी क्या समस्याएँ हैं? क्या चाहते हैं आप हमसे?... आप अपनी माँग, अपनी समस्या हमें बताएँगे, तो हम आपकी समस्या का समाधान करने का प्रयास करेंगे...इसलिये आपसे मेरा निवेदन है कि कृपया बारी-बारी से अपनी बात हमसे कहें...''

सुनकर सामने खेसों पर बैठे लोगों के बीच एकबारगी सन्नाटा खिंच गया था। देर तक वैसी ही चुप्पी छाई रही। फिर एक कंठ से आवाज़ फूटी, ''साब, गाम में बिजली नहीं आइ रही...''

सुनकर कलैक्टर ने बैठे अधिकारियों की तरफ देखा, 'विद्युत विभाग से कौन है?''

जवाब में विद्युत मंडल का ए ई खड़ा होकर बोला, ''सर, इस गाँव में बिजली नियमित थी... पर एक अरसे से मीटरधारियों ने बिलों का भुगतान नहीं किया है... इस गाँव पर विद्युत विभाग का लगभग चार लाख रुपये बकाया है...इसलिये ट्रांसफार्मर उठा लिये गये हैं...''

सुनकर कलैक्टर ने गाँववालों की तरफ देखा, ''आपकी इस बिजलीवाली समस्या को देखेंगे...''

उसके बाद फिर सन्नाटा खिंच गया था। कोई कुछ नहीं कह रहा था; तो कलैक्टर ने ही पूछा, ''राशन की दुकान से राशन मिलता है तुम लोगों को?''

''हाँ साब!!!!'' कई लोगों ने एक साथ कहा था।

''स्कूल में पढ़ाई होती है? मास्टर नियमित आते हैं?'' कलैक्टर ने पूछा।

इसके उत्तर में कुछ देर तक चुप्पी छाई रही। फिर पीछे बैठे एक आदमी ने अपनी फटे बाँस-जैसी खरखरी आवाज़ में कहा, ''मास्टर और तौ सिब आउतएँ...पर एक निरंजन मास्टर महीना दौ महीना में एकाध बार आउतुऐ...सिच्छाकरमी ऐ बु...बाइ हटाऊ साब झाँ ते!'' यह गाँजे के नशे में बैठे ज्ञानू शर्मा की आवाज़ थी।

सुनकर कलैक्टर ने आसपास बैठे अधिकारियों में से एक की ओर देखा, और कहा था, ''क्यों डी ई ओ साहब, यह क्या हो रहा है?''

डी ई ओ अर्थात् ज़िला-शिक्षा-अधिकारी के मुँह से निकला, ''सर...''

कलैक्टर एक पुरजा होता है, उस मशीन का जिसे 'सरकार' कहा जाता है! देखने में वह इनसान जैसा होता है, वास्तव में होता मशीन का एक पुरजा ही है, इसलिये कुछ महसूस नहीं करता; बस चलता है। कलैक्टर न रहने पर वह बेशक इनसान में तब्दील हो जाता है; पर उस बारसेन गाँव में 'रात्रि-विश्राम' के समय जो कलैक्टर था, वह अभी कलैक्टर ही था—एक चिकने-गोरे-क्लीनशेव्ड चेहरेवाला वेलड्रेस्ड 'पुरजा' जो 'चल' रहा था, ''क्या हो रहा है ये! बरखास्त करो इस टीचर को! टीचर पढ़ाने के लिए ही होता है, और जब वह आता ही नहीं, तो पढ़ाएगा कैसे?... बरखास्त करो इसे!'' पुरजे ने मशीन के दूसरे पुरजे को हुक्म सुनाया था।

''जी सर,'' दूसरा पुरजा तुरन्त चलायमान हो गया, ''जी सर!''

'मशीन' के हर एक 'पुरजे' को चलते रहना होता है, ताकि 'मशीन' चलती रहे! 'पुरजे' को न सिर्फ़ चलते रहना होता है, बल्कि यह साबित भी करना होता है

कि वह 'चल' रहा है! कलैक्टर नाम के उस मशीनी पुरजे ने ग्राम बारसेन के उस 'रात्रि-विश्राम कार्यक्रम' में यह साबित किया कि वह 'चल' रहा है-बिना कुछ सोचे-विचारे, बिना कुछ देखे; क्योंकि मशीनी पुरजे सोचते-विचारते नहीं, देखते नहीं!

और अचानक कलैक्टर ने सामने बैठे गाँववालों की तरफ देखते हुए कहा था, "क्या यहाँ गाँव के सरपंच साहब नहीं हैं?"

"हाँ साब," लोगों के बीच से आवाज़ आई थी, "मैं बैठौ हों साब।" सरपंच ने हाथ उठाकर कहा था।

"अरे सरपंच साहब, आप वहाँ क्यों बैठे हैं? यहाँ हमारे साथ आकर बैठिए!" कलैक्टर ने कहते हुए अपनी खाट की ओर इशारा किया था।

"अरे नहीं साब, मैं झई ठीक ओं...अपने लोगनि के बीच में बैठौ हों मैं..." सरपंच ने अपनी जगह पर बैठे-बैठे ही कहा था।

दरअसल सरपंच निहाल सिंह उस समय दारू के नशे में धुत्त बैठा था वहाँ। शराब के बिना वह नहीं रह सकता था, इसलिये दिन भर वह शराब पिये रहता था। उस वक़्त भी कच्ची दारू की गन्ध उसके मुँह से निकल रही थी। इसलिये वह अधिकारियों से दूरी बनाए अपनी जगह पर बैठा रहा।

"आपकी पंचायत में सब ठीक चल रहा है?" कलैक्टर ने रस्मन पूछा सरपंच से।

"हाँ साब, सिब बढ़िया चल रहौ रे...मेहरबानी ऐ आप सिबकी..." सरपंच ने बैठे-बैठे सिर हिलाया था।

उसके बाद उस 'रात्रि-विश्राम कार्यक्रम' में और बातें नहीं हुई थीं; एवं वह गाँव में 'रात्रि-विश्राम कार्यक्रम' पूरा हो गया था। दस बजे के आसपास कलैक्टर खाट से उठकर खड़ा हो गया था। उसके पीछे ही बाकी अफ़सर-कर्मचारी भी एक-एक कर उठ खड़े हुए थे। कलैक्टर ने अपनी कार की तरफ रुख दिया था, तो अन्य अफ़सर भी अपनी-अपनी गाड़ियों की तरफ बढ़ने लगे थे। कलैक्टर के बैठते ही 'ऍम्बेसडर' स्टार्ट होकर आगे बढ़ने लगी थी। उसके बाद अन्य अफसरों-कर्मचारियों ने भी अपनी-अपनी गाड़ियों से रवानगी डाल दी थी। अब 'ऍम्बेस्डर' के पीछे जीपें और मोटरसाइकिलें अँधेरे में धूल उड़ाती हुई शहर की ओर दौड़ रही थीं। ज़िले के अधिकारियों का गाँव में 'रात्रि-विश्राम-कार्यक्रम' सम्पन्न हो चुका था; गोया दस बजे के बाद गाँव में रात (रात्रि) बची ही नहीं रह गयी हो!

थोड़ी देर में अपने-अपने बँगले और घर पर पहुँचकर अफ़सरों ने इत्मीनान से डिनर लिया था; उसके बाद वे अपने-अपने बिस्तर में चले गये थे।

और उस 'रात्रि-विश्राम कार्यक्रम' के अगले सप्ताह ही निरंजन को ज़िला-

शिक्षा-अधिकारी के द्वारा जारी उसकी सेवा से बर्खास्तगी का आदेश-पत्र मिल गया था...।

पत्र पढ़कर निरंजन हैरान था: ऐसा कैसे हो सकता है! उसने तो नौकरी की शुरुआत से ही नियमित विद्यालय जाने में और पढ़ाने में कभी कोताही नहीं की है! फिर ऐसा कैसे हो सकता है कि उसे विद्यालय न जाने के आरोप के साथ नौकरी से बर्खास्त कर दिया जाए! उसकी नियमित उपस्थिति विद्यालय की पंजियों में उसके हस्ताक्षरों के रुप में दर्ज है, फिर ऐसा क्यों? वह परेशान हो उठा था।

अगले दिन वह उस आदेश-पत्र को लेकर सीधा ज़िला-शिक्षा-अधिकारी के कार्यालय पहुँचा था।

वहाँ पहुँचकर जब उसने इस बाबत पूछताछ की तो सम्बन्धित बाबू ने बताया था, ''कलैक्टर साब के आदेश पर यह कार्रवाई की गयी है!''

''कलैक्टर साब का आदेश?'' निरंजन ने पूछा, ''कलैक्टर साब ने क्या आदेश दिया था? क्या मुझे वो आदेश दिखाएँगे?''

''कलैक्टर मुँहजबानी भी कह देता है तो वह भी आदेश ही होता है...'' बाबू ने कहा था।

''तो क्या कलैक्टर ने मुँहजबानी कहा था? कोई लिखित आदेश नहीं दिया था?'' निरंजन के चेहरे पर हैरत के निशान थे।

''मुझे नहीं पता,'' बाबू ने फौरन पल्ला झाड़ लिया था, ''ये तो साहब ही बता पाएँगे...उनसे मिल लो!''

उसके बाद शुरू हुआ था निरंजन के भटकने का सिलसिला...

बाबू ने जब उससे कहा था कि 'ये तो साहब ही बता पाएँगे...उनसे मिल लो', तो वह ज़िला-शिक्षा अधिकारी के कक्ष के सामने जा पहुँचा था। कक्ष के दरवाजे के पार्श्व में 'जिला शिक्षा अधिकारी' के नाम की प्लेट ठुकी थी, और दरवाज़े का पल्ला बन्द था। कक्ष के बग़लवाले कमरे में दो व्यक्ति टेबिल लगाए काग़ज़-पत्तरों पर कुछ कर रहे थे। उसने उनके पास जाकर कहा था, ''मुझे डी ई ओ साब से मिलना है।''

''साहब हैं नहीं।'' उनमें से एक आदमी ने बिना उसकी तरफ देखे कहा था।

''कहाँ गये हैं?'' निरंजन ने पूछा था।

सुनकर जवाब देनेवाले ने सिर ऊपर उठाया और उसके मुँह की ओर देखते हुए कहा था, ''कहाँ गये हैं, ये आपको बताना ज़रूरी है क्या?...अरे, गये हैं...हैं नहीं अभी।'' शब्दों में सहजता और सहानुभूति नहीं, बल्कि सामनेवाले के प्रति चिढ़ थी।

निरंजन ने आगे अपनी आवाज़ में भरसक विनम्रता रखते हुए इतना और पूछा

था, "सर, मुझे कुछ बहुत ज़रूरी कार्य से उनसे मिलना है...क्या आप बता सकते हैं कि वे कब तक लौटेंगे?"

"पता नहीं!" कहने में भरपूर बेरुखी और उपेक्षा थी, और 'पता नहीं' कहने के बाद कहनेवाले ने अपने-आप को फिर काग़ज़ों में घुसा लिया था।

निरंजन लौट पड़ा था—यह सोचकर कि कल फिर आएगा।

अगले दिन वह ग्यारह बजे ऑफिस पहुँचा, तो डी ई ओ साहब फिर कक्ष में नहीं थे। वह इन्तज़ार करने के इरादे से बरामदे में पड़ी बैंच पर बैठ गया। उसके बाद वह इन्तज़ार करता वहाँ बैठा रहा। बीतते समय को वह बार-बार कलाई पर बँधी घड़ी में देखता रहा। उस तरह बैठे-बैठे समय गुज़ारना उसके लिए मुश्किल काम हो रहा था। पर उसी तरह बैठकर इन्तज़ार करना उसकी मजबूरी थी। वह बैठा रहा था। प्यास लगने पर ऑफ़िस-परिसर में लगे नल पर पानी पी आता और फिर बैंच पर बैठकर इन्तज़ार करने लगता। इसी तरह से चार बज गये। पर डी ई ओ साहब नहीं आए थे। वह उस दिन के लिए फिर निराश होने लगा कि आज भी शायद मिलना नहीं हो सकेगा! फिर भी यह सोचकर कि ऑफ़िस-टाइम तो अभी और बचा है, वह तब तक बैठा रहा, जब तक कि ऑफ़िस के बाबू लोग अपनी-अपनी अलमारी में ताला डालकर घर जाने के लिए बाहर न आ गये! तब वह उठा और अपनी साइकिल से शाम तक सिपौली लौट आया था।

उसके बाद वह रोज़ाना हफ्ते भर तक ऑफिस जाता और अपने गाँव लौट आता रहा, पर डी ई ओ साहब से उसका मिलना नहीं हो पाया। कभी बताया जाता, किसी मीटिंग में हैं; कभी बताया जाता, क्षेत्र में दौरे पर हैं; कभी बताया जाता, किसी गाँव में 'रात्रि-विश्राम' में गये हैं! 'रात्रि-विश्राम'वाली वजह पर वह सोचता कि दिन में कैसा 'रात्रि-विश्राम'?

अन्ततः दूसरे हफ्ते डी ई ओ साहब से मुलाकात का अवसर आ पाया। उसने डी ई ओ के सामने पहुँचकर 'नमस्ते सर' कहा था; उसके बाद अपना वह बर्खास्तगी-आदेश का पत्र उनके सामने टेबिल पर रख दिया था जो उनके ही हस्ताक्षर और पदनाम की मोहर से जारी हुआ था। साथ ही कहा था, "सर, ये क्या हुआ है मेरे साथ?"

डी ई ओ ने पत्र टेबिल से उठाकर पढ़ा और उससे कहा था, "आप स्कूल नहीं जाते हैं, इसीलिये यह कार्रवाई की गयी है!"

"नहीं सर, यह सरासर झूठ है," निरंजन ने डी ई ओ से फ़ौरन कहा था, जब से मेरी नियुक्ति हुई है, तभी से मैं हमेशा नियमित स्कूल जाता रहा हूँ...मैंने तो आज तक एक भी अवकाश तक नहीं लिया है कभी...आप स्टाफ-उपस्थिति रजिस्टर मँगवाकर देख सकते हैं सर..."

“देखो,” ज़िला-शिक्षा-अधिकारी ने उसे बीच में टोका और कहा था, “बारसेन गाँव में कलैक्टर साब के ‘रात्रि-विश्राम कार्यक्रम’ के समय तुम्हारे स्कूल न आने की शिकायत गाँव के लोगों द्वारा की गयी थी...तो कलैक्टर साहब ने तुम्हें बर्खास्त करने का आदेश मौके पर ही किया था...उसी पर से यह कार्रवाई की गयी है!”

“पर शिकायत की गयी थी तो उसकी सच्चाई भी तो देखी जाती, जाँच भी तो करवाई जाती कि शिकायत सही है या गलत!...पर बिना किसी जाँच-पड़ताल के सीधे बर्खास्तगी की कार्रवाई...” निरंजन अपनी बात तर्कसंगत ढंग से ज़िला-शिक्षा-अधिकारी के समक्ष रख रहा था। पर ज़िला-शिक्षा-अधिकारी ने उससे बीच में ही दो टूक कह दिया था, “देखो, हमें, कलैक्टर साहब ने जो आदेश दिया हमने वही किया है...अब हम इसमें कुछ नहीं कर सकते!”

“मैं कलैक्टर साहब का वह आदेश देखना चाहता हूँ सर!” निरंजन ने डी ई ओ से विनम्रतापूर्वक कहा था।

“कलैक्टर साहब ने मौके पर ही मुँहजबानी आदेश दिया था, उसी का पालन किया गया है!”

“तो कलैक्टर के मुँहजबानी आदेश पर किसी आदमी को नौकरी से बर्खास्त कर दिया गया...” कहते हुए निरंजन हैरान था।

“हाँ, कलैक्टर के मुँहजबानी कहे की भी वही अहमियत होती है जो लिखित आदेश की होती है! कलैक्टर को डी एम कहा जाता है—डिस्ट्रिक्ट मजिस्ट्रेट! मजिस्ट्रेट का क्या अर्थ होता है मालूम है?” डी ई ओ के कहने के अन्दाज़ में अपनी ओर से सफाई के साथ-साथ एक डाँट भी थी।

“मजिस्ट्रेट का अर्थ मालूम है-न्याय करनेवाला अधिकारी!” निरंजन के जवाब में तल्खी और आवाज़ में तुर्शी थी, “साथ ही यह भी मालूम है कि न्याय की एक प्रक्रिया होती है—बिना प्रक्रिया पूरी किए कोई न्याय नहीं होता है...इस तरह न्याय नहीं अन्याय होता है!” उसकी आवाज़ की तेजी कक्ष में गूँज गयी थी।

सुनकर डीईओ ने पल दो पल को बगलें झाँकी थीं, फिर अपना हाथ टेबिल पर रखी घंटी के ऊपर पटका था। घंटी घनघनाई थी और उसके साथ ही चपरासी बाहर से भीतर आ पहुँचा था, “जी सर!” उसने आते ही कहा था।

“इनको बाहर ले जाओ!” ज़िला-शिक्षा-अधिकारी ने सामने खड़े निरंजन की ओर इशारा किया था।

चपरासी ने निरंजन की बाँह पकड़ने की कोशिश में हाथ आगे बढ़ाया, तो निरंजन ने उसे रोकते हुए उसी तल्खी के साथ कहा, “मैं खुद ही जा रहा हूँ!” और वह टेबिल पर पड़े अपने बर्खास्तगी-पत्र को उठाकर कमरे से बाहर निकल आया

था। उस वक़्त निरंजन के भीतर गोया आग की लपटें उठ रही थीं और वह बुदबुदा रहा था,'' मजिस्ट्रेट मतलब न्यायकर्त्ता!... न्यायकर्त्ता या अन्यायकर्त्ता?...''

उसके बाद वह अपनी साइकिल उठाकर गाँव लौट आया था। घर आ जाने के बाद भी उसके भीतर बेचैनी की रस्साकशी चल रही थी। उस दिन की शाम को उसने खाना तो खाया था, पर खाना उससे ठीक-से खाया न गया था। उस दिन की रात को वह सो न सका था। उस बेचैनी जदा अनींदी रात में उसके भीतर अनेक सवाल थे: एक सवाल तो यही था कि 'क्या कलैक्टर ने अपने पदनाम 'डी एम'- डिस्ट्रिक्ट मजिस्ट्रेट-के अनुरूप न्याय करने का काम किया है?' दूसरा सवाल था कि 'क्या डी एम नाम का अधिकारी अपने पदनाम के अर्थ के बारे में भी सोचने की फ़ुरसत रखता है?' तीसरा सवाल था कि 'क्या किसी न्यायकर्त्ता अधिकारी को इसी तरह अपने अधिकार का दुरुपयोग करना चाहिए?' चौथा सवाल था कि 'क्या उसे अपने प्रकरण को लेकर कलैक्टर से मिलना चाहिए?' और उन सभी सवालों के जवाब भी उसे अपने भीतर से ही मिल रहे थे, जो सब के सब एक ही शब्द के रूप में थे: 'नहीं'! उसे साफ़ लग रहा था कि कलैक्टर नाम का अधिकारी कोई 'न्यायकर्त्ता' नहीं, बल्कि उस सत्ता और व्यवस्था का 'पिट्ठू' होता है जो उस समय पर क़ाबिज होती है! कलैक्टर तो सत्ता की 'मशीन' का महज एक 'पार्ट' होता है, जो 'जड़वत्' चलता हुआ उस 'मशीन' को चलते रहने में मदद करता है! उस रात निरंजन को अपने बाप के कहे हुए शब्द याद आते रहे थे : 'तेरी नौकरी के काजें कछू न कछू जरुर करेंगे' और उसे याद आ रहा था कि उसके बाप ने उसकी नौकरी की खातिर अपने-आप को साल भर के लिए रामभजन चौधरी के यहाँ बन्धक रख दिया था; और साल भर तक उनके यहाँ गोबर डालने की चाकरी की थी! उसकी नौकरी लगवाने की खातिर उसके बाप द्वारा की गयी कमर तोड़ मेहनत के बूते मिली नौकरी को बचा पाने के कुछ उपाय भी उसके भीतर कोंधते रहे थे: पहला उपाय तो यही कोंधा था कि उसे कलैक्टर से भी मिलना चाहिए और कोशिश करनी चाहिए कि...पर इसके साथ ही उसके जमीर ने कहा था कि जिस कलैक्टर ने एक मानवताहीन और मशीनी किस्म का फरमान सुनाकर उसकी नौकरी छीन ली हो, उससे किसी रहम, मानवीयता और न्याय की उम्मीद करना फ़िजूल है! दूसरा उपाय कोंधा था कि उसे अपने प्रकरण को लेकर न्यायालय की शरण में जाना चाहिए...पर इसके साथ ही उसके सामने उस काले कोटवाले अन्धकार ने आकार लेना शुरू कर दिया था, जिसने बेमुरव्वती के साथ कहा था, 'दस हजार रुपये का खर्चा आएगा...पाँच हजार पहले जमा करने होंगे...बाकी बाद में।'...सरकारी चपरासी से भी कम वेतनवाली शिक्षाकर्मी वर्ग-3 की अब तक की नौकरी से बस परिवार की दाल-रोटी चलती रही थी—बचत के नाम पर उसके पास कुछ नहीं था, इसलिये उसे लगा

था कि जेब में बड़ी रकम के बिना न्यायालय में जाना सम्भव ही नहीं है!...

और उस बेचैनकुन, अनींदी और विकल्पहीन रात के आखिरी पहर में निरंजन के भीतर एक दृश्य ने आकार लिया था, जिसके भीतर एक 'आग उगलती नली' थी...और...!

उसके बाद निरंजन कभी 'शासकीय प्राथमिक विद्यालय बारसेन' नहीं गया! जाता कैसे? उसकी शिक्षाकर्मी की नौकरी ही अब उसके पास नहीं थी!

कुछ दिनों बाद, अपने साथ हुए 'अन्याय' के बारे में उसने अपने माँ-बाप को भी बता दिया था। उस बात को सुनकर उसके बाप ख्याली के चेहरे पर जो काले-सफेद रंग आए थे, उन्हें वह कभी अपनी आँखों के आगे से नहीं हटा पाया, और माँ के चेहरे पर जो कातरता उभरी थी, उसकी टीस उसके भीतर से कभी नहीं गयी!

तक़रीबन सात साल बीत गये उसके बाद। अलबत्ता वह 'दृश्य' अब भी बारहा उसके ज़ेहन में साकार होने लगता है, जिसमें एक 'आग उगलती नली' होती है!...और...!...

...खाट पर बैठे नारायणदा ने निरंजन से पूछा था, "निरंजन, मुझे साफ़-साफ़ बताओ कि क्या बात है?...मुझसे कुछ भी मत छिपाना...मैं तुम्हारे भीतर की बेचैनी तुम्हारे चेहरे पर देखता हूँ हमेशा..."

सुनकर निरंजन ने नारायणदा के मुँह की ओर देखते हुए कहा था, "सर जी, पहले मुझे लगता था कि मैं अकेला ही हूँ, जिसके साथ अन्याय हुआ है...पर इस बीच सिपौली में ही जो कुछ हुआ-गुज़रा है, उसने मुझे बता दिया है कि मेरे-जैसे ही और भी हैं!...यह तो एक ही गाँव की बात है; और इस देश में कितने गाँव हैं...!...सर जी, यह सब सोचते-विचारते ही मेरे ज़ेहन में ऐसा कुछ होता है कि वही आपको मेरे चेहरे पर दिखाई देने लगता है...बस..." कहकर वह अपने भीतर का द्वन्द्व छिपाने के लिए मुस्कराने का आयास करने लगा था।

नारायणदा चुपचाप उसके मुँह की ओर देख रहे थे...वहाँ उन्हें अब भी बेचैनी रेंगती नज़र आ रही थी। वे उसे ही देख रहे थे...देखे जा रहे थे...

❑❑❑

णाणं
पयासयं

वीर नि.सं. 2470

ई.सन् 1944

भारतीय ज्ञानपीठ